Julia Justiss
La Misteriosa Dama

Editado por Harlequin Ibérica.
Una división de HarperCollins Ibérica, S.A.
Núñez de Balboa, 56
28001 Madrid

© 2013 Janet Justiss. Todos los derechos reservados.
LA MISTERIOSA DAMA, N° 48 - 1.12.13
Título original: The Rake to Redeem Her
Publicada originalmente por Harlequin Enterprises, Ltd.

Todos los derechos están reservados incluidos los de reproducción, total o parcial. Esta edición ha sido publicada con permiso de Harlequin Enterprises II BV.
Todos los personajes de este libro son ficticios. Cualquier parecido con alguna persona, viva o muerta, es pura coincidencia.
® Harlequin y logotipo Harlequin son marcas registradas por Harlequin Books S.A.
® y ™ son marcas registradas por Harlequin Enterprises Limited y sus filiales, utilizadas con licencia. Las marcas que lleven ® están registradas en la Oficina Española de Patentes y Marcas y en otros países.

I.S.B.N.: 978-84-687-3560-3
Depósito legal: M-19726-2013

Hay veces en que un personaje secundario captura tu imaginación y se niega a soltarla, te intriga hasta tal punto que sabes que tienes que sacar a la luz el resto de su historia. Ese fue el caso de la misteriosa *madame* Lefevre, la mujer que, en la primera de esta serie de novelas sobre los Ransleigh, *Deshonrada*, entabló amistad con Max Ransleigh durante el Congreso de Viena de forma premeditada para facilitar el intento de asesinato de lord Wellington.

¿De dónde procedía *madame* Lefevre?, ¿qué la llevó a participar en aquella conspiración?, ¿qué fue de ella después? Conforme fui explorando las respuestas a esas preguntas, descubrí a una mujer única y fascinante, una emigrante francesa cuya familia quedó destruida por la Revolución, una superviviente arrastrada por las turbulentas fuerzas históricas que catapultaron a Francia, en una sola generación, de una monarquía a una república y a un imperio y vuelta a empezar. Elodie no confía en nadie ni espera nada de la vida, las duras circunstancias que le ha tocado vivir le han enseñado a valerse por sí misma.

La cuestión era con quién emparejar a un personaje femenino tan ingenioso y decidido, y, aunque en un principio tenía pensada otra historia para él, solo había un hombre que pudiera estar a su altura: Will Ransleigh, el primo ilegítimo de Max. Al quedar desamparado en los bajos fondos de Londres tras la muerte de su madre; la hija de un clérigo a la que el tío de Max había seducido y abandonado, Will se las ingenió para sobrevivir en las calles hasta que, al cabo de seis años, el padre de Max lo sacó de allí, lo llevó a su finca campestre, y les ordenó a Max y a sus primos que convirtieran a aquella «rata de cloaca» en todo un Ransleigh.

¡Espero que disfrutéis de la historia de Will y Elodie!

Me encanta estar en contacto con mis lectores. En mi página web, www.juliajustiss.com, encontraréis fragmentos de mis novelas, noticias, e información extra sobre mis libros. También estoy en Facebook (www.facebook.com/juliajustiss), y en Twitter (@juliajustiss).

Capítulo 1

Barton Abbey, finales de la primavera de 1816

–Apuesto a que yo podría encontrarla –afirmó Will Ransleigh, furioso con la mujer que había destruido la carrera diplomática de su primo Max, antes de aceptar la copa de brandy que le entregó su anfitrión.

–Bienvenido a Inglaterra –Alastair Ransleigh alzó su propia copa en un brindis antes de indicarle que se sentara en una butaca–. Dios me libre de apostar contra Will el Jugador, ganador de todos los juegos de azar habidos y por haber, pero no sé por qué estás tan convencido de poder encontrarla. Ten en cuenta que Max no lo ha logrado ni con todos los contactos oficiales que tiene.

–Los oficiales nunca han sido santo de mi devoción. Años atrás me habrían deportado por robar una hogaza de pan para mí y mis hambrientos compañeros.

–Estás tan reformado, que a veces se me olvida que en otros tiempos fuiste carne de patíbulo –comentó Alastair, sonriente–. Pero la verdad, ¿dónde más cabría buscar a esa mujer? *Madame* Lefevre era prima y anfitriona de Thierry St Arnaud, uno de los principales ayudantes del príncipe Talleyrand dentro de la delegación francesa en el Congreso de Viena. Se trata de una familia de rancio abolengo y muy conocida, por mucho que resultaran ser bonapartistas.

–Sí, pero son los miembros de la servidumbre los que realmente están enterados de todo lo que sucede. Criados, mayordomos, cocineros, lacayos, empleados de hoteles, personal del palacio de Hoffburg, taberneros y posaderos... Me valdré de ellos para rastrear a *madame* Lefevre.

–Cuando fui a visitar a Max a los establos de su esposa, me aseguró que allí se siente feliz y realizado –Alastair soltó una carcajada antes de añadir–: Llegó a decirme que domar caballos es como la diplomacia, ya que hay que usar la persuasión en vez de la coacción; según él, la diferencia estriba en que los caballos no mienten y tienen poca memoria, así que no te recriminan tus errores.

–No me extraña que intente restarle importancia al asunto, pero todos... tú, Dom, yo... sabíamos desde jóvenes que estaba destinado a ser uno de los políticos más prominentes de toda Inglaterra, que incluso podría llegar a ser Primer Ministro. ¿De verdad crees que, si pudiera elegir, preferiría adiestrar caballos a una brillante carrera en el gobierno? ¡Lo dudo mucho!

–Yo también tenía mis dudas al principio. Me costaba creer que Max, que jamás mostraba interés alguno en una mujer que no fuera hermosa y distinguida, estuviera felizmente casado con una pueblerina insignificante que prefiere rusticarse en Kent a vivir entre la alta sociedad londinense, pero Caro acabó por gustarme. Por mucho que me cueste admitirlo, monta mejor que yo, y los caballos que cría en su granja son ejemplares de primera. Me parece una mujer impresionante, y eso es mucho decir teniendo en cuenta la mala opinión que me merece el género femenino –se quedó callado, y en su rostro relampagueó una profunda desolación.

Al ver su expresión, Will se dio cuenta de que su primo aún no había olvidado a su antigua prometida, que le había hecho añicos el corazón al romper el compromiso de matrimonio. Deseó de nuevo que aquella mujer ardiera en los fuegos del infierno, y su furia se avivó aún más contra la última fémina que le había hecho daño a uno de sus primos.

–La mera idea es una ridiculez. ¿Max, involucrado en una conspiración para asesinar a Wellington? El valor que demostró en Waterloo debería bastar para ponerle fin a semejante sandez.

–La dura realidad es que el intento de asesinato de Viena puso en evidencia tanto a los franceses, que en ese momento negociaban como aliados, como a nuestras fuerzas, que no detectaron lo que sucedía. Ahora que Bonaparte está exiliado en Santa Elena de forma definitiva, ninguno de los dos bandos quiere desenterrar viejos escándalos.

–¿Qué me dices de su padre?, ¿no ha podido hacer nada por él? Hace años que poco menos que dirige la Cámara de los Lores.

—El conde de Swynford prefirió no abogar por su hijo para evitar arriesgar aún más su prestigio político, que ya se había debilitado por el «lapsus de juicio» de Max —le contestó Alastair con sequedad.

—De modo que le abandonó, ¿verdad? ¡Qué canalla! —Will añadió un vívido improperio, vestigio de sus años en las calles de Londres—. Qué típico de mi querido tío, no permitir que las necesidades de su familia obstaculicen sus aspiraciones políticas. Consigue que me alegre de ser ilegítimo.

—No sé quién orquestó lo de Viena, pero quienquiera que fuese es muy listo. No hay método más infalible para captar la atención de Max que ponerle delante una indefensa damisela en apuros.

—Sí, siempre ha tenido tendencia a querer auxiliar a los pobres y a los oprimidos, su comportamiento conmigo es buena muestra de ello. Tenemos que traer a *madame* Lefevre a Inglaterra para que testifique la verdad; que se inventó una lacrimógena historia para que Max se retrasara y Wellington tuviera que esperarle, solo y vulnerable a un posible ataque. Estoy convencido de que eso le libraría de toda culpa, ya que ningún hombre que se considere un caballero rechazaría ayudar a una dama en apuros. Tampoco encontró ni rastro de St Arnaud cuando estuvo en Viena, ¿verdad?

—No, parece ser que ha emigrado a las Américas. No se sabe si *madame* Lefevre se fue con él. Si estás decidido a buscarla, no va a resultarte nada fácil. El intento de asesinato fue hace más de un año.

—Estamos hablando de una agresión al hombre que lideró a toda Europa contra Napoleón, seguro que la gente la recordará –al ver que su primo abría la boca como para decir algo, pero que volvía a cerrarla, se limitó a preguntarle–: ¿Qué?

–No te enfades conmigo por preguntártelo, pero ¿puedes permitirte embarcarte en una misión así? El dinero que vas a conseguir por la venta te durará un tiempo, pero ¿no sería mejor que buscaras una ocupación en vez de poner rumbo al continente? A menos que... ¿Ha cumplido el conde con su obligación?, ¿te ha ofrecido...?

–No, no lo ha hecho. No me digas que realmente creías que nuestro tío iba a concederme una asignación.

–Cuando conseguiste reunir el dinero suficiente para adquirir un nombramiento, prometió que, si demostrabas tu valía en el ejército, te asignaría el dinero necesario para que vivieras como corresponde a un Ransleigh.

Will se echó a reír antes de contestar.

–Supongo que esperaba que me mataran o me expulsaran. Y no, no pienso acudir a él con la gorra en la mano para recordarle su promesa, así que no pierdas el tiempo intentando hacerme cambiar de opinión.

–En ese caso, ¿qué es lo que piensas hacer?

–Tengo varias opciones en mente, pero, antes de llevarlas a cabo, me he propuesto conseguir que Max recupere su antiguo puesto. Tengo suficiente dinero para el viaje, y con lo que me sobre me bastará para untar las manos adecuadas en caso de que sea necesario.

–Iré contigo, los granujas de los Ransleigh debemos apoyarnos siempre.

–No, no vas a venir... Espera, Alastair, deja que me explique. Si precisara que un húsar cabalgara a mi lado hacia una batalla, sable en mano, te elegiría a ti sin dudarlo, pero no eres la persona adecuada para acompañarme en este viaje –lo miró de arriba abajo, y añadió sonriente–: Tu voz, tu porte, e incluso tus andares revelan que eres Alastair Ransleigh de Barton Abbey, sobrino de un conde y adinerado dueño de una extensa propiedad. En este viaje debo pasar desapercibido, y las ratas callejeras te descubrirían en un abrir y cerrar de ojos.

–Tú también eres sobrino de un conde.

–Sí, pero el hecho de que mi querido padre abandonara a mi madre, soltera y embarazada, en los bajos fondos de Londres, me dio la oportunidad de aprender a sobrevivir durante seis años. Sé cómo actúan los ladrones, los fulleros y los matones.

–Pero estamos hablando de ladrones, fulleros y matones austríacos, y tú no hablas alemán –adujo su primo.

–La pillería existe en todas partes, y te sorprenderías con mis muchos y variados talentos; después de Waterloo, el ejército me encomendó distintas tareas, no creas que se conformaron con velar por la recuperación de Dom en el hospital.

–Ya está curado, ¿verdad? ¿Se ha...? ¿Se ha recuperado?

Dominick el Dandy, el cuarto de los primos conocidos como «los granujas de los Ransleigh», había sido el hombre más guapo del regimiento, el mejor como jinete y cazador, el que tenía mejor puntería y más triunfaba entre las damas, pero Waterloo le había dejado con el rostro marcado por cicatrices, un brazo amputado, y las facultades físicas mermadas.

–Aún no –le contestó Will, mientras recordaba la desolación que había visto reflejada en el único ojo que le quedaba a su primo. Estaba claro que Dom iba a tener que aceptar mucho más que las heridas físicas–. En cuanto le traje de vuelta a Inglaterra me dijo que estaba harto de que le cuidara como si fuera un bebé y me dio la patada, así que no hay nada que me impida partir hacia Viena.

–Insisto en que no me gusta que vayas tú solo. Según Max, las autoridades de Viena estaban en contra de que él investigara el asunto. No van a ayudarte en nada, incluso podría ser peligroso para ti.

–¡Ja! –Will se levantó y empezó a pasearse por la sala, y tras unos segundos se volvió a mirarle de nuevo y le preguntó con sequedad–: ¿Recuerdas el primer verano que pasamos todos juntos en Swynford Court? El abogado que me encontró en los bajos fondos acababa de entregarme al conde, y este, tras tener la certeza de que en verdad era el hijo de su hermano, me dejó sin más en su finca campestre tras ordenaros a Max, Dom y a ti que os aseguraráis de hacer de mí un hombre de provecho si no queríais sufrir su ira. En aquel entonces yo era bastante... desagradable.

Alastair se echó a reír.

–¡Qué forma tan sutil de decirlo! Eras arisco, estabas mugriento, e insultabas a todo el que se cruzaba contigo con una jerga que apenas lográbamos entender.

–Al cabo de dos semanas, Dom y tú estabais dispuestos a ahogarme en el lago, pero Max no se rindió. Una noche me pilló a solas en los establos y, aunque intenté todos los trucos sucios que sabía, me dio una paliza. Después, con toda la tranquilidad del mundo, me dijo que mi actitud tenía que cambiar, que era su primo y un Ransleigh, y que contaba con que aprendiera a comportarme como tal. No se lo puse nada fácil, pero él siguió aguijoneándome, persuadiéndome, persistiendo con la tenacidad del agua que gotea sobre una piedra, hasta que al final me convenció de que llegar a ser algo más que el jefe de un puñado de ladrones podía tener sus ventajas. Él sabía que, a pesar de nuestros lazos de sangre, el conde me mandaría de vuelta a las calles si no me encontraba cambiado a su regreso a finales de verano.

Fijó la mirada en la ventana que había detrás de su primo, pero lo que vio no fueron los verdes pastos de Barton Abbey, sino los estrechos y ruidosos callejones de los bajos fondos londinenses.

–De haber regresado allí, creo que a estas alturas ya estaría muerto, así que estoy en deuda con Max. Le debo mi vida, haberme dado los amigos y primos más leales y queridos que uno podría desear. Juro por mi honor que no voy a retomar mi propia vida hasta que no consiga restaurar su buen nombre, hasta que él tenga la opción de convertirse, si realmente lo desea, en el gran líder político que todos sabemos que debería ser.

Alastair lo contempló unos segundos en silencio antes de decir:

–De acuerdo, pero quiero que me avises si puedo ayudar en algo. Si Max no se hubiera encargado de que Dom y tú me cubrierais las espaldas en el ejérci-

to, no sé si habría sobrevivido. Después de que Di...
–se interrumpió de golpe al darse cuenta de que iba a pronunciar el nombre prohibido–. En fin, baste decir que durante meses me dio igual vivir o morir.

Aunque había veces en que Will tenía la impresión de que a Alistair seguía dándole todo igual, se limitó a contestar:

–Puede que necesite algo de ayuda oficial cuando llegue el momento de traer a esa mujer a Inglaterra.

–Es posible que se niegue a venir. Si se demuestra que es una espía, le espera el patíbulo.

–Digamos que puedo llegar a ser muy persuasivo.

Su primo se echó a reír, y comentó sonriente:

–Prefiero no saber nada a ese respecto. ¿Cuándo piensas partir?

–Mañana.

–¡Pero si acabas de regresar! Mamá espera que te quedes una semana como mínimo, y seguro que Max querrá verte.

–Tu madre está siendo cortés, y Max intentaría disuadirme. Es mejor que no le vea hasta... después. Si te pregunta por mí, dile que el ejército me ha asignado una tarea en el continente. En cualquier caso, tienes razón, ya ha pasado más de un año y no tiene sentido dejar que los recuerdos se desvanezcan aún más.

–Mantenme informado, ir a rescatarte podría requerir un tiempo.

–De lo único que podrías tener que rescatarme esta noche es de un exceso de brandy, aunque, teniendo en cuenta lo escaso que estás siendo hasta el momento, me parece improbable.

Alastair se echó a reír, alcanzó la botella y volvió a llenar las dos copas antes de exclamar:

−¡Vivan los granujas de los Ransleigh!

−Por los granujas de los Ransleigh −dijo Will, mientras alzaba su copa a modo de brindis.

Capítulo 2

Viena, Austria, seis semanas después

Elodie Lefevre movió la silla hasta que quedó bañada por la luz vespertina que entraba por la ventana antes de seguir bordando. Saboreó el suave aroma de los narcisos que había plantado el otoño pasado en el jardincito y la dulce fragancia de las violetas, y dejó de bordar por un momento mientras aquella calma y aquella belleza le inundaban el alma y aliviaban la ansiedad que acechaba siempre bajo la superficie.

Tenía previsto terminar aquella misma tarde aquella remesa de bordados, y Clara llegaría después con la cena, una nueva remesa y el pago por el trabajo completado.

Había logrado sobrevivir contra todo pronóstico. A pesar de la imperiosa necesidad que la carcomía por dentro de regresar cuanto antes a París, debía ser paciente y seguir trabajando para que sus ahorros siguieran aumentando poco a poco, y quizás para finales de año ya tendría bastante para regresar y buscar a Philippe.

La atenazó una profunda nostalgia mientras acariciaba mentalmente aquella imagen tan querida... la frente cubierta de rizos negros, los ojos llenos de curiosidad e inteligencia, la energía que irradiaba. Ni siquiera sabía si él aún estaba en París, y se preguntó cuánto habría cambiado en los cerca de dieciocho meses que llevaba sin verle.

¿La reconocería al verla? Se miró en el espejo que tenía enfrente. Ni que decir tenía que estaba más delgada tras su larga convalecencia, pero, exceptuando los dedos torcidos, la mayoría de lesiones estaban fuera de la vista. Sus ojos azules estaban un poco ensombrecidos y las largas horas de enclaustramiento le habían arrebatado brillo a los reflejos dorados que el sol había pintado en su pelo castaño tiempo atrás, pero aparte de eso se veía casi igual que antes.

De repente, algo... ¿un ligero soplo de aire, un destello de luz? captó su atención, y se puso alerta de golpe. Permaneció inmóvil mientras buscaba con la mirada, y al final encontró la causa de su inquietud: un movimiento casi imperceptible en la esquina superior del espejo, donde se reflejaban su propia imagen y la ventana adyacente, que daba al jardincito.

Movió la cabeza un poco hacia la derecha con la respiración contenida, y vio a un hombre observándola desde el estrecho balcón que había junto a la ventana. Estaba oculto casi por completo tras la pared y las enredaderas, solo alcanzaba a ver sus ojos y la parte superior de su cabeza. Si no hubiera mirado por casualidad hacia el espejo cuando lo había hecho, no le habría visto moverse.

A juzgar por la elevación de su cabeza, debía de

ser bastante alto, y el hecho de que hubiera escalado por la pared con tanto sigilo indicaba que también era ágil. La minúscula parte de él que estaba visible no le permitía saber si era delgado o corpulento, y tampoco tenía ni idea de si estaba armado y, de ser así, con qué.

En todo caso, saber esos detalles no le habría servido de nada, porque lo único que tenía a mano para defenderse eran sus tijeras de costura. La pistola estaba en un bolsito, en el armario de su habitación, y el cuchillo en el cajón de la mesita de noche.

Al ver que iban pasando los segundos y el desconocido permanecía inmóvil, empezó a relajarse un poco. La brillante luz vespertina le permitía ver con claridad que estaba sola, y si su intención fuera atacarla seguro que ya lo habría hecho.

¿Quién podría ser? No se trataba de uno de los hombres que habían estado vigilando desde la esquina desde que Clara la había llevado a aquella casa de alquiler. Nadie había vuelto a molestarla desde el frustrado intento de asesinato. Ella no era más que un pececito insignificante y herido que carecía de interés, en especial desde que el exilio de Napoleón en Santa Elena había puesto punto y final al sueño de crear un imperio francés.

Elodie mantuvo la mirada en el espejo mientras iban pasando los segundos. Aunque estaba casi segura de que el desconocido no tenía intención de atacarla, los nervios y una furia creciente la impulsaron a hablar.

—Si no va a dispararme, *monsieur*, le aconsejo que entre y me diga qué es lo que desea.

Los ojos que la observaban reflejaron sorpresa, y el desconocido entró con un fluido movimiento y la saludó con una ostentosa reverencia.

—¿*Madame* Lefevre, supongo? —le preguntó, antes de erguirse ante ella.

Elodie contuvo el aliento ante la fuerza y la masculinidad que emanaban de él. No sabía cómo iba a poder defenderse en caso de que tuviera intención de lastimarla.

Debía de ser inglés. Ningunos otros se movían con tanta arrogancia, como si fueran los dueños del mundo entero por derecho propio. Se cernía sobre ella, alto y esbelto, y la facilidad con la que había subido hasta el balcón y había entrado por la ventana revelaba la fuerza de la dura musculatura de sus brazos y sus hombros.

Su atuendo era común y corriente. Vestía un abrigo ancho y pantalones y botas, como cualquiera de los comerciantes y vendedores de aquella vasta ciudad, pero su rostro, un rostro de mandíbula angular, pómulos cincelados, nariz un poco torcida, boca sensual e impactantes ojos color turquesa, lograría captar la atención de cualquier mujer que lo mirara; de hecho, ella misma se había quedado tan encandilada, que por un momento se le olvidó que aquel hombre podía suponer un peligro potencial.

En condiciones normales se habría sentido mortificada cuando él sonrió al ver cómo lo observaba, pero de repente la embargó una súbita sensación de *déjà vu*.

—Me resulta familiar, ¿le conozco de algo?

Él dejó de sonreír y su mirada se tornó gélida.

–No, *madame*. A mí no, pero tengo entendido que al que sí que conoce es a un pariente mío, Max Ransleigh.

Max tenía una estatura y una constitución física similares a las del recién llegado, un espeso pelo rubio ondulado, ojos de un azul cristalino, y un aire de autoridad templado por una bondad y una cortesía que en aquel entonces la habían conmovido... y que en ese momento la llenaron de nuevo de remordimiento al recordarle.

El sol vespertino teñía de reflejos cobrizos el pelo del desconocido y sus ojos no eran azul claro, sino del tono del Mediterráneo ante la costa de Saint Tropez, pero por lo demás los dos hombres eran muy parecidos.

–¿Es usted su hermano?

–Su primo, Will Ransleigh.

–¿Cómo está Max? Espero que bien. Lamenté de veras el perjuicio que le causé. Como Napoleón escapó de Elba poco después de lo sucedido en Viena, tuve la esperanza de que su posición no se viera demasiado afectada.

Al ver que la miraba con sarcasmo, el fugaz deslumbramiento que la tenía en sus garras se desvaneció de golpe y se puso alerta de nuevo. Aquel hombre no tenía buenas intenciones.

–Lamento informarle que sus tiernas esperanzas no se vieron cumplidas, *madame*. Usted es prima de un diplomático, así que sin duda es consciente de que el suceso que enredó a Max en el intento de asesinato de su comandante echó al traste su carrera. Se le retiró de su puesto con deshonor, y no tuvo ocasión de redimirse hasta que estalló la guerra y demostró su valía en el campo de batalla.

−Tengo entendido que Waterloo fue una terrible carnicería.

−Sí, pero ni siquiera su valor le bastó para restaurar su carrera, que quedó destrozada por culpa de la amistad que mantuvo con usted.

−Lo lamento mucho −aunque lo dijo con sinceridad, sabía que, de poder volver atrás en el tiempo, volvería a actuar de igual forma. Había demasiado en juego.

Su furia resurgió con fuerza. Furia contra los hombres, que utilizaban a las mujeres a su antojo; furia por la indefensión de las mujeres en los tejemanejes con los que ellos se entretenían. Le daba igual que aquel hombre no la creyera, no iba a darle la satisfacción de protestar.

Al ver que guardaba silencio, él añadió:

−En ese caso, la complacerá saber que voy a ofrecerle la oportunidad de subsanar su error −indicó con la mano la pequeña sala, la raída alfombra y los avejentados muebles, y añadió−: Como no parece estar prosperando demasiado aquí, no veo razón alguna que pueda inducirla a negarse a partir hacia Inglaterra de inmediato.

−¿Qué dice?, ¿por qué habría de viajar yo hasta allí?

−Voy a acompañarla a Londres; una vez allí, iremos al Ministerio de Asuntos Exteriores, donde usted explicará cómo enredó a mi primo en toda esta trama, cómo le manipuló sabiendo que él haría lo que cualquier otro caballero en su lugar. Quiero que demuestre que la culpa de no descubrir de antemano lo del intento de asesinato no recae sobre Max, sino sobre los servicios de inteligencia, que son los que tienen la tarea de averiguar ese tipo de cosas.

Elodie sopesó sus opciones mientras pensaba a toda velocidad. Por mucho que pudiera parecer una locura, sus esperanzas resurgieron con fuerza al darse cuenta de que ir a Londres con aquel hombre, que al parecer tenía los medios para ello, la acercaría más a París... y de inmediato, no en otoño ni el año próximo, que era lo máximo a lo que podía aspirar con la lentitud con la que aumentaban sus ahorros.

Aun así, a pesar de que el rey Luis ocupaba el trono y se había declarado la paz entre ambas naciones de forma oficial, seguía siendo vulnerable por el hecho de ser ciudadana francesa. Si testificaba y admitía haber participado en el intento de asesinato de lord Wellington, gran héroe de Inglaterra, salvador de Europa y vencedor en Waterloo, podían encarcelarla o incluso ejecutarla.

Tenía que escapar durante el trayecto. Lo más probable era que Ransleigh optara por viajar por mar, así que escabullirse antes de llegar a Inglaterra le resultaría muy difícil. Bueno, a menos que...

–Iré con usted, pero solo si nos detenemos antes en París.

París, una ciudad que conocía como la palma de su mano; París, donde le bastaría con que él se descuidara por un instante para internarse en un laberinto de callejuelas medievales tan denso y ensortijado que sería imposible seguirle la pista.

París, donde podría empezar a buscar a Philippe tras un tiempo prudencial.

Él miró a su alrededor con deliberada teatralidad, su expresión revelaba que no le había pasado por alto que ella ni siquiera contaba con un criado o una doncella que pudieran ayudarla.

—Me parece que no está en situación de exigir nada, y no tengo interés alguno en visitar París.

—Craso error, *monsieur* Ransleigh. Es una ciudad muy hermosa.

—Muy cierto, pero eso no me importa en este momento.

—Puede que a usted no, pero a mí sí. Me niego a acompañarle a Inglaterra si no vamos antes a París.

Su mirada se oscureció y le dijo amenazante:

—Podría llevarla a la fuerza.

—Sí, supongo que podría narcotizarme y subirme, atada y amordazada, a bordo de un barco en Trieste a escondidas, pero no logrará que testifique ante las autoridades londinenses si no deseo hacerlo.

Vio la furia que relampagueó en aquellos ojos azules y cómo tensaba la mandíbula. Si era cierto que la carrera de su primo había quedado hecha trizas por su culpa, era comprensible que estuviera enfadado, pero ella no había tenido más opción que involucrar a Max en la trama.

—Podría limitarme a asesinarla ahora mismo —murmuró, antes de dar un paso hacia ella y de rodearle el cuello con las manos—. Su vida a cambio de la vida que destrozó.

Ella se quedó helada, el corazón le martilleaba en el pecho. ¿Iba a terminar todo así, sin más, después de todo por lo que había pasado? Las manos cálidas que rodeaban su frío cuello eran grandes y fuertes, les bastaría con un rápido movimiento para acabar con todo.

A pesar de la amenazante acción, conforme iban pasando los segundos y aquellos dedos seguían alrededor de su cuello, supo de forma instintiva que en realidad él no tenía intención de lastimarla. Cuando el miedo disminuyó hasta llegar a un nivel manejable, le agarró las manos con una calma que distaba mucho de sentir, y sintió un alivio enorme al ver que él permitía que se las apartara del cuello.

–Primero París y después Londres. Esperaré en el jardín a que tome una decisión, *monsieur* Ransleigh.

El corazón le latía con tanta fuerza que estaba un poco aturdida, pero se obligó a levantarse y a salir de la sala sin prisa. Por nada del mundo quería que él se diera cuenta de lo vulnerable que se sentía, ningún hombre volvería a atemorizarla nunca más.

¿Por qué habrían de hacerlo?, ya no tenía nada que perder.

Cuando estuvo fuera de su vista, se aferró a la barandilla para no caerse mientras bajaba por la escalera. Salió a toda prisa por la puerta trasera y se acercó medio trastabillando al banco que había en el centro del jardín. Agarró el borde con dedos trémulos, se sentó de golpe y tomó una bocanada de aquel aire perfumado por los narcisos.

Will permaneció en tensión mientras Elodie Lefevre cruzaba la sala con serena elegancia y desaparecía escalera abajo. Por los clavos de Cristo, no se parecía en nada a la mujer que se había imaginado.

Había viajado a Viena esperando encontrar a una seductora sirena, a una mujer que se valía de su belleza para engatusar a los hombres mientras interpretaba el papel de inocente asustada. Al fin y al cabo, esa era la treta que había usado con Max, para quien proteger a una mujer era un deber que llevaba grabado en el alma.

No había duda de que Elodie Lefevre era una mujer atractiva, pero la suya era una belleza serena. Según tenía entendido, solía vestir con sobriedad y procuraba mantenerse siempre en un segundo plano, así que probablemente no había llamado demasiado la atención entre las hermosas aristócratas que vestían a la última moda y revoloteaban como exóticas mariposas por los bailes y salones del Congreso de Viena.

También estaba claro que era una mujer valiente, porque, aparte de inhalar con fuerza en un primer momento cuando él le había rodeado el cuello con las manos, no había dado muestra alguna de alarma.

Ni que decir tenía que en realidad no tenía intención alguna de lastimarla, pero esperaba que con mostrarle su enfado y amenazarla bastara para que se amedrentara y capitulara antes de que pudiera llegar alguien a ayudarla... si es que tenía a quien acudir, claro.

Miró ceñudo a su alrededor. Había pasado un mes rastreándola con paciencia, pero, conforme había ido avanzando la búsqueda, habían ido acrecentándose tanto su desconcierto como la curiosidad que sentía por la mujer que acababa de bajar al jardín con toda la calma del mundo, como si desconocidos irrumpieran en su casa y la amenazaran a diario.

A lo mejor sí que era algo cotidiano para ella, porque hasta que no le había confirmado su identidad estaba casi convencido de que la mujer que había localizado no podía ser la Elodie Lefevre a la que buscaba.

No entendía cómo era posible que la prima de un adinerado diplomático estuviera viviendo en una casucha de una barriada en decadencia de Viena, ni por qué vivía allí sola y, según la información que le había facilitado la casera, ni siquiera tenía una doncella, ni por qué parecía ganarse la vida bordando para una modista de moda, una modista a la que ella misma, la anfitriona de uno de los diplomáticos más bien situados del Congreso de Viena, tendría que acudir como clienta.

Había ido encajando cada pequeño dato que había recabado gracias a doncellas, porteros, directores de hotel, vendedores ambulantes, modistas, comerciantes y vendedores de telas, y, por muy desconcertante que fuera, aquella información incontestable le había llevado desde la elegante suite de hotel en la que ella había hecho de anfitriona de St Arnaud hasta aquella modesta vivienda situada en un callejón de Viena.

El propio St Arnaud había desaparecido la noche del fallido intento de asesinato. Era incomprensible que alguien lo bastante inteligente como para urdir semejante plan hubiera sido tan descuidado a la hora de proteger a su propia prima.

Tampoco entendía cómo se las había ingeniado ella para notar su presencia en el balcón, porque estaba convencido de no haber hecho ruido alguno mientras escalaba por la pared desde el jardín hasta el borde exterior de la ventana. O ella tenía un sexto sentido increíble, o él estaba en baja forma, y la segunda opción le parecía muy improbable.

El hecho de que fuera tan perceptiva le había impresionado aún más que su valor, y había despertado en él una admiración indeseada... tan indeseada como la reacción que había tenido al rodearle el cuello con las manos.

Al sentir la suavidad de su piel, al notar el suave aroma a lavanda que desprendía su cuerpo, le había recorrido una oleada de deseo tan intensa y fuerte como el pulso acelerado que había notado bajo los pulgares en aquel delicado cuello.

Sentirse atraído por Elodie Lefevre era una complicación con la que no quería tener que lidiar. Lo que necesitaba eran respuestas a todas las preguntas que tenía sobre aquella mujer, como por ejemplo, por qué era tan importante para ella ir a París.

Le echó un breve vistazo a la sala, pero no encontró nada revelador. El mobiliario alquilado, los enseres de costura y los escasos objetos básicos que había a la vista no tenían nada de especial, daba la impresión de que no poseía nada que pudiera dar pistas sobre la verdadera personalidad de la mujer que, según sus pesquisas, llevaba un año viviendo allí sin más compañía que la de su antigua doncella, que iba a visitarla a diario.

Iba a tener que sacarle la información a la propia *madame* Lefevre, aunque tenía la sospecha de que ella iba a guardar sus secretos con el mismo celo que mostraba a la hora de pillar a los intrusos que intentaban colarse en su casa. Para lograr sus propósitos, tenía que conseguir sonsacarle sus secretos y hacer que acatara su voluntad.

Armado de aquel firme propósito, dio media vuelta y bajó al jardín.

Capítulo 3

Will encontró a *madame* Lefevre recogiendo las flores marchitas de las matas de lavanda que rodeaban una planta central de flores amarillas.

Ella le miró por encima del hombro al oírle llegar y le preguntó:

—¿Y bien?

Esperó a ver si decía algo más, pero permaneció callada. No añadió ni un ruego ni una explicación, no intentó convencerle de forma alguna, y volvió a sentirse impactado por aquella calma que irradiaba, por aquella extraña quietud revestida de un toque de melancolía.

Aquella mujer hacía gala de una sangre fría que sería la envidia de más de un soldado a punto de entrar en batalla, a lo mejor no era consciente de lo vulnerable que era.

—Para ser una mujer que acaba de ser amenazada, muestra una calma notable.

—Nada de lo que yo diga o haga le hará cambiar de opinión. Si ha decidido matarme, carezco de la fuerza y la destreza necesarias para impedírselo. Forcejear y suplicar me parece poco digno, y si voy a morir prefiero pasar mis últimos momentos de vida disfrutando de la belleza de mi jardín.

Estaba claro que sí que era consciente de la grave situación en la que se encontraba, pero aun así mantenía la calma.

Él era un hombre que había ganado gran parte de su dinero gracias a su inteligencia. Había jugado a los naipes con verdaderos maestros del juego, con hombres que no revelaban ni con el más mínimo gesto si tenían buenas o malas cartas; en ese sentido, *madame* Lefevre estaría a la altura de los mejores, porque resultaba imposible leerle el pensamiento.

Era como un complejo rompecabezas desordenado, y, cuanto más la conocía, mayor era su deseo de encajar las piezas.

En vez de contestar a su pregunta, optó por examinar ese rompecabezas un poco más.

–Es un jardín precioso, se respira una gran serenidad. Esas flores amarillas huelen muy bien, ¿las plantó usted?

Ella enarcó una ceja, como si estuviera preguntándose por qué había pasado de amenazarla a charlar de plantas.

–Son narcisos, *monsieur* Ransleigh –esbozó una sonrisa casi imperceptible al comentar–: Se crio en la ciudad, ¿verdad?

–Por su tono de voz, deduzco que son unas flores muy conocidas. Sí, soy un muchacho de ciudad, pero está claro que usted se crio en el campo.

–Hay flores en los dos sitios.

–Su inglés es excelente, apenas se nota un ligero acento. ¿Dónde lo aprendió?

–Es un idioma que se habla en todas partes desde hace varios años.

A partir de aquellas evasivas respuestas, Will dedujo que se había criado en el campo, probablemente en alguna finca que contaba con un experto jardinero y una niñera inglesa.

–¿Cómo acabó haciendo de anfitriona para su primo en Viena?

–Él no estaba casado, y un diplomático de ese nivel tiene muchos compromisos sociales.

Le sorprendió recibir una respuesta directa y decidió insistir en el tema.

–¿Él no siguió precisando de sus servicios después de Viena?

–Las necesidades de los hombres van variando. Dígame, *monsieur*, ¿acepta la condición que le he puesto?

Se sintió gratificado al ver que intentaba retomar el tema que tenían entre manos. Aunque no mostraba signo alguno de ansiedad tales como dedos temblorosos, manos tensas, movimientos de nerviosismo, estaba claro que no se sentía tan tranquila como quería aparentar.

–Sí.

Era esencial que fingiera acceder a su petición, le resultaría mucho más fácil sacarla de Viena si iba con él por voluntad propia; de hecho, le sorprendía un poco que hubiera accedido a acompañarle, a menos que...

–No piense que podrá escapar de mí en París. Estaré pegado a usted en todo momento, como la corteza del pan a la miga.

–¡Umm! ¡El pan francés calentito está delicioso!, ¡qué ganas tengo de comer un poco!

Le recorrió un relampagazo de deseo que le fue directo a la entrepierna al verla relamerse. Su reacción debió de reflejarse en su rostro, porque ella le miró con cierta sorpresa antes de esbozar una sonrisita.

La situación no le hizo ninguna gracia, pero, aunque no pudiera controlar la reacción de su cuerpo, era dueño y señor de sus propias acciones. Nadie sino él iba a usar la baza de la seducción en aquel jueguecito, siempre y cuando deseara hacerlo.

–Me gustaría saber cómo es posible que usted, prima de Thierry St Arnaud, haya acabado viviendo sola en un lugar como este. ¿Por qué no se la llevó consigo cuando se fue de Viena?

–A él no le importaba nada ni nadie más allá de lograr que Napoleón recuperara el trono de Francia. Cuando el intento de asesinato fracasó, su único objetivo era escapar antes de que las autoridades austríacas descubrieran su implicación en la trama, para poder urdir otro plan más. Como yo ya no le servía de nada, no quiso saber nada de mí.

Will pensó para sus adentros que St Arnaud parecía tener tanta lealtad familiar como su propio tío, pero, por muy egoísta que pudiera ser este último, no había duda de que ayudaría a cualquier Ransleigh que estuviera en apuros.

No entendía qué clase de hombre sería capaz de dejar desamparada a su propia prima, pero dejó a un lado esa cuestión de momento y le preguntó:

–¿Usted compartía el fervor de su primo por ver de nuevo a Napoleón como emperador?

–Para que Francia quedara limpia de la mácula que era la aristocracia, Napoleón derramó la sangre de su propio pueblo antes de crear una aristocracia propia. Lo único que sé de política es que a la hoja de la guillotina le siguieron las guerras del emperador, dudo mucho que los campos de Europa se sequen en esta generación.

–En ese caso, ¿por qué ayudó a St Arnaud?

–¿Acaso cree que él me dejó otra alternativa?

Aquella respuesta le tomó por sorpresa, y la observó sin saber qué pensar. Ella le sostuvo la mirada, aunque se ruborizó un poco al verse objeto de semejante escrutinio.

Seguro que un hombre capaz de abandonar a su propia prima no había tenido escrúpulos a la hora de obligarla a cooperar con él. Justo cuando estaba preguntándose si St Arnaud la habría lastimado, ella bajó la mirada como si estuviera leyéndole el pensamiento. Le asaltó una terrible sospecha al verla ocultar la mano izquierda bajo la falda, y sin decir palabra se acercó a ella y le agarró la mano.

Ella se resistió, y soltó una exclamación ahogada cuando se la alzó con un ligero tirón para poder verla a la luz. Tenía dos dedos un poco torcidos y los nudillos aún estaban hinchados, era como si los huesos no hubieran sanado bien después de romperse.

–¿Es esto un ejemplo de la capacidad de persuasión de su primo? –le preguntó con voz ronca. Estaba atónito e indignado, cualquier hombre capaz de agredir a una mujer merecía el más absoluto de los desprecios.

Ella se soltó y se frotó la muñeca.

–Fue un accidente, *monsieur*.

Si St Arnaud la había obligado a participar en el intento de asesinato y después la había abandonado, ¿por qué lo protegía? Sintió cierta compasión por ella al empezar a entenderla, pero luchó por sofocar esa reacción; fueran cuales fuesen las razones que la habían llevado a hacer lo que había hecho, seguía siendo la mujer que había destrozado la carrera de Max.

–¿Pretende que crea que no fue más que un peón inocente en manos de su primo?, ¿que él la obligó a obedecerle y la abandonó cuando ya no le servía de nada?

–¿Que si me utilizó, tal y como pretende hacer usted? –le preguntó ella con una dulce sonrisa.

Aquellas palabras le hirieron, y se enfureció aún más. Él no era pariente suyo, no estaba obligado a procurar su seguridad y su bienestar. Aquella mujer le había tendido una trampa a Max, ¡se tenía merecido que la utilizara!

–¿Por qué es tan importante para usted ir a París?

–Es un asunto de familia. Usted mismo, que ha viajado hasta aquí y se esfuerza con tanta diligencia por ayudar a su primo, debería entenderlo. Si me lleva a París, le acompañaré a Inglaterra; de otra manera, no accederé a ir por mucha persuasión que emplee.

La miró a los ojos para intentar calibrar hasta qué punto estaba decidida a mantenerse firme. Ella tenía razón al decir que no podía obligarla a que testificara por la fuerza ni a base de amenazas; de hecho, el mero hecho de que pareciera coaccionada durante su comparecencia bastaría para desacreditar sus palabras.

Con un poco de suerte, durante el viaje lograría disuadirla de ir a París, pero, si no lo lograba, era posible que al final no tuviera más remedio que acceder a pasar por allí. Era recomendable tener siempre una estrategia a largo plazo, pero en ese momento lo único que le importaba era jugar la siguiente carta. Lo primero era sacar a *madame* Lefevre de Viena.

–No parece tener gran cosa, así que no creo que se demore demasiado preparando el equipaje. Me gustaría partir en dos días.

–¿Cómo pretende sacarme de aquí? Los hombres que me vigilan no han interferido en mi vida cotidiana, pero no he intentado en ningún momento salir de la ciudad.

Mientras tomaba una jarra de cerveza con el tabernero de la esquina, Will había averiguado que alguien estaba espiándola, pero no esperaba que una mujer se percatara de ello. Volvió a sentir de nuevo una mezcla de sorpresa y, muy a pesar suyo, admiración.

–¿Es consciente de que están vigilándola?

Ella le miró con exasperación, como si estuviera tratándola como a una idiota.

–*Bien sûr!* De momento, como se dieron cuenta de que no supongo amenaza alguna, se han limitado a vigilar, pero desde que me recuperé lo suficiente como para... –dejó la frase inacabada, y se limitó a añadir–: He tenido vigilancia.

Él se preguntó de qué se había recuperado, aunque no estaba seguro de querer saberlo. Optó por dejar eso a un lado y centrarse en el tema que estaban tratando.

–¿Sabe de quién se trata?

–Creo que son austríacos. Clara ha flirteado con unos cuantos, y a juzgar por el acento tuvo la impresión de que eran de aquí; según ella, no son ingleses ni franceses. Talleyrand tiene agentes de sobra, los austríacos pueden darle cualquier información que desee.

Aquello confirmaba lo que el tabernero le había dicho a él. Iba a resultar más fácil evadir a gente de la zona, soldados contratados por funcionarios del gobierno, que a profesionales del Ministerio de Asuntos Exteriores. En los dos días que estaba concediéndole a *madame* Lefevre para que alistara sus cosas, iba a aprovechar para observar la rutina de los vigilantes y decidir cuándo y cómo sacarla de allí si las autoridades se negaban a dejarla partir.

–¿Piensa que voy a poder saldar las cuentas con la casera y marcharme como si nada, equipaje en mano?

–¿Preferiría escapar por la ventana a medianoche? –contestó, divertido.

–A usted le ha ido bien el balcón. Quizás sería prudente anticiparse a una posible oposición. Podría disfrazarme para que ni la casera ni los hombres que vigilan desde la esquina se dieran cuenta de mi partida en un primer momento.

Aunque a aquellas alturas no debería sorprenderle nada de lo que ella dijera, su proposición le tomó por sorpresa.

–¿Quiere huir disfrazada? Qué educación tan peculiar le dan los franceses a sus anfitrionas diplomáticas.

–Francia ha estado en guerra desde antes de que usted y yo naciéramos, *monsieur*. La gente de todos los estratos sociales ha tenido que aprender trucos para sobrevivir.

Estaba claro que ella había tenido que hacerlo, teniendo en cuenta que su propio primo la había dejado abandonada en una capital extranjera.

–¿Qué es lo que sugiere que hagamos, *madame*?

–Que partamos a media tarde, cuando las calles están llenas de vehículos, vendedores ambulantes y peatones. Los hombres que me vigilan estarán distraídos por el bullicio y relajarán un poco la guardia. Usted podría encontrarse con mi amiga Clara en una posada que hay cerca de aquí, traerme ropa de hombre que ella podría ocultar bajo los bordados que lleva en la cesta. Clara le acompañaría hasta aquí, y le diría a la casera que es su hermano en caso de encontrársela; una vez aquí, usted saldría por el balcón y yo por la puerta con Clara, vestida con la ropa de hombre que usted me había proporcionado.

Era una idea tan descabellada que Will estuvo a punto de echarse a reír.

–No me importa salir por el balcón, pero ¿realmente cree que puede hacerse pasar por un hombre?

–Soy una mujer bastante alta; mientras no me cruce con *frau* Gruener, que me conoce bien, el plan no tiene por qué fallar. Ah, por cierto, ella siempre se retira a reposar entre las dos y las cuatro de la tarde. Los guardias de la esquina tan solo verán a Clara saliendo del edificio acompañada de un hombre, y creerán que se trata del mismo con el que entró. Una vez que nos alejemos de aquí, dejo en sus manos decidir el siguiente paso; al fin y al cabo, ha hecho un gran trabajo a la hora de localizarme.

Will estaba intrigado al ver que mostraba aquel inesperado talento para urdir tretas, y lo cierto era que el plan le parecía factible.

–Podría funcionar, siempre y cuando sea capaz de andar vestida de hombre sin que se note de inmediato que es una mujer.

–Le sorprenderían mis talentos –le contestó ella, con una sonrisa carente de humor–. Me preocupa más que usted llame la atención si pasa demasiadas horas en esta zona, es bastante... llamativo.

–¿Me cree incapaz de pasar desapercibido?

–Su ropa es común y corriente, pero usted, *monsieur*, no lo es –le miró de arriba abajo antes de volver a alzar la mirada hacia su rostro–. Tanto su pelo dorado como sus facciones son demasiado impactantes.

Will no pudo evitar sentir una satisfacción puramente masculina al saber que le parecía tan notable. La miró a los ojos con una pequeña sonrisa en los labios, y relampagueó entre ellos una descarga de energía sensual tan poderosa como si se hubieran tocado, y, a juzgar por la exclamación ahogada que se le escapó y por cómo lo miró, estaba claro que ella sintió lo mismo.

Maldición... Ya era malo de por sí que se hubiera sentido atraído por ella de inmediato, pero, si encima el sentimiento era mutuo, la cosa se complicaba aún más; por otro lado, si mantenía la cabeza centrada en su objetivo, ya que estaba claro que su cuerpo tenía otras ideas, quizás podría utilizar aquella atracción más adelante. Para los dos sería mucho más agradable que la sedujera para conseguir sus propósitos en vez de recurrir a la coacción.

Tomó buena nota de esa posibilidad y se obligó a apartar la mirada de ella para cortar la conexión que se había creado.

—A mí se me dan bastante bien los disfraces, así que al venir no me haré pasar por el hermano de su amiga, sino por un tío de avanzada edad. Llevaré gafas y cojearé un poco... Los años no perdonan y la gota causa estragos.

—¿De verdad que es el primo de Max Ransleigh?

Era normal que se mostrara escéptica. Él tampoco podía imaginarse a Max escalando hasta un balcón, colándose en las habitaciones de una mujer, amenazándola y disfrazándose de hombre mayor.

—Soy ilegítimo, así que he adquirido mis habilidades turbias de forma legítima.

—Ah, ya veo. De acuerdo, Clara estará dentro de dos días en la posada de la calle Dusseldorfer a las tres de la tarde, para encontrarse con un anciano encorvado con gafas y bastón.

Él sonrió al ver que le ofrecía la mano y comentó:

—¿Honor entre ladrones?

Se la estrechó... y una poderosa corriente fluyó entre ellos cuando sus dedos se tocaron.

Ella se ruborizó y apartó la mano a toda prisa, pero, a diferencia de antes, Will no se enfadó consigo mismo por el deseo que le inspiraba aquella mujer. La idea de seducirla empezaba a parecerle muy tentadora.

—Muy bien, a las tres en punto —al ver que asentía

y se volvía para volver a entrar en la casa, añadió–: Por cierto, *madame*, estaré vigilándola. Si un joven alto con cierto aire femenino sale de su casa de aquí al día acordado, me daré cuenta.

–¿Por qué habría de intentar eludirle? Deseo regresar a París, y usted va a ayudarme a hacerlo. Hasta entonces, *monsieur*.

En ese momento se oyó una voz de mujer procedente del segundo piso.

–¿Dónde está, *madame*?

Ella le empujó a toda prisa hacia la zona en sombra de debajo del balcón y susurró con apremio:

–¡Escóndase!

–Supongo que es Clara, la doncella que la ayuda –le dijo en voz baja, mientras se oía a alguien saliendo al balcón.

–¡Ah, está en el jardín! ¿Quiere que le baje la cena? –dijo la mujer desde arriba.

–¡No, ya subo! –le contestó *madame* Lefevre antes de volverse hacia él–. En cuanto me oiga arriba, salte la tapia y váyase por donde ha venido. Seguiré sus indicaciones, no tiene por qué molestar a Clara.

–¿Qué le hace pensar que no la he... molestado ya?

Ella le miró alarmada antes de recobrar la compostura. Seguro que se había dado cuenta de que la doncella habría llegado asustada y frenética si él le hubiera hecho algo, en vez de estar llamándola a cenar tan tranquila; aun así, decidió que valdría la pena seguir a la mujer hasta su casa para ver si podía sacarle alguna información adicional sobre su señora.

La señora en cuestión debió de leerle el pensamiento, porque le fulminó con la mirada y le espetó:

–Como le pase algo a Clara, es hombre muerto.

Le hizo tanta gracia que tuviera la audacia de amenazarle aquella mujer esbelta que debía de pesar poco más que una niña y que carecía tanto de fuerza como de un arma, que sonrió de oreja a oreja y contestó:

–Inténtelo si quiere.

–No tiene ni idea de lo que soy capaz, *monsieur*.

Tras aquellas secas palabras, le dio la espalda y volvió a entrar en su casa dejando tras de sí un ligero aroma a lavanda.

Capítulo 4

Elodie subió a toda prisa a sus habitaciones con el corazón martilleándole en el pecho, se sentía tan débil como si acabara de correr por las laberínticas calles de Viena durante una hora. Clara había dejado la cesta sobre la mesa y estaba echándole un vistazo al bordado que acababa de terminar aquella tarde.

–¡Es el más bonito que ha hecho hasta ahora, *madame*! Los colores son preciosos, y el pájaro es tan vívido que parece que vaya a salir volando del vestido de un momento a otro –alzó la mirada y asintió con aprobación al verla–. Qué buen color de cara tiene. Disfrutar de un poco de aire fresco le ha sentado bien. Tiene que hacerlo más a menudo.

Elodie no le aclaró que el rubor que le teñía el rostro no se debía al aire fresco del jardín, sino a un hombre exasperante, mandón y peligroso.

El mero contacto de su piel cuando la había tocado la había abrasado. Hacía muchos años que no sentía una reacción física así. La sensación le trajo a la mente los primeros días de amor con su difunto marido, cuando bastaba con que él la mirara para hacerla arder de deseo.

Dejó a un lado los recuerdos antes de que pudiera adueñarse de ella la tristeza. Teniendo en cuenta el efecto que Will Ransleigh había tenido en ella, viajar con él podía resultar ser más peligroso de lo que esperaba. En cualquier caso, ya tendría tiempo de preocuparse por eso más adelante, de momento había asuntos más urgentes.

—Le he traído una buena cena —le dijo la doncella, mientras ponía la mesa y encendía varias velas—. *Frau* Luvens ha preparado pastel de carne y *strudel* de manzana. Haga un esfuerzo y cómaselo todo, por favor.

Elodie se sorprendió al darse cuenta de que, por primera vez en mucho tiempo, le apetecía comer. Saber que por fin iba a poder regresar a París le había reavivado el apetito.

Mientras Clara parloteaba sobre su jornada en el elegante hotel donde trabajaba desde que ella ya estaba lo bastante repuesta como para valerse por sí misma, se acercó a la ventana con aparente naturalidad. Desde aquel ángulo no alcanzaba a ver la zona de debajo del balcón al completo, pero un rápido vistazo le bastó para confirmar que *monsieur* Ransleigh ya no estaba en el jardín.

—Venga a comer antes de que se enfríen los pasteles de carne —le pidió Clara, que ya lo tenía todo preparado para la cena—. Gruber me ha dado algo de pan de la cocina del hotel, ¡cuánto me alegra ver que ha recobrado el apetito! Justo a tiempo, porque a partir de ahora podremos permitirnos comprar carne más a menudo. *Madame* Lebruge se mostró tan complacida con los últimos bordados que le entregamos que le dije que en adelante iba a tener que pagarnos diez chelines más por cada pieza, y aceptó sin protestar. Tendría que haberle pedido veinte.

Elodie se sentó y esperó a que Clara empezara a comer antes de decir:

–No voy a entregarle ninguno más, me voy de Viena.

La doncella la miró desconcertada y se limpió con la mano la salsa que le caía por la barbilla.

–¡Pero si me dijo que tardaría meses en ahorrar lo suficiente para poder viajar!

–Ha habido un cambio de planes.

Elodie le contó lo de la inesperada visita de Will Ransleigh y su propuesta de llevarla a París. No mencionó ni que él la había amenazado ni la atracción que había entre los dos, pero, aun así, Clara se mostró suspicaz.

–¿Está segura de que puede confiar en ese hombre, *madame*? ¿Cómo sabe que realmente es el primo de *monsieur* Max Ransleigh?

–Lo entenderás cuando le veas, es sorprendente lo mucho que se parecen.

–¿Por qué está dispuesto a hacerle el favor de llevarla a París?

–Porque le he prometido que, a cambio, yo iré a Inglaterra a testificar ante las autoridades cómo enredé a su primo en el plan de St Arnaud.

–*Gott im Himmel, madame!* ¿No cree que es una imprudencia?, ¿no correrá peligro?

Aunque estaba casi segura de que Ransleigh se había marchado, la experiencia le había inculcado la necesidad de ser cautelosa en todo momento, así que se inclinó hacia su doncella y le susurró:

—No tengo intención alguna de ir a Londres, pienso escabullirme en cuanto lleguemos a París.

—¡Buena idea! Seguro que lo logra ahora que ya ha recobrado las fuerzas por completo, pero ¿no cree que sería conveniente que yo fuera con usted? No me gusta la idea de que viaje sola con un hombre al que no conocemos de nada.

—Gracias, querida amiga, pero es mejor que te quedes aquí. Viena es tu hogar. Ya has hecho mucho más de lo que cabría esperar, jamás podré pagarte toda la ayuda que me has prestado.

—Es lo menos que podía hacer después de la bondad con la que me ha tratado siempre. Usted, una dama que debía codearse con la crema y nata de la sociedad vienesa, me dio la oportunidad de ser su doncella a pesar de mi falta de experiencia, y me habría resultado imposible conseguir el trabajo que tengo ahora sin todo lo que aprendí estando a su servicio.

—Me has devuelto el favor con creces, te lo aseguro.

—En cualquier caso, no debería viajar sola.

—Te daría la razón si fuera a viajar como corresponde a una dama, pero no va a ser así. Lo más probable es que sea un viaje sin comodidades, puede que incluso peligroso. No creo que a los hombres que me vigilan les haga gracia descubrir que me he marchado de Viena, y no quiero que tú vuelvas a estar en peligro por mi culpa. Debo irme yo sola.

—¿Está segura?

—Sí.

Le tomó la mano en un gesto tranquilizador; incluso en el caso de que planeara viajar como una dama, no la habría llevado consigo. Escapar con rapidez, hacer que quienes la vigilaban se fueran también de Viena al partir en su busca, era la mejor forma de garantizar la seguridad de la mujer que le había dado cobijo y la había ayudado a recuperarse tras la paliza y el abandono que había sufrido.

—No voy a entregar más bordados, pero aún me quedan varias cosas por las que podemos sacar algo de dinero —se acercó a la cómoda y sacó dos fardos envueltos con cuidado en muselina—. Uno de estos es un vestido de baile que nunca llegué a estrenar y por el que podrás pedir una buena suma, y el otro el más elegante de mis vestidos de gala. He vuelto a bordarlo y cambié los ribetes, así que *madame* Lebruge también podrá revenderlo sin problemas.

—Será mejor que se quede usted con el dinero que consigamos por ellos, sobre todo si piensa viajar. Mañana mismo se los llevaré a *madame* Lebruge. Todos los vestidos que usted le ha entregado hasta ahora le han encantado, así que seguro que puedo sacarle una buena cantidad de dinero.

—Sácale todo lo que puedas, pero quédatelo tú. Será poca cosa en comparación con la deuda que tengo contigo. Ah, tengo algo más —abrió el dobladillo del delantal de costura que llevaba puesto y sacó unos pendientes de diamantes que relucieron bajo la luz de las velas—. Ten, son para ti. Véndelos si quieres, o guárdalos como recuerdo de nuestra amistad.

–¡No, *madame*, no puedo aceptar algo tan costoso! Además, puede que tenga necesidad de venderlos cuando llegue a París.

–No te preocupes, aún me quedan unas cuantas joyas más. St Arnaud no era un dechado de virtudes ni mucho menos, pero no se puede negar que no escatimaba a la hora de darme dinero para que vistiera como corresponde a la anfitriona de un alto cargo diplomático. No sé cómo me las habría ingeniado para sobrevivir durante este año sin las joyas y las elegantes prendas que hemos vendido.

La doncella insultó en alemán a St Arnaud antes de decir:

–Si ese granuja no hubiera tenido tanta prisa por marcharse de Viena y salvar su propio cuello, seguro que se lo habría llevado todo.

–Sí, es posible, pero, en cualquier caso, me alegra haber podido contar con esos recursos. Bueno, deja que te explique el plan para marcharme de Viena.

Al cabo de media hora, tras memorizar con quién iba a encontrarse, cuándo y dónde, Clara se despidió de ella con un abrazo y se marchó; cuando sus pasos se perdieron en la distancia, la casa quedó sumida en un opresivo silencio.

Aunque no hacía falta que se pusiera a bordar los vestidos que la doncella acababa de traerle, la fuerza de la costumbre la impulsó a agarrar el de arriba de la cesta y sus enseres de costura.

Junto con la venta de algunas joyas, los vestidos que había usado cuando hacía de anfitriona para St

Arnaud la habían sustentado durante seis meses. Ella misma los había reformado antes de vendérselos a la tienda donde los había comprado en un principio, y a *madame* Lebruge le habían gustado tanto la elegancia y la originalidad de sus creaciones que había empezado a enviarle otros vestidos para que los embelleciera.

La familiar sensación de ir dando puntada tras puntada fue calmándola, y se puso a pensar en lo que había sucedido en las últimas horas. La suspicacia de su doncella era comprensible. Era posible que Will Ransleigh no tuviera intención de llevarla a París, a lo mejor pensaba asesinarla en algún callejón.

Aunque si quisiera deshacerse de ella, había tenido oportunidad de hacerlo antes. Le había parecido tan empeñado en corregir el daño que ella le había causado a su primo Max que estaba convencida de que tenía intención de llevarla a Londres, y le había dejado muy claro que no accedería a ir con él a menos que pasaran primero por París.

Sonrió al recordar que él había sospechado de inmediato que planeaba escapar en cuanto llegaran allí. No debía subestimarle por el mero hecho de que fuera primo de Max Ransleigh y, en consecuencia, sobrino de un conde. No estaba nada claro que aquel hombre no supiera desenvolverse en los bajos fondos parisinos; al fin y al cabo, había conseguido rastrearla con éxito, y seguro que sin ayuda de las autoridades.

Lejos de escandalizarse cuando ella le había propuesto huir disfrazada, se había limitado a poner en duda si estaba capacitada para llevar a cabo semejante treta, y, el hecho de que él hubiera propuesto a su vez un disfraz incluso más rebuscado, indicaba que estaba tan familiarizado como ella con las tretas y los subterfugios.

A lo mejor trabajaba para el Ministerio de Asuntos Exteriores, al igual que Max, pero de forma más clandestina. O quizás era un granuja, tal y como parecía indicar el aire de peligro y de imprevisibilidad que desprendía.

Él mismo había admitido que era ilegítimo. A lo mejor no se había criado rodeado de lujos, tal y como cabía esperar del sobrino de un conde; a lo mejor, al igual que ella, había tenido que luchar por salir adelante mientras iba de un lado a otro. Eso explicaría su habilidad a la hora de escalar paredes y colarse en casas ajenas por el balcón.

Pensó por un instante que los dos tenían mucho en común, pero desechó la idea al darse cuenta de que era una ridiculez. Seguro que para él no había sido una cuestión de vida o muerte ser capaz de interpretar con éxito un papel prefijado.

Tenía que tener siempre muy presente que aquel hombre la había buscado con un propósito muy concreto y que ella no le importaba lo más mínimo, pero, aun así, en función de lo que sucediera en París, quizás se planteaba cumplir con su promesa y acompañarle a Londres, porque sentía la necesidad de enmendar el daño que se había visto obligada a causarle a Max Ransleigh.

Tras analizar el historial de todos los ayudantes del duque de Wellington, St Arnaud había decidido que la debilidad que Max tenía por las mujeres, la cortesía innata que siempre mostraba hacia ellas, le convertían, de entre todos los que tenían acceso directo a Wellington, en el candidato perfecto para llevar a cabo el plan. La había obligado a entablar amistad con él, a ganarse su confianza y enterarse de todos sus movimientos para, llegado el momento, utilizarlo como señuelo.

St Arnaud le había ordenado que le ofreciera su cuerpo a Max si hacía falta, pero no había sido necesario. No es que le resultara poco atractivo, pero, tras enterarse de que ya había tomado como amante a una de las más elegantes cortesanas de Viena, le había parecido improbable que se sintiera tentado por una mujer alta, de pelo castaño, y sin ningún atractivo especial.

Al principio la había tratado con la cortesía propia de un diplomático para con una dama, hasta que un día, al verla con magulladuras en el rostro y el hombro, se había dado cuenta de que St Arnaud la había golpeado.

Ella no le había dicho nada, por supuesto, pero él se había vuelto muy protector a partir de ese momento. Resultaba un poco irónico que el acercamiento entre los dos no se hubiera producido gracias a sus encantos de mujer, sino al mal genio y la mezquindad de St Arnaud.

De hecho, estaba convencida de que, de no ser porque había surgido el momento perfecto para que St Arnaud llevara a cabo su plan, Max habría intentado encontrar alguna forma honorable de ayudarla a escapar de su primo.

Pero el momento había surgido y, a pesar de que

se había visto obligada a hacer lo que había hecho, aún le dolía recordarlo.

La noche del intento de asesinato había empezado con una tarde normal y corriente en el Congreso, hasta que Max le había mencionado como si nada que el duque y él iban a llegar un poco tarde al baile del embajador porque antes debían hablar de varios asuntos en privado. No le había costado nada sonsacarle en qué antesala iba a producirse esa charla, y después había sido igual de fácil interceptarle en el pasillo cuando iba de camino hacia allí.

Le había pedido que la ayudara con una supuesta tarea, aduciendo que St Arnaud se enfadaría con ella si no lograba completarla cuanto antes; aun así, a pesar de lo considerado que era y de cuánto se preocupaba por su bienestar, solo había logrado entretenerle durante unos minutos, ya que estaba impaciente por ir a hablar con Wellington; cuya poca paciencia con la impuntualidad era de sobra conocida.

Había bastado con aquellos escasos minutos. El asesino de St Arnaud había encontrado a su objetivo solo y desprotegido, pero, gracias al sexto sentido que había desarrollado en el campo de batalla, Wellington se puso a cubierto un instante antes de que el tipo irrumpiera en la antesala y le disparara.

De ese modo se había evitado la tragedia, al menos en lo concerniente al duque. Tras ser apresado de inmediato, el desacertado asesino había aguantado el interrogatorio durante unos minutos antes de revelar que St Arnaud estaba implicado en el plan y, por tanto, ella también.

Temiéndose lo peor, St Arnaud había huido, aunque no sin antes lidiar con ella. No la había dejado en condiciones de intentar averiguar lo que había sido de Max, aunque ella había dado por hecho que había perdido su puesto con deshonor y le habían mandado de vuelta a Inglaterra.

Suspiró con pesar al pensar en él. Querido Max, era el hombre más cortés y amable que había conocido en toda su vida. Qué extraño que, a pesar de lo apuesto que era, no hubiera sentido por él el deseo inmediato y poderoso que la había golpeado de lleno al conocer a su primo Will.

La atracción que había sentido por Will Ransleigh se había adueñado de sus sentidos hasta tal punto que por un momento se le había olvidado que él se había colado en su casa. Era una atracción tan fuerte que seguía sintiéndola a pesar de que él la había coaccionado y amenazado... y a pesar de que iba ataviado con unos pantalones bastante anchos, no había duda de que el deseo era mutuo.

Se ruborizó solo con pensar en el bulto duro que había visto silueteado contra la tela, pero de repente se dio cuenta de que podría utilizar el deseo que sentía por ella cuando llegara el momento de huir. Un hombre saciado estaría lánguido, menos vigilante, y saciar a Will Ransleigh no sería una tarea nada engorrosa.

Escapar de él en París, sin embargo, no iba a ser nada fácil.

Capítulo 5

Will vigilaba desde una esquina al guardia apostado al otro extremo del callejón. Estaba oculto entre las sombras creadas por un balcón, y con el pelo dorado que a *madame* Lefevre le había parecido tan distintivo cubierto por completo con una gorra. Tenía pensado ir a por algo de cenar y regresar para pasar toda la noche haciendo guardia, ya que quería averiguar cuántos hombres vigilaban la casa y cuándo cambiaban de turno.

Aunque había aceptado la propuesta de *madame* Lefevre de marcharse disfrazada de allí a pleno día, lo más sensato era saber a cuántos hombres se había contratado para tenerla vigilada, ya que era muy posible que les ordenaran perseguirla en cuanto se descubriera que había huido.

La verdad, seguía sorprendiéndole el inesperado talento de aquella mujer para urdir intrigas.

Iba a interrogar a la tal Clara, la doncella, antes de ir a por la cena. No había tenido necesidad de hablar con ella hasta el momento porque no le había hecho falta su cooperación para localizar a su señora, pero, a pesar de saber que no iba a resultar nada fácil sacarle información sobre la dama a la persona que había estado protegiéndola, de la conversación que había mantenido él mismo con dicha dama había sacado más preguntas que respuestas.

Valía la pena intentar sonsacarle a la joven cualquier dato que pudiera aclarar un poco quién era en realidad la misteriosa *madame* Lefevre, una mujer que de momento no se comportaba como cabría esperar de una aristócrata francesa que había hecho de anfitriona ante los mandatarios más importantes de Europa.

Como ya había confirmado que la mujer a la que había localizado era *madame* Lefevre, había llegado el momento de replantearse la imagen que se había formado de ella antes de conocerla.

La rapidez con la que había tenido la idea de escapar disfrazada, y disfrazada de hombre, además, parecía indicar que ya lo había hecho antes, y, a juzgar por lo seria que se había puesto, estaba claro que no había sido para alguna función teatral entre amigos.

Recordó que ella había comentado que Francia había estado en guerra desde antes de que ellos nacieran, y se preguntó si su familia se había visto atrapada en la matanza que había llevado de la monarquía a la república, después al imperio, y de vuelta a la monarquía. La verdad, era muy probable.

Deseó haberse parado en Londres para averiguar algo más sobre los St Arnaud. El príncipe Talleyrand, superior de Thierry St Arnaud, poseía un gran instinto de supervivencia, ya que había sido el ministro de

Asuntos Exteriores de Francia durante la república, el consulado, el imperio y la restauración. De hecho, en el Congreso de Viena había logrado convencer tanto a Inglaterra como a Austria de que Francia, un país contra el que esos dos aliados habían luchado durante más de veinte años, se unieran a Francia contra Rusia y Prusia.

Le habría gustado saber de qué ingeniosos ardides se había valido la familia St Arnaud para conservar tierras y títulos durante el baño de sangre que había habido durante la revolución y el imperio.

A lo mejor, en vez de pasar la infancia a salvo en alguna finca campestre, *madame* Lefevre se había visto obligada a escapar de la guillotina junto con su familia, como tantos otros aristócratas. Quizás habían huido a Inglaterra; al fin y al cabo, la Corona británica había apoyado a una enorme comunidad de emigrantes. Eso explicaría su dicción tan buena y casi carente de acento.

Se preguntó si se le daba tan bien urdir ardides porque era uno de los agentes de Talleyrand, y aquella desagradable posibilidad hizo que se le revolviera el estómago; aun así, aunque era algo que no podía descartar por completo, sabía que Talleyrand tenía fama de ser un jefe muy estricto. Sería muy raro que el príncipe hubiera dejado un cabo suelto; en ese caso una antigua agente, flotando a su aire en la brisa vienesa durante cosa de un año. Seguro que *madame* Lefevre habría sido eliminada o secuestrada hacía mucho.

Decidió que, en cualquier caso, no estaría de más tratarla como si fuera una profesional con experiencia, y no pudo contener una sonrisa. Eso haría que el duelo intelectual entre ambos fuera mucho más dulce, y, si surgía la oportunidad de enzarzarse en una «batalla» cuerpo a cuerpo (desnudos, claro), pues mucho mejor.

Fuera como fuese, en ese momento tenía que dejar a un lado aquellos pensamientos tan carnales. No podía dejar que la lujuria y la curiosidad le hicieran olvidar su objetivo ni bajar la guardia. Estaba convencido de que ella planeaba intentar escaparse durante el viaje, así que tenía que estar alerta para impedírselo.

Justo cuando acababa de llegar a esa conclusión, vio a Clara saliendo de la casa de la dama en cuestión y la siguió procurando mantenerse al amparo de las sombras.

Ya empezaba a anochecer y el hecho de que cada vez hubiera menos gente en las calles podría dificultarle el pasar desapercibido, pero, por suerte, la doncella se dirigió hacia un mercado cercano. Ella compró pan, queso y manzanas aprovechando que los vendedores estaban deseando dar por finalizada la jornada y dejaban a precios de ganga la última mercancía que les quedaba. Mientras la seguía a varios puestos de distancia, se dio cuenta de que los vieneses parecían bastante prósperos, además de descuidados con sus monederos; de haber querido, podría haber robado media docena por el camino.

Al final fue incapaz de resistirse a la tentación de poner a prueba su destreza, y pensó además que sería una buena forma de presentarse. Se colocó detrás de la doncella y le robó el monedero mientras ella estaba junto al último puesto, despidiéndose del vendedor y colocando bien la compra en su cesto.

La siguió hasta un tramo de calle casi desierto donde las segundas plantas de varios edificios sobresalían y creaban zonas bañadas por las sombras, y entonces aceleró el paso hasta adelantarla, se volvió hacia ella de modo que no tuviera más remedio que retroceder un poco hacia la pared, y la saludó con una profunda reverencia antes de entregarle el monedero que le había arrebatado.

–Disculpe, señorita, creo que esto se le ha caído.

Ella soltó una exclamación ahogada y se echó hacia atrás, sobresaltada, pero se detuvo al ver el monedero.

–¡Pero si es mi monedero!, ¡estaba convencida de haberlo metido en el bolso! Muchísimas gracias, *herr...* –fue entonces cuando le miró a la cara, y abrió los ojos como platos al verle bien–. ¡Cielos!

–Will Ransleigh a su servicio, señorita.

–¡Debería alertar a las autoridades para que le arresten por robo!

–No creo que le sirva de mucho, teniendo en cuenta que acabo de devolvérselo. Si la policía de Viena arrestara a todo el que sigue a una muchacha bonita, las cárceles estarían a rebosar. No tengo intención de lastimarla, se lo aseguro.

–Ya veo que no niega habérmelo robado, pero, teniendo en cuenta que podría haberme atacado sin más, voy a optar por no ponerme a gritar de momento. ¿Qué es lo que quiere?

–Voy a ayudar a su señora a salir de la ciudad.

Ella le miró de arriba abajo con ojos llenos de suspicacia.

–Le advertí que no confiara en usted. No dudo que

vaya a ayudarla... pero ayudarla a hacer lo que le convenga a usted, al igual que el despreciable de St Arnaud.

Will sintió una oleada de furia al recordar los dedos torcidos e hinchados de *madame* Lefevre. Si alguna vez llegaba a encontrarse con Thierry, iba a obligarle a medir sus fuerzas contra un adversario de su talla.

—Él la tenía intimidada, ¿verdad?

—Es un canalla —contestó ella, antes de escupir en el suelo—. Tan solo la vi golpearla en dos ocasiones, pero casi siempre estaba magullada. No voy a lastimarla aún más dándole a usted más información.

—Su lealtad es encomiable, pero todo lo que pueda contarme sobre la relación de su señora con St Arnaud o con mi primo me ayudará a protegerla durante el viaje. Seré más eficaz si soy consciente de posibles peligros antes de que se materialicen, si sé quién está vigilándola y por qué.

La mirada de la joven se oscureció, era obvio cuánto se preocupaba por su señora.

—*Herr* Ransleigh, su primo, era un hombre honorable. ¿Me promete que la mantendrá a salvo?

—Sí —él mismo se sorprendió al darse cuenta de que estaba prometiéndolo con total sinceridad. Al ver que ella le miraba sin saber qué hacer, insistió—: Usted desea que su señora esté a salvo, ¿verdad? ¿Le parece bien si yo le digo lo que sé y usted se limita a confirmármelo?

La doncella se lo pensó un momento antes de asentir.

—Usted lleva más de un año con ella, la contrató al

llegar a Viena en septiembre de 1814. ¿Estoy en lo cierto? –cuando ella asintió de nuevo, añadió–: Aquella última noche, St Arnaud la agredió antes de huir.

–Sí –susurró con los ojos inundados de lágrimas.

–¿La lastimó de gravedad? –intuía cuál era la respuesta, y luchó por contener la furia creciente que sentía.

–La encontré inconsciente, con las costillas rotas y el brazo y la mano doblados. Tardó más de un día en recobrar la conciencia, y durante el primer mes temí que no fuera a sobrevivir. ¡Maldito malnacido! La culpó a ella de que su absurdo plan no saliera bien, o quizás descargó en ella su furia ante su propio fracaso. Era uno de esos hombres incapaces de aceptar sus propios errores.

–Usted la llevó del hotel a una casa de huéspedes, y se encargó de cuidarla; cuando estuvo lo bastante repuesta, la trajo a la casa donde vive ahora.

–A esas alturas, ella ya estaba en condiciones de trabajar. Yo me había encargado de vender sus joyas durante los primeros meses, hasta que tuvo la mano lo bastante bien como para usar los dedos. Fue entonces cuando empezó a bordar.

–¿Hubo vigilantes en todos los lugares donde han estado?

–Supongo que sí, aunque no me di cuenta de su presencia hasta que ella se recuperó y los vio. Yo me asusté, no entendía qué era lo que querían de ella, pero con el paso de los meses fui acostumbrándome a su presencia.

–¿Está segura de que son vieneses?

–Sí. Hablé con unos cuantos para ver si lograba

averiguar algo, pero lo único que sabían era que les había contratado un hombre de la zona. Seguro que detrás de esto hay alguien más importante, pero no sé de quién se trata.

–¿Por qué está tan empeñada su señora en regresar a París?

–Supongo que su familia estará allí. Ella nunca hablaba de sí misma, ni era una de esas damas que solo piensan en su propio bienestar. Cuando la acompañaba a la modista o a alguno de esos elegantes bailes, oía hablar a las otras doncellas de lo difíciles y exigentes que eran sus señoras. *Madame* Lefevre no es así, es una mujer considerada que piensa en los demás.

Clara sonrió antes de seguir con su relato.

–Klaus, el lacayo, se resfrió y se puso muy malo una noche, el pobre no podía ni respirar. *Madame* Lefevre pasó junto a él de camino a una recepción y no dijo nada, pero a la mañana siguiente me mandó que fuera a por unas hierbas y preparara una tisana para él. No hizo ostentación de su generosidad ni mucho menos, se limitó a entregarle la tisana al mayordomo y le pidió que se encargara de que Klaus se la tomara.

–¿A usted no le extrañó que ella no hubiera traído su propia doncella personal a Viena?

–Supuse que la doncella en cuestión no había querido viajar hasta tan lejos. Es posible que mi señora no hubiera podido costearle el viaje, porque no parecía tener dinero propio. St Arnaud pagaba mi salario, las facturas de las joyas y los vestidos, y los gastos de la casa, pero a ella no le daba dinero para sus gastos personales; de hecho, la pobre ni siquiera tenía un par de chelines para comprar helados cuando salíamos a pasear.

Aquello confirmaba lo que la propia *madame* Lefevre había dicho, que había dependido por completo de St Arnaud.

—¿No le habló nunca de su familia?

—No, pero si son como St Arnaud no me extraña —la doncella se interrumpió y añadió, ceñuda—: Tan solo mencionó a una persona, y varias veces. Cuando le administré láudano para el dolor, después de que St Arnaud le diera la paliza, murmuró un nombre mientras se quedaba adormilada: Philippe.

Will sintió sorpresa y algo más, una especie de dolorosa punzada en las entrañas, pero desechó con impaciencia aquella extraña reacción.

—¿Quién es? ¿Su marido, su hermano, su amante?

—Su marido no, le oí comentar a St Arnaud que había muerto en las guerras. En una ocasión le pregunté a mi señora quién era el tal Philippe, pero ella sonrió y no contestó, así que preferí no insistir. Se la veía... no sé, llena de añoranza. A lo mejor es alguien con quien quería casarse, pero que no tuvo el visto bueno de su primo. No me extrañaría que ese hombre le hubiera prohibido casarse con cualquiera que no le pareciera lo bastante importante como para entrar en la familia St Arnaud, a lo mejor le prometió permitir el enlace si ella accedía a ayudarle en Viena. Está claro que tenía alguna baza en su poder para obligarla a cumplir sus órdenes.

Por alguna razón en la que prefería no ahondar, no le gustaba nada la idea de que *madame* Lefevre estuviera languideciendo por un supuesto amante parisino. Sacudió la cabeza para quitarse aquella imagen de la mente, y comentó:

—Él le proporcionaba comida, ropa, un lugar donde vivir y una posición social. Esa dependencia le bastaría para obligarla a obedecerle.

—No, estoy convencida de que había algo más. A ella le gustaban las prendas elegantes y las joyas tanto como a cualquiera, pero cuando se vio obligada a venderlo todo lo hizo sin dudarlo. No parecía importarle vivir sin lujos, ni echaba de menos la alta sociedad para la que había hecho de anfitriona. Tan solo hablaba de ganar el dinero suficiente para poder regresar a París.

Como no deseaba oír más hipótesis sobre el misterioso Philippe, Will optó por cambiar el rumbo de la conversación.

—¿Ella no ha vuelto a tener contacto alguno con su primo?

—No. Es mejor que él crea que la mató con la paliza que le dio; de hecho, estuvo a punto de lograrlo.

—St Arnaud emigró al Caribe después de lo acontecido, ¿verdad?

—Eso lo ignoro, lo único que sé es que aquella misma noche se fue de Viena. Si queda algo de justicia en este mundo, alguien le habrá atrapado y estará pudriéndose en la cárcel —Clara alzó la mirada y le miró a los ojos—. Si Dios tiene algo de piedad, usted la dejará regresar a París junto al tal Philippe, quienquiera que sea, cuando haya hecho lo que espera de ella. Después de sufrir tanto, de perder a su marido y soportar el maltrato de St Arnaud, se merece ser feliz.

Como no estaba dispuesto a asegurarle que mandaría a *madame* Lefevre de regreso, ni a París ni a los brazos de su querido Philippe, hasta que ella cumpliera con su función y él decidiera qué hacer respecto a la intensa atracción que había surgido entre los dos, sacó una moneda y se la ofreció.

–Gracias, Clara. Me ha ayudado...

–No hace falta que me dé dinero, úselo para mantenerla a ella a salvo. Va a protegerla, ¿verdad? Ya sé que, si alguien deseara lastimarla, podría haberlo hecho a lo largo de este año, pero no puedo evitar preocuparme. Es un alma tan cándida y buena, tan inocente... demasiado para este mundo tan cruel.

Will recordó el momento en que *madame* Lefevre se había limitado a recoger las flores marchitas del jardín mientras creía que él, un desconocido, estaba decidiéndose entre romperle el cuello o dejarla vivir. No le había parecido cándida ni inocente, sino más bien resignada. Era como si, tras los golpes que le había dado la vida, aceptara la maldad y la injusticia porque se creía incapaz de protegerse de ellas.

Desde el momento en que había quedado abandonado en las calles, se había enfrentado a los matones y había luchado contra las injusticias que había encontrado a su paso. Al recordar aquella cara llena de serenidad inclinada sobre las flores, al imaginarse la mano de St Arnaud alzándose contra ella con brutalidad, se despertó en él un poderoso instinto protector.

Se debatió contra aquella reacción, se dijo que no tenía sentido alterarse por la pequeña tragedia que había vivido aquella mujer; a diferencia de Max, que había sido engañado y traicionado por culpa de su propia caballerosidad, ella había participado en el plan siendo consciente de las posibles consecuencias.

No era de extrañar que la sirvienta la considerara una heroína. Si había sido capaz de engatusar a Max, que no tenía ni un pelo de tonto, para *madame* Lefevre habría sido un juego de niños ganarse la simpatía de una muchacha sencilla y sin estudios cuyo puesto de trabajo dependía de ella.

Mientras intentaba desprenderse por completo de la conmiseración que sentía por aquella mujer, le dijo a la doncella:

–Nos vemos en la posada acordada en dos días.

–Sí. ¿Seguro que será capaz de hacerse pasar por un anciano sin levantar sospechas?

–¿Será capaz ella?

–Ella es capaz de hacer lo que haga falta, y lo ha demostrado. Que pase una buena noche, señor –tras asentir a modo de despedida, se alejó sin más entre las sombras del anochecer.

Él puso rumbo a la posada donde pensaba procurarse la cena, y por el camino le dio vueltas a la información que le había dado Clara.

Según ella, a *madame* Lefevre la habían llevado a Viena sin dinero ni recursos propios, y se había visto obligada a acatar las órdenes de St Arnaud; al parecer, no le importaban ni los bienes materiales ni alcanzar un elevado estatus social, y tan solo ambicionaba regresar a París para volver a ver al dichoso Philippe.

Según Clara, la dama era capaz de hacer lo que hiciera falta, y parecía ser que traicionar a Max Ransleigh entraba en esa categoría. Era muy posible que también estuviera dispuesta a intentar huir de él durante el viaje, que no quisiera testificar para restaurar el buen nombre de su primo.

Seguro que pensaba escapar de camino a París, o cuando llegaran allí. Tenía que permanecer alerta para evitar que lo lograra.

Estaba claro que a la doncella le preocupaba que a los hombres que vigilaban a escondidas a su señora no les hiciera ninguna gracia que esta se marchara de Viena, así que era posible que *madame* Lefevre tuviera más enemigos aparte de él mismo; el enfurecido primo del hombre al que le había arruinado la vida.

En un principio había accedido a que ella se disfrazara de hombre porque su propuesta le había hecho gracia, pero empezaba a pensar que sería una precaución sensata. Se imaginó por un momento aquel cuerpo esbelto enfundado en unos pantalones que delinearían a la perfección sus piernas, que se amoldarían a muslos y pantorrillas y dejarían entrever los tobillos...

Se le secó la boca y su cuerpo se endureció, pero sabía que, al menos de momento, no podía permitir que pensamientos lujuriosos le distrajeran. Tenía que centrarse por completo en llevarla sana y salva a París, porque hasta que llegaran a Londres no iba a permitir que nadie más la lastimara.

Capítulo 6

Dos días después, Elodie entró a última hora de la tarde en una modesta posada de las afuera de Viena con la ayuda de Clara. Iba vestida como un anciano, llevaba unas gafas tan gruesas que no veía casi nada, y se apoyaba en un bastón.

El posadero se apresuró a ir a recibirlas, pero justo en ese momento llegó Will Ransleigh.

—¡Hola, tío Fritz! Cuánto me alegra que hayas podido venir, espero que el trayecto desde Linz no te haya resultado demasiado agotador.

—Ha sido tolerable, muchacho —le contestó ella, con el tono de voz lo más grave posible.

—Perfecto. *Herr* Schultz, súbanos un refrigerio a nuestra habitación, por favor. Josephine, vamos a ayudar a subir a tío Fritz. Tomémosle cada uno de un brazo.

Elodie subió la escalera poco a poco con Clara a un lado y Will Ransleigh al otro, y no respiró tranquila hasta que entró en el saloncito que él había alquilado y oyó que la puerta se cerraba a su espalda. Se sintió exultante, llena de entusiasmo. ¡El primer paso de la huida había sido todo un éxito!

Se sentó en una silla y se quitó aquellas dichosas gafas que tanto le distorsionaban la visión. Se sintió gratificada al ver que Ransleigh estaba mirándola con una sonrisa de sincera aprobación, y notó un cosquilleo en el estómago. Era guapísimo cuando estaba serio, pero cuando sonreía estaba irresistible.

–Bien hecho, *madame*. Tenía serias dudas, pero debo admitir que ha interpretado el papel de anciano con maestría.

–Usted también –le contestó, sonriente–. No le habría reconocido cuando ha venido a casa si no hubiera venido acompañado de Clara. Por no hablar de la rapidez con la que se ha oscurecido el pelo, ha pasado de tenerlo empolvado de blanco a un tono castaño antes de que yo acabara de ponerme la ropa de hombre que me ha traído. Veamos si es capaz de volver a transformarse.

Aunque él aún tenía el pelo oscurecido, se había quitado la sencilla vestimenta de jornalero; la misma que llevaba puesta el día en que había entrado en su casa por el balcón, y en ese momento iba vestido como todo un caballero. El atuendo tenía un corte impecable y los materiales eran de calidad, pero sin llegar a ser muy elegante ni estar a la última moda, ya que eso habría llamado demasiado la atención.

Aun así, la chaqueta enfatizaba la anchura de sus hombros y los ajustados pantalones silueteaban unos muslos musculosos. Vestido con sencillez destilaba una poderosa e impactante masculinidad, pero el efecto se magnificaba aún más con aquella ropa que revelaba su fuerza y su físico.

El potente atractivo de aquel hombre la atrapó de nuevo, el cosquilleo que tenía en el estómago se intensificó y desencadenó una corriente de calor un poco más abajo. Se preguntó lo que sentiría al deslizar los dedos por aquellos brazos y piernas tan musculosos, por el abdomen y más abajo. Se imaginó recorriendo su mandíbula y sus pómulos con los labios, trazando la línea de la frente por encima de aquellos vívidos ojos color turquesa...

Se apresuró a apartar la mirada al darse cuenta de que estaba observándole embobada. Estaba claro que él se había dado cuenta de su ensimismamiento, porque la miró con clara satisfacción y comentó:

—Espero que mi última transformación cuente con su aprobación.

Antes de que ella pudiera contestar, Clara comentó con sequedad:

—Está muy apuesto, señor, y lo sabe bien —se volvió hacia su señora, y exclamó sonriente—: ¡Ha hecho de anciano a las mil maravillas, señora! Seguro que ni *frau* Gruener la hubiera reconocido si nos la hubiéramos encontrado en la escalera.

—Menos mal que no la hemos visto, porque no soy la señora Siddons ni mucho menos —comentó Elodie, antes de estirarse un poco. Estaba agarrotada después de andar tanto rato encorvada con el bastón.

—¿Qué sabe usted de la señora Siddons?

Al oír la pregunta llena de suspicacia de Ransleigh, se dio cuenta de que había hablado de más e intentó enmendar su error.

—Tan solo que sus interpretaciones teatrales en el Congreso le granjearon las alabanzas de los ingleses;

según ellos, no había actriz vienesa que pudiera compararse a ella. Teniendo en cuenta lo bien que se le da disfrazarse, señor Ransleigh, empiezo a pensar que usted mismo ha pisado los escenarios. ¿Fue así como encontró este bigote? –se quitó la crespa tira de lana en cuestión y se frotó el labio–. Pica muchísimo. Me ha hecho estornudar con tanta fuerza que temía que se me cayera de un momento a otro.

–Me disculpo por las deficiencias del disfraz, la próxima vez procuraré proporcionarle uno mejor –le contestó él con sarcasmo.

–Perfecto –se sintió aliviada al ver que no la presionaba para saber hasta dónde llegaba su familiaridad con el teatro inglés.

–No me extraña que le duela la espalda, señora –le dijo Clara–. No conozco esta zona de Viena, y usted no veía casi nada con esas gafas. Hemos tardado tanto en llegar hasta aquí, que en más de una ocasión he temido que nos perdiéramos.

–En ningún momento han corrido ese riesgo –les aseguró él–. Yo he estado detrás de ustedes durante todo el trayecto, y les habría indicado por dónde ir si se hubieran extraviado; además, quería asegurarme de que no las seguía nadie.

–Podemos estar tranquilas en ese sentido, ¿verdad? –era un alivio saber que él estaba tan pendiente de todo.

–Sí. Ideó un muy buen plan, *madame* Lefevre.

Elodie se sintió halagada y se ruborizó, pero al instante se sintió mortificada por aquella reacción tan absurda. No era una muchachita boba, la aprobación de un hombre apuesto no debería afectarla lo más mínimo.

Sabía que no debía olvidar que él tenía sus propias razones para ayudarla a orquestar aquella huida, pero, aun así, la calidez que había generado en ella su halagador comentario no se desvaneció del todo.

Al oír que alguien llamaba a la puerta, se giró un poco y bajó la cabeza para ocultar el hecho de que no llevaba bigote, y esperó a que el criado dejara la bandeja del refrigerio sobre la mesa y se fuera después de hacer una reverencia.

—¿Cenamos? Esta posada tiene fama de preparar buena comida —comentó Ransleigh.

—¿Cómo logra averiguar esas cosas? —le preguntó, maravillada.

Él esbozó una sonrisa enigmática.

—Soy un hombre de muchos talentos.

—Sí, ya lo veo —por un lado, habría preferido no sentirse impresionada por lo competente que era, pero, por el otro, sabía que sería injusto negar la evidencia.

—¿Le apetece cenar con nosotros antes de marcharse, *fraulein*?

Clara asintió y se sentaron los tres a la mesa. Como hasta ese momento sus conversaciones con Ransleigh se habían centrado en los peligros que la acechaban y en los planes para huir de Viena, Elodie no estaba segura de si él iba a hablar durante la cena y, en caso de hacerlo, sobre qué temas, así que se quedó un poco sorprendida al ver que les daba conversación, que charlaba con ellas sobre los lugares de interés de Viena y le preguntaba a Clara sobre las personalidades que esta había conocido durante el Congreso.

No había duda de que Will Ransleigh era un hombre de muchos talentos. Conversaba con una doncella con la misma naturalidad que seguro que mostraba al tratar con una dama en el salón de su tío, el conde... Suponiendo que frecuentara los salones de dicho tío, claro.

Aunque él mismo había admitido que era hijo ilegítimo, tenía la dicción y los modales de un miembro de la aristocracia, así que cabía preguntarse cuál era su hábitat natural. ¿Era un hombre habituado a merodear por los barrios humildes de una gran ciudad, charlando con doncellas y posaderos, o estaba acostumbrado a codearse con los ricos y poderosos en elegantes bailes?

Quizás se sentía igual de cómodo en ambos ambientes.

La cuestión era que Will Ransleigh era un enigma, y, teniendo en cuenta que se veía obligada a confiarle su protección, al menos hasta llegar a París, eso era algo que la inquietaba.

Clara se puso en pie después de la cena.

–Será mejor que regrese ya a casa. Va a empezar a oscurecer pronto, y no conozco estas calles.

–Yo la acompaño –se ofreció Ransleigh.

–No hace falta que se moleste...

–Claro que va a acompañarte –la interrumpió Elodie. El inesperado ofrecimiento era todo un alivio y no iba a permitir que él se echara para atrás–. Quiero que vaya contigo y se cerciore de que no está esperándote ninguna visita indeseada –ese era el temor que la embargaba desde que había logrado huir de la casa.

—Su señora tiene razón, *fraulein*. Estoy casi convencido de que la huida de *madame* Lefevre aún no ha sido descubierta, pero debemos tomar precauciones. Cuando la persona que ha ordenado que la vigilen, sea quien sea, descubra que ha huido de la ciudad, lo más probable es que acuda a usted antes de nada.

Elodie se sintió consternada al oír aquello. Era algo que ni siquiera se le había pasado por la mente, porque la maravillosa posibilidad de regresar a París había acaparado toda su atención.

—¿Cree que deberíamos llevarla con nosotros para mantenerla a salvo? —le preguntó a Ransleigh con preocupación.

—No, yo creo que no hace falta que se vaya. Puede que le hagan algunas preguntas, pero si la suerte está de nuestra parte, nosotros dos ya estaremos bien lejos. La señorita Clara puede decirles con sinceridad que un tal Will Ransleigh habló con usted para pedirle que le acompañara a Londres y la citó en esta posada, pero que no sabe ni cómo se ha marchado usted de aquí, ni con quién, ni en qué dirección; al fin y al cabo, a quien quieren no es a ella, *madame* Lefevre, sino a usted.

—¿Está seguro? Yo creía que Clara estaría a salvo si me marchaba, que el peligro que me acecha vendría tras de mí, pero a lo mejor me equivoco —se volvió hacia Clara sin saber qué hacer—. Si alguien te lastimara...

—No se preocupe, *madame* —insistió él—. He contratado a un vigilante para que proteja a su doncella hasta que se cerciore de que no corre peligro. Se trata de un joven de confianza, un antiguo soldado austríaco al que conocí en el ejército. Está esperando abajo, la acompañaremos los dos a su casa.

–Gracias, señor –Clara hizo una reverencia, su primera muestra de respeto hacia él–. No esperaba tal cosa, pero no puedo negar que me tranquiliza.

Elodie estaba sorprendida, emocionada y un poco mortificada, y tuvo ganas de hacer también una reverencia ante él. Tendría que haberse dado cuenta de que había que asegurarse de que Clara estuviera a salvo cuando ellos dos se fueran, pero quien había pensado en ello, quien se había encargado de todo en un acto de compasión, había sido aquel hombre al que hasta ese momento creía incapaz de preocuparse por otra cosa que no fuera lograr sus propios propósitos.

Basándose en lo que ella misma había visto y vivido, sabía que los aristócratas como St Arnaud consideraban a los criados meros objetos que existían para servirles, al igual que los caballos, la ropa y los muebles. Él no habría visto nunca a Clara como a una persona ni se habría preocupado por su bienestar.

Ransleigh no solo había previsto el posible peligro que podía llegar a correr su doncella, sino que había hecho los arreglos necesarios para protegerla, a pesar de que la joven ya no iba a servirle de nada cuando ellos dos se fueran de Viena.

No pudo evitar que la opinión que tenía de él mejorara un poco, pero sabía que no podía caer en la trampa de confiar ciegamente en la meticulosidad, la competencia y la compasión de aquel hombre. Eran cualidades que la atraían casi tanto como su atractivo físico, pero el camino hasta París era muy largo.

No tuvo tiempo de aclararse las ideas, porque vio que Clara se ponía el abrigo y su buen ánimo se desvaneció al tener que despedirse para siempre de la última y mejor amiga que tenía.

–Supongo que ha llegado el momento de la despedida, *madame* –le dijo la joven, mientras hacía un claro esfuerzo por sonreír–. Espero que tenga un buen viaje, y que sea muy feliz cuando logre llegar por fin a París.

Elodie la abrazó, la emoción la había dejado sin palabras. La doncella le devolvió el abrazo con fuerza, y parpadeó en un intento de contener las lágrimas cuando se separaron tras un largo momento.

–Intentaré mandarte una carta cuando todo esté solucionado.

–Perfecto. Me gustaría saber que está en su casa, a salvo.

Al añadir lo último le lanzó una mirada elocuente a Ransleigh, que se limitó a preguntarle:

–¿Nos vamos, *fraulein*?

La joven sonrió y se despidió de Elodie con una reverencia.

–Adiós, *madame*. Que los ángeles la protejan.

–Y a ti, mi querida amiga.

Al ver que las dos permanecían inmóviles, Ransleigh dijo con voz suave:

–Vamos, *fraulein*. Su soldado la espera.

Clara asintió y fue hacia la puerta, pero se detuvo de repente y se volvió a mirarlo.

–A lo mejor me equivoqué, y *madame* sí que debería confiar en usted.

Aunque se dijo a sí misma que, tras una vida entera de despedidas y pérdidas, ya debería estar acostumbrada, a Elodie se le encogió el corazón al oír los pasos de ambos bajando la escalera, y fue corriendo a la ventana cuando el sonido se desvaneció.

Apartó la cortina tan solo un poquito, consciente de que debía evitar que alguien pudiera verla desde la calle, y vio salir de la posada a tres personas: Ransleigh, Clara y un tipo corpulento que tenía aspecto de boxeador. Mientras les veía alejarse se dio cuenta de que, de los dos hombres, era Ransleigh el que parecía el más peligroso, ya que se movía con el paso fluido y poderoso de un depredador al acecho.

Su ánimo decayó aún más al ver cómo Clara desaparecía en la oscuridad. La joven había sido su amiga, su compañía y su salvadora durante más de un año, pero, para bien o para mal, a partir de ese momento iba a estar sola con Ransleigh.

Intentó darse ánimos diciéndose que, si había logrado llegar hasta allí, seguro que podía seguir adelante hasta el final del camino, un camino que iba a conducirla hasta Philippe.

Se aferró a aquella alentadora idea mientras esperaba a que regresara Ransleigh.

Capítulo 7

Después de acompañar a la doncella hasta su casa y de asegurarse de que, por suerte, no había nadie esperándola para interceptarla, Will la dejó bajo la protección de Heinrich y regresó a la posada. Antes de entrar alzó la mirada hacia su habitación, que estaba justo encima de la puerta principal, y vio que la luz estaba apagada.

Le había pagado por adelantado al posadero con la excusa de que tenía pensado marcharse temprano, pero en realidad tenía planeado partir en plena noche. La luz apagada parecía indicar que *madame* Lefevre estaba durmiendo, así que iba a procurar entrar con sigilo para no despertarla y dejarla descansar todo lo posible antes de iniciar el arduo viaje que tenían por delante.

Cruzó el vestíbulo con cuidado de no hacer ningún ruido que pudiera atraer la atención del posadero, que estaba sirviendo a los clientes en el comedor, y subió la escalera. Abrió con sigilo la puerta de la habitación y estuvo a punto de sacar su cuchillo al notar una ligera forma silueteada contra la pared opuesta, pero se detuvo al darse cuenta de que lo que había captado en la oscuridad, más con la intuición que con la vista, era la presencia de *madame* Lefevre.

—La creía dormida —comentó después de cerrar la puerta tras de sí con cuidado.

—No podía dormir hasta saber cuáles son nuestros planes, y quería darle las gracias por encargarse de que Clara esté protegida. Ha sido un gesto muy generoso de su parte, además de inesperado. Se lo agradezco mucho.

—Ella es inocente en todo esto, y no me gustaría ser el responsable de que sufra algún daño.

La posibilidad de que fuera *madame* Lefevre la que sufriera algún daño le importaba bastante menos, pero si la lastimaban que fuera con el castigo impuesto en base a la ley después de que la condenaran por los crímenes cometidos, no por culpa de un ataque en algún callejón oscuro.

Se acercó a la ventana para asegurarse de que las cortinas estuvieran bien cerradas, y entonces encendió una vela.

—No creo que pase nada por encender una.

La llama cobró vida y vio a Elodie Lefevre, vestida con la misma ropa de hombre de antes, sentada en la esquina con la espalda contra la pared. Estaba junto a la ventana, la vía de escape más rápida. Él mismo habría optado por ponerse en ese mismo punto de la habitación de haber tenido que esperar allí a solas, sin saber qué peligros podrían surgir de improviso.

Se preguntó si la dama se había sentado justo allí de forma deliberada o por casualidad, pero no tuvo ocasión de darle muchas vueltas al tema, porque ella le preguntó:

–¿Cuáles son sus planes para mañana?

–De hecho, son para esta misma noche. En cuanto veamos que abajo ya no queda nadie y la calle está desierta, saldremos por la puerta de la cocina al callejón de atrás. Anoche fui a echar un vistazo, allí no se queda nadie vigilando. Antes de que amanezca ya estaremos fuera de la ciudad y camino de Linz.

–Me parece bien. Cuanto antes nos pongamos en marcha, antes llegaremos.

–Wellington tardó diez días en viajar de París a Viena cuando vino al Congreso, pero tan solo dormía cuatro horas al día. Nosotros no vamos a perder el tiempo, pero voy a permitir unas cuantas horas más de sueño.

–Estoy dispuesta a viajar al ritmo que usted imponga, pero, a pesar de lo mucho que he disfrutado cojeando con ayuda del bastón, me parece que sería recomendable que cambie de disfraz.

Will tenía la fuerte impresión de que no era la primera vez que Elodie Lefevre había huido mientras la perseguían. Se preguntó si su familia se había visto obligada a salir de Francia por culpa de la Revolución, cuando ella no era más que una niña.

Decidió dejar esas cuestiones para más adelante y se limitó a preguntarle:

–¿Qué se le ha ocurrido?

–Si alguien interroga al posadero, estarán buscando a un joven caballero acompañado de un señor mayor. Si ese rastro no les conduce a ninguna parte, lo más probable es que después busquen a un hombre y una mujer que estén haciéndose pasar por un matrimonio, o amantes, o parientes. Sea cual sea la explicación que usemos, si viajo como mujer, sin doncella y con un hombre como único acompañante, llamaremos la atención y será mucho más probable que posaderos, mozos de cuadra y camareras de posadas y tabernas nos recuerden.

–¿Qué le hace pensar que vamos a detenernos en esos establecimientos?

Lo dijo para disimular cuánto le había sorprendido oírla hablar con tanto conocimiento de causa, ¿acaso se había pasado la vida entera huyendo de quién sabe qué perseguidores?

Ella hizo caso omiso de su pregunta y siguió hablando como si nada.

–Podríamos hacernos pasar por una señora mayor acompañada de su doncella, pero también es inusual que varias mujeres viajen sin un acompañante, por no hablar de lo difícil que a usted le resultaría interpretar uno de esos dos papeles de forma convincente. Yo creo que nuestra mejor alternativa sería que usted se mostrara como el joven caballero que es, y que yo me haga pasar por su ayuda de cámara. No tiene nada de raro que un hombre viaje solo. Usted sería uno más de entre muchos, y nadie les presta atención a los criados.

El plan que aquella mujer había ideado para huir de su casa había sido bueno, pero aquel era incluso mejor. Intentó reprimir la admiración que sentía, una admiración del todo indeseada, y le preguntó:

–¿Cree que se le dará mejor el papel de ayuda de cámara que a mí el de anciana?

—Mucho mejor. Como ya le he dicho, una mujer de mi edad viajando sin un acompañante llamaría la atención. Un ayuda de cámara sería prácticamente invisible, tanto si nos alojamos en una posada como si dormimos bajo un árbol o escondidos en un seto —esbozó una sonrisa y añadió—: Además, en caso de que tengamos que salir huyendo, me resultará mucho más fácil hacerlo sin el engorro de una falda.

A Will le resultó imposible imaginarse a las aristocráticas damas a las que conocía; la madre y las hermanas de Alastair, por poner un ejemplo, inventándose un plan tan poco ortodoxo, y mucho menos proponiéndolo de forma tan directa y carente de emoción.

—No sé por qué, pero tengo la sensación de que no es la primera vez que hace algo así.

Vio que su mirada se tornaba distante, como si estuviera sumida en sus recuerdos, y esperó expectante su respuesta hasta que ella contestó, tras un largo silencio:

—He tenido que idear... ardides en alguna que otra ocasión.

Era una respuesta que no daba ninguna información. Se tragó las ganas de preguntarle dónde había estado, qué cosas había hecho y comentó:

—Es usted una mujer de lo más inusual, *madame* Lefevre.

Ella esbozó una pequeña sonrisa, pero se limitó a contestar:

—Esta ropa vieja de hombre servirá hasta que podamos conseguir otra. He traído dos vestidos en mi maleta, por si los necesito antes de que lleguemos a París. ¿Tiene alguna ruta concreta en mente?

Se sintió un poco decepcionado al ver que no respondía a su cumplido dándole más información sobre sí misma. La curiosidad que sentía se avivaba más y más con cada nueva revelación, y estaba deseoso de descubrir los acontecimientos que la habían moldeado como persona.

Quizás lograría resolver el rompecabezas durante el viaje... no, mejor aún: A lo mejor conseguía ganarse su confianza, y ella misma le daba la información por voluntad propia. Sería prudente armarse con toda la información posible sobre aquella mujer, pero debía tener en cuenta que cualquier cosa que ella le revelara podía contener más mentira que verdad.

–¿Ha pensado usted en alguna en concreto? Las sugerencias que ha hecho hasta el momento han resultado ser excelentes.

La vio bajar la mirada. La tenue luz de la vela no le permitía verla con claridad, pero estaba casi seguro de que estaba ruborizada.

–Gracias –le dijo ella con voz un poco ronca–. La única vez que viajé hasta aquí fue cuando vine con St Arnaud, así que no conozco el camino. En cualquier caso, me parece aconsejable que procuremos ceñirnos a las ciudades grandes, ya que en ellas un caballero pasará desapercibido entre el resto de viajeros. Iríamos más rápido a caballo, ¿tiene medios para alquilar un par?

–Si un caballero viaja con su ayuda de cámara, lo más normal es que opte por ir en carruaje.

–No tiene por qué ser así, sobre todo si el ayuda de cámara en cuestión es un buen jinete. Cuanto más nos alejemos de Viena, más a salvo estaremos de posibles perseguidores.

Él no estaba tan convencido de eso; en su opinión, si Talleyrand la tenía vigilada, serían más vulnerables conforme fueran acercándose a París. Optó por no decírselo para no angustiarla más, para ella no debía de ser nada fácil el hecho de tener que adoptar una nueva identidad falsa. Por mucho que la doncella hubiera afirmado que su señora era capaz de hacer lo que fuera necesario, prefería no presionarla demasiado para evitar el riesgo de que se derrumbara.

–De acuerdo, voy a viajar en calidad de joven caballero. Me llamaré... LeClair, *monsieur* LeClair. Y usted será Pierre, mi ayuda de cámara.

Ella esbozó una sonrisa al oír aquello y comentó:

–¿LeClair? Teniendo en cuenta que este viaje no tiene nada de claro ni transparente, me parece un nombre muy adecuado.

Le impactó ver la sincera diversión que le iluminó el rostro, una diversión que contrastaba con la expresión serena y distante tras la que ella solía ocultar sus sentimientos. Sintió como si acabaran de golpearle de lleno en el pecho, y le horrorizó la calidez que empezó a recorrerle. ¡Maldición, no quería empezar a sentir simpatía hacia aquella mujer!

Mientras él se debatía contra sus propias emociones, ella añadió:

–Me alegra que mi plan cuente con su aprobación.

–Accedo a llevarlo a cabo de momento, pero haré los cambios que considere necesarios –se sintió aliviado al lograr recobrar la compostura–. Tengo dos caballos esperándonos en una posada a las afueras de Viena; si viajamos a buen ritmo, podríamos llegar a Linz mañana mismo, a última hora de la tarde.

–Excelente, veo que es un hombre muy meticuloso. ¿Hay algo más de lo que deba estar enterada?

–No, Pierre. Será mejor que durmamos un par de horas, la despertaré cuando llegue el momento de partir. Utilice usted la cama.

–No, *monsieur*, lo normal es que su ayuda de cámara duerma en un camastro a los pies de la cama. He dejado la peluca y el bastón sobre la mesa, para que vuelva a guardarlos en esa bolsa mágica en la que parece tener de todo –se echó sobre los hombros la sábana que tenía en el regazo y se tumbó en el suelo, a los pies de la cama... con la espalda contra la pared, para poder ver tanto la ventana como la puerta–. *Bonsoir, monsieur* LeClair.

–*Bonsoir*, Pierre.

Ella cerró los ojos, y el suave sonido de su respiración indicó poco después que se había quedado dormida.

Will sabía que también debería dormirse, que en cuestión de un par de horas iba a tener que estar en pie, que tendría que tener la mente despejada para salir de la posada sin que nadie les viera o para improvisar algún plan de huida en caso de que alguien les descubriera, pero le resultó imposible conciliar el sueño cuando apagó la vela y se acostó.

La culpa de su insomnio la tenía en parte la creciente curiosidad que sentía por Elodie Lefevre. Estaba deseando saber qué experiencias habían moldeado a aquella mujer que se daba cuenta de que estaban vigilándola, que ideaba planes de huida y hablaba de disfraces con la misma naturalidad que otras emplearían al hablar de ir al teatro o comprar un sombrero.

Le impactaba lo calmada que se mantenía, sobre todo cuando comparaba sus reacciones con la conducta temperamental de otras mujeres a las que había conocido. *Madam*e Lefevre iba a alejarse de su única amiga y estaba a punto de huir en medio de la noche con un desconocido, pero la única emoción que había mostrado era una tristeza comprensible al despedirse de la doncella. No se había dejado arrastrar por el pánico, ni se preguntaba angustiada si estaba haciendo lo correcto, no estaba preocupada por si iba a ser capaz de interpretar su papel, ni le planteaba un sinfín de preguntas sobre lo que pasaría después, no se había echado a llorar, ¡gracias a Dios!, y ni siquiera le había acribillado a insultos por obligarla a meterse en todo aquello; de hecho, su reacción había sido alabarle por lo meticuloso que era.

–Es usted una mujer realmente increíble, Elodie Lefevre –susurró, aprovechando que estaba dormida, antes de añadir para sus adentros: «Pero sería un idiota si confiara en usted».

Lo de «meticuloso» era el segundo cumplido que ella le había hecho, cuando se habían conocido le había llamado «impactante»... En las últimas horas, la necesidad urgente de sacarla de la casa donde vivía y el hecho de tener que planear cómo iban a huir de Viena le habían ayudado a mantener a raya la fuerte atracción física que sentía por ella, pero en la oscuridad, a salvo de momento y con todo planeado, ese recuerdo bastó para que el deseo echara abajo las barreras que había erigido.

Ella estaba tumbada a sus pies, su suave respiración se oía en la quietud de la habitación y su sutil aroma a lavanda flotaba en el ambiente, y, por mucho que fuera a hacerse pasar por su ayuda de cámara, tan solo podía pensar en ella como mujer.

Una mujer incluso más atrayente por las habilidades tan únicas y excepcionales que tenía, una mujer a la que deseaba.

Sofocó un gemido al notar que su cuerpo se endurecía a pesar de la fatiga. Aunque su mente le advertía que debía repasar todos los detalles del inminente viaje, su cuerpo estaba recordando la suavidad del cuello de aquella mujer bajo sus dedos y la corriente de atracción que se había creado entre ellos cuando la había tomado de la mano.

Maldición, lo que había empezado siendo una difícil misión para restaurar el honor de Max se había convertido en un reto que le llenaba de una excitación inesperada. Estaba deseando recorrer los caminos con ella, afrontar los peligros que surgieran e ir descubriendo poco a poco las piezas del rompecabezas que era Elodie, pero sabía que tenía que mantener un delicado equilibrio entre la creciente fascinación que sentía por ella y la necesidad de permanecer alerta. Si se relajaba, corría el riesgo de que ella le jugara una mala pasada.

También debía tener en cuenta el deseo que aquella mujer despertaba en él. Tendría que alarmarle lo deseoso que estaba de compartir una habitación con ella en las posadas y disfrutar de las tentadoras posibilidades que eso comportaría.

Contuvo las ganas de echarse a reír al recordar los disfraces que habían acordado, ella no habría podido idear una manera mejor de mantener a raya su ardor.

¡No podrían viajar sin llamar la atención si le veían devorar con la mirada a su supuesto ayuda de cámara!

Iba a tener que conseguir que volviera a vestirse de mujer lo antes posible.

Capítulo 8

Cinco días después, Elodie estaba en una esquina del bar oscuro y lleno de humo de una pequeña posada situada al sur de Stuttgart, en la ruta que conducía a París. Jarra de cerveza en mano, observaba en silencio a Will, que estaba jugando a los naipes con un dispar grupo de viajeros en la mesa que había en el centro de la sala.

Él llevaba el atuendo típico de un caballero, y lo único que hacía para modificar su apariencia era oscurecerse el pelo. Sus impactantes ojos eran tan distintivos, que no podía hacer nada para camuflarlos más allá de mantener la cabeza gacha. Sostenía las cartas con actitud relajada, tenía el corbatín torcido y las piernas extendidas con indolencia.

Cualquiera que le viera pensaría que era un joven más que había decidido salir en busca de aventuras aprovechando que las guerras napoleónicas habían dejado de ser una amenaza. Seguro que pensaban que era el hijo menor de alguna familia acomodada, alguien de buena cuna pero que carecía de la importancia o la fortuna suficientes para necesitar un séquito, un joven al que le resultaba indiferente tanto su propia comodidad como la de su humilde ayuda de cámara, ya que había optado por viajar a caballo en vez de gastarse algo más de dinero en alquilar un carruaje.

Era una imagen que él había ideado al detalle, pero ella empezaba a conocerle y sabía que, a pesar de lo relajado que parecía, en realidad estaba observando atento todo lo que le rodeaba. Siempre estaba alerta y listo para escapar con rapidez en caso de peligro, al igual que ella.

Había estado observándole atentamente desde el principio de aquella odisea. El hecho de que se hubiera visto obligada a confiarle su propia seguridad había hecho que al principio le mirara con cierta aprensión, pero había ido relajándose al ver lo alerta que se mantenía a pesar de dormir muy poco y lo pendiente que estaba tanto de su entorno como de la gente con la que entraban en contacto.

Desde que tenía uso de razón, siempre había sido ella la que había tenido que mantenerse vigilante para proteger a sus seres queridos y también a sí misma. Los hombres lo tenían mucho más fácil, ya que, a diferencia de una mujer, ellos podían interactuar con posaderos, camareras, criados y comerciantes sin llamar la atención; de hecho, había acabado por admitir, aunque solo para sus adentros, claro, que Will Ransleigh tenía un dominio del disfraz, la invención y la evasión tan grande como ella misma.

Empezaba a pensar que aquel hombre sí que iba a ser capaz de llevarla a París, aunque no debía olvidar que él estaba haciendo todo aquello para lograr sus propios propósitos.

A lo largo de los últimos días habían establecido una especie de rutina. De día cabalgaban a buen ritmo y no elegían una posada para pernoctar hasta bien pasada la tarde, cuando ya había anochecido y ella estaba al borde del agotamiento. Al romper el alba, Ransleigh se encargaba de conseguir otros caballos y de comprar los víveres que después comían por el camino.

Sonrió en la oscuridad. Comer al aire libre en aquellas circunstancias podría haber sido estresante por el temor a que les atraparan, pero Ransleigh conseguía crear un ambiente como de comida campestre. Lo cierto era que la tenía intrigada. Ella procuraba hablar lo menos posible, pero a base de insistir un poco había conseguido que él le relatara algunas de las aventuras que había vivido.

Era un narrador maravilloso. Sus descripciones eran tan vívidas, que la hacía sentir como si estuviera reviviendo junto a él aquellas anécdotas. La había hecho reír al hablarle de los horribles barracones militares donde se había alojado en la Península, de cómo había escapado por los pelos de unos bandidos, del cómico ballet de Bruselas lleno hasta los topes de extranjeros. Sin él saberlo, había alimentado su hambrienta alma al contarle detalles del París que había explorado antes de que Napoleón escapara de Elba y volviera a arrastrar a Francia a la guerra.

En sus relatos no había hecho mención alguna a sus orígenes, pero, teniendo en cuenta que ella misma no le había revelado nada sobre sí misma, no podía reprochárselo; aun así, cada vez sentía más curiosidad por saber más sobre aquel hombre, ya que la relación de captor y cautiva, cautiva por propia voluntad, sí, pero cautiva al fin y al cabo, había empezado a cambiar con sutileza y empezaba a convertirse en algo peligrosamente cercano a la camaradería.

Quizás por eso le contaba todos aquellos relatos. A lo mejor estaba intentando ganarse su confianza para lograr que le viera como a un amigo, un compañero... ¿y un amante?

Se puso tensa y dio gracias de nuevo a aquellos disfraces que les obligaban a mantener cierta distancia durante el día, y también a las agotadoras jornadas a caballo que la hacían dormirse casi de inmediato cuando por fin llegaba la noche y podían descansar.

De no ser por ese agotamiento, quién sabe lo que habría pasado cuando estaban los dos a solas, al amparo de la oscuridad de la noche. No sabía si habría podido resistir la tentación de saborear aquellos sensuales labios que contemplaba fascinada mientras él narraba sus relatos, mientras sentía el efecto de su potente masculinidad y de la poderosa atracción que había entre ellos. No sabía si habría podido resistir las ganas de deslizar los dedos por aquellos muslos musculosos que controlaban a su montura con precisión y destreza, si habría sido capaz de negarse a sí misma el placer de explorar el torso desnudo que alcanzaba a entrever cuando él se quitaba la camisa para lavarse por las mañanas.

Se preguntó si él esperaba a lavarse hasta que ella estuviera despierta para tentarla de forma deliberada.

Ella había utilizado su cuerpo cuando había sido

necesario a lo largo de los años, y habían sido más las veces en que la habían usado sin su consentimiento. Hacía mucho tiempo que no deseaba a un hombre, pero la verdad era que deseaba a Will Ransleigh, y sabía que el deseo era mutuo. Lo sabía por el ardor con que la miraba cuando nadie les veía, por cómo había dejado él los dedos unos segundos más de lo necesario en su brazo en las escasas ocasiones en las que se había visto obligado a tocarla.

Se acercaba el día en que iban a poder dejar de contener el deseo que sentían el uno por el otro, pero, a pesar de que ardía en ganas de dar rienda suelta a esa pasión, sabía que aún no era el momento de hacerlo. Estaban demasiado lejos de París, y ella tenía que decidir cómo y cuándo iba a seducir a Will Ransleigh.

Él le había dicho esa noche que iba a jugar a las cartas para conseguir algo de dinero y, a pesar de lo cansada que estaba, le había pedido que se quedara en un segundo plano en el bar para tenerla a mano en caso de que tuvieran que marcharse de la posada a toda prisa.

Había logrado mantenerse despierta a base de observar el juego, de contar cartas y puntos, y se había enfurruñado un poco al darse cuenta de que jugar a las cartas era otra cosa más en la que él parecía ser todo un experto.

Con la misma atención con la que escrutaba habitaciones y caminos, Ransleigh observaba a sus contrincantes con aquella mirada gacha que aparentaba desinterés. Después de observarle jugar durante varias horas, estaba convencida de que él había deducido cuánto podía ganarle a cada uno de sus contrincantes para no sacarles una cantidad excesiva que pudiera hacerles reaccionar con beligerancia. No había duda de que había calculado cuánto podía ganar en total sin que se generaran comentarios indeseados sobre su destreza.

Sus sospechas se habían confirmado al ver que perdía de forma deliberada de vez en cuando, y que a veces gritaba triunfal al ganar una mano para dar la impresión de que la victoria le había tomado por sorpresa. Estaba segura de que podría desplumar a todos sus contrincantes si quisiera. Clara le había contado que le había quitado el monedero en el mercado sin que se diera cuenta.

Se preguntó si, llegado el momento, Will Ransleigh sería capaz de desplumarla a ella, y sonrió al imaginárselo despojándola de aquella tosca ropa de hombre, adueñándose de su boca y cubriéndola con su cuerpo, abriéndole las piernas para acariciar y poseer aquella zona tan cálida y palpitante...

Las frías gotas de cerveza que le cayeron en la rodilla la arrancaron de sus pensamientos. Se había sumido tanto en sus sensuales ensoñaciones, que había estado a punto de dejar caer la jarra que tenía en las manos. Se alarmó al darse cuenta de lo cerca que había estado de hacer un ruido que habría llamado la atención, y se quedó helada cuando alzó la cabeza y vio que Will tenía la mirada fija en ella. Él nunca la miraba directamente cuando no estaban solos, ya que no quería que nadie se fijara en ella.

–Sube ya a la habitación, Pierre. No quiero que dejes caer esa jarra, ni que derrames una sola gota más de esta excelente cerveza. Esta noche me lavaré y me desvestiré solo –asintió para enfatizar la orden.

Estaba tan agotada que se marchó sin protestar, pero justo antes de cerrar la puerta tras de sí le oyó decirle a los demás:

–El pobre Pierre no tiene la energía de los jóvenes, es un viejo criado de mi familia.

Sus palabras generaron varios comentarios de conmiseración que ella alcanzó a oír mientras subía escaleras arriba. Lo de «viejo criado de mi familia» era una burla sutil pero deliberada que la había indignado, aunque, tal y como *monsieur* Ransleigh no iba a tardar en descubrir, se acercaba el día en que no iba a ser ni «vieja», ni obediente, ni criada de nadie.

La habitación que les habían asignado estaba en la planta superior, pero en el primer descansillo había una ventana que daba a la calle, y se detuvo al llegar allí. A pesar de lo cansada que estaba, valía la pena tomarse un momento para admirar el impresionante cielo tachonado de estrellas.

París estaba a un par de jornadas de camino, y se aferraba a la esperanza de que Philippe estuviera en algún lugar de aquella enorme ciudad.

Al pensar en él, la embargó una añoranza profunda y más intensa de lo habitual. Llevaba tanto tiempo alejada de él que se debatía entre la aprensión y las ganas de llegar por fin y descubrir si los largos meses de esperanza estaban justificados, si podía encontrarle y volver a reclamarlo como suyo.

El miedo a no lograr su objetivo hizo que se le helara el alma, pero se apresuró a descartar aquella posibilidad. Por supuesto que iba a lograr su objetivo,

Philippe y ella se adoraban y eso era algo que ni el tiempo ni la distancia podían cambiar.

Suspiró antes de empezar a subir el último tramo de escaleras. La luz de las estrellas que entraba por la ventana fue quedando atrás mientras ascendía, y al llegar arriba se internó en el oscuro pasillo. Tan solo había dado cinco pasos cuando alguien la agarró con brusquedad por atrás y le puso al cuello la dura y fría hoja de un cuchillo.

–Venga conmigo sin protestar si no quiere que su siguiente movimiento sea el último, señora –susurró una voz.

Ella se tensó y el corazón se le aceleró, pero al cabo de un instante logró controlar el pánico y se centró en un único objetivo: calibrar la ventaja física del hombre que la tenía sujeta y el significado de sus palabras.

El tipo había hablado en francés, pero con acento inglés. Sabía que ella no era el ayuda de cámara de Ransleigh, por lo que debía de haberles seguido la pista desde Viena. La cuestión era saber si pensaba asesinarla o si iba a limitarse a amenazarla para obligarla a cooperar.

–¡No me haga daño! –le pidió, dejando entrever la alarma que estaba conteniendo y procurando hablar con voz lo más grave posible–. Ha cometido una equivocación, señor. Soy Pierre, el ayuda de cámara de *monsieur* LeClair.

–No, es Elodie Lefevre y está implicada en el intento de asesinato que lord Wellington sufrió el año pasado en Viena. Va a bajar conmigo esta escalera y vamos a salir por la puerta de atrás.

Mientras su mente trabajaba a toda velocidad intentando idear la forma de escapar, Elodie obedeció sin rechistar cuando el desconocido la empujó para que lo precediera escalera abajo hasta el descansillo, aunque trastabilló alguna que otra vez para obstaculizar el descenso todo lo posible.

–¡Se equivoca, *monsieur*! –susurró con apremio–. ¡Hable con mi señor!, ¡él lo aclarará todo!

El tipo soltó una áspera carcajada junto a su oído.

–Claro que pienso hablar con él, pero después de encargarme de usted.

–¿Qué quiere decir?

–¡Ya basta de cháchara! Como vuelva a hablar, la silencio para siempre.

El tipo sabía lo que hacía, le sujetaba los brazos a la espalda mientras la hacía avanzar y no le apartaba el cuchillo del cuello en ningún momento. Se planteó si podría fingir que tropezaba, engancharle la bota con el pie para que su propio peso le hiciera caer por la escalera y apartarse antes de que tuviera tiempo de rebanarle el cuello...

Se dio cuenta de que era muy improbable que aquel plan saliera bien, así que, arrastrando los pies y con los músculos tensos y el cuerpo preparado para huir a la mínima oportunidad, dejó que la condujera hasta la primera planta y, una vez allí, que la llevara hacia la puerta trasera que daba a la cuadra. Sabía que tendría más espacio para maniobrar cuando estuvieran fuera. Él era consciente de que era una mujer, así que quizás sería buena idea fingir que se desmayaba... le bastaría con la más mínima oportunidad para salir huyendo, ya que tenía la suerte de no ir vestida con una engorrosa falda.

Cuando el tipo abrió la puerta y le dio un empujón para hacerla entrar en la desierta cuadra, se dio cuenta de que no iba a tener oportunidad mejor que aquella y se dispuso a echar a correr, pero justo entonces sonó en medio de la quietud el inconfundible sonido metálico de alguien amartillando una pistola. El desconocido también lo oyó, y se quedó inmóvil.

–Suelte el cuchillo si no quiere que le vuele la cabeza, no puedo fallar desde esta distancia –dijo Will, amparado por las sombras.

–Puedo rebanarle el pescuezo a la dama antes de que usted dispare.

–Sí, pero a usted no le serviría de nada, porque estaría muerto –le contestó, con la voz teñida de humor–. Suelte el cuchillo y mantenga las manos donde pueda verlas, *monsieur*. Mi ayuda de cámara, al que ha tratado con tanta desconsideración, y yo vamos a subir a nuestra habitación, y usted va a acompañarnos –al verle vacilar sin soltarla, suspiró con exasperación–. No ponga a prueba mi paciencia, no me importaría decorar las paredes con sus sesos –cuando el tipo soltó una carcajada carente de humor y le entregó el cuchillo, la miró a ella y le ordenó–: Regístrale los bolsillos, Pierre.

Elodie sentía un alivio tan enorme, que le flaqueaban las piernas cuando se volvió a mirar a su captor. No sabía cómo les había encontrado Ransleigh, pero nunca se había sentido tan aliviada al ver a alguien.

Mientras él apuntaba al tipo con la pistola, ella le registró el abrigo a toda prisa y le sacó una pistola de cada bolsillo.

–Esto es todo lo que lleva.

–Perfecto. Ve tú primero para comprobar que no haya nadie cerca, Pierre. Avísanos si ves que el camino está despejado.

Poco después, Will obligó al tipo a subir a la habitación y le sentó sin miramientos en una silla antes de atarle las muñecas a la espalda. Le indicó con un gesto a Elodie que encendiera una vela, y, cuando ella obedeció y se la entregó, la acercó al rostro del desconocido para verle a la luz... y su expresión pasó de la furia a la incredulidad al verle bien el rostro.

–¡George Armitage! ¿Qué demonios estás haciendo aquí?

–Intentando evitar que te atraviese una bala o que acabes en la horca.

Mientras Elodie intentaba entender lo que estaba pasando, Will comentó con sequedad:

–Tu preocupación me conmovería si no hubieras intentado rebanarle el pescuezo a mi ayuda de cámara. ¿Me das tu palabra de oficial de que no vas a volver a amenazarle ni intentarás escapar si te desato?

–Sí.

–Sírvenos un poco de vino, Pierre –le ordenó a ella, mientras desataba la cuerda.

–No hace falta que mantengáis la farsa, ya sé que no es un hombre.

–Pero no queremos que el resto de la posada se entere. ¿Qué haces aquí, merodeando entre las sombras y atacando a inofensivos criados? La última vez que hablamos, estabas a punto de marcharte de París con tu regimiento y de poner rumbo a Londres.

–Sí, es lo que hice. Dejé el ejército y regresé a mis tierras, pero mi padre no tiene intención de darme las riendas de nuestras propiedades de momento, así que me aburría a más no poder. Me fui a Londres y me dediqué a pasar el rato en el club, perdiendo a las cartas y compitiendo por ganarme los favores de varias actrices, hasta que Locksley... te acuerdas de él, ¿no? Era teniente en el regimiento número 95... me convenció de que entrara a trabajar en el Ministerio de Asuntos Exteriores. Pensé que allí encontraría el estímulo que me faltaba desde que dejé el ejército.

–¿Cómo has venido a parar aquí?

–Te vieron partiendo de Inglaterra rumbo a Viena menos de dos semanas después de tu regreso de Bruselas, y teniendo en cuenta lo que le pasó a tu primo Max, no era difícil adivinar cuáles eran tus intenciones.

–Y mis intenciones le parecieron tan mal al Ministerio de Asuntos Exteriores, que decidieron mandar a un sabueso tras de mí para darme caza, ¿no?

–Los mandamases no se preocuparon demasiado cuando Max intentó localizar a *madame* Lefevre, pero algunos pensaron que tú tendrías más suerte que él. No entiendo cómo no te diste cuenta de que nadie, ni los ingleses, ni los franceses, ni los austríacos, querían que alguien la encontrara. La cuestión es que me enteré de que pensaban enviar a alguien para que te parara los pies, y me presenté voluntario. Hemos sido compañeros en el ejército, no quería que te pasara nada malo.

–En ese caso, supongo que debo darte las gracias. Permíteme que te diga que, aunque eres pasable como rastreador, si esta noche es un ejemplo de tu habilidad a la hora de planear una emboscada, es probable que tu carrera en el Ministerio de Asuntos Exteriores tenga un final súbito y violento.

Armitage hizo caso omiso de aquella pulla y se limitó a decir:

—Los de Exteriores tan solo quieren que regreses a Inglaterra y te mantengas al margen de todo esto, pero hay otros que tienen intenciones mucho menos benignas. Según mis superiores de Viena, varios agentes partieron en busca de *madame* Lefevre en cuanto se esfumó.

La sonrisa de Will se desvaneció al escuchar aquello.

—¿Quiénes son?

—Eso lo ignoro. Podría tratarse de agentes franceses, o puede que los bonapartistas que le tendieron la trampa a Wellington estén furiosos por el fracaso del plan y quieran castigar a los que no consiguieron llevarlo a cabo. Supongo que no voy a poder convencerte de que renuncies a tus planes de llevar a la dama a Inglaterra, ¿verdad? —George suspiró al verle negar con la cabeza—. Teniendo en cuenta que tu objetivo es restaurar la buena reputación de Max, me imaginaba que no habría forma de hacerte cambiar de opinión. Yo ya te he advertido, así que, si no estás dispuesto a atender a razones, vas a tener que arreglártelas por tu cuenta.

—¿Qué piensas hacer ahora? Al margen del honor entre antiguos soldados, no creo que a tus superiores les haga gracia enterarse de que me has dejado marchar sin más después de charlar un rato conmigo.

—Les diré que te seguí la pista hasta la posada, pero que ya te habías ido cuando llegué.

–¿Y crees que se lo van a creer? –le preguntó, con una carcajada–. Te reitero mi consejo de que busques otra carrera.

–Ya encontraré otra ocupación si me echan. Siempre me queda la opción de retirarme, hundido en el descrédito, a las tierras de mi padre, y morirme de aburrimiento. ¿Y tú qué? No sabes quién más está siguiéndote ni lo cerca que lo tienes, así que supongo que te marcharás de aquí cuanto antes, ¿no?

Will frunció el ceño con preocupación, una preocupación que también se reflejaba en el rostro de la propia Elodie mientras les oía hablar. Estaba tan alarmada por la información que les acababa de facilitar Armitage que ni siquiera protestó por el hecho de que estuvieran tratándola como si fuera un mueble.

Conforme los meses posteriores al intento de asesinato habían ido sucediéndose sin incidente alguno, su preocupación por la posibilidad de que alguien quisiera verla muerta, aparte de St Arnaud, claro, había ido desvaneciéndose; de hecho, la presencia de los hombres que vigilaban su casa le había parecido incluso reconfortante con el paso del tiempo. Pero enterarse de que alguien, no se sabía quién, estaba persiguiéndola, acababa de poner fin a su tranquilidad.

–En cuanto haya suficiente luz para ver el camino –estaba diciendo Will.

–En ese caso, bebamos una botella por la amistad y por el regimiento. Quién sabe cuándo volveremos a vernos.

–Me he planteado golpearte y dejarte inconsciente antes de que nos marchemos para que tengas una excusa más creíble de por qué no me has detenido, pero después he pensado que será mejor que digas que te he narcotizado. Será mucho menos doloroso.

–Sí, y mucho más civilizado –comentó Armitage, con una sonrisa de oreja a oreja.

Will se volvió hacia Elodie.

–Pierre, saca más vino de las alforjas y descansa un poco.

Capítulo 9

Will y Elodie dejaron a Armitage, que se había bebido la mayor parte del vino mientras hacía gala de su cordialidad, durmiendo a pierna suelta en la posada. Lo alistaron todo con rapidez para marcharse y pasaron horas cabalgando sin parar, así que no tuvieron tiempo de hablar de lo sucedido... aunque lo cierto era que tampoco intentaron tomarse unos minutos para tratar el tema.

Ransleigh no dio la orden de detenerse hasta media tarde. Mientras él conducía a los caballos hacia unos árboles altos que daban una buena sombra y que estaban a la vista del camino, pero lo bastante alejados para que no tuvieran que comerse con el pan el polvo de los carruajes, Elodie se preguntó si iba a sacar el tema en ese momento.

Se estremeció al recordar la presión de aquel cuchillo en el cuello, la afilada hoja le había hecho un pequeño corte que aún le escocía.

No sabía qué habría sido de ella si Will Ransleigh no la hubiera rescatado. George Armitage quería quitar a su antiguo compañero del ejército del punto de mira del Ministerio de Asuntos Exteriores, salvarlo tanto de un potencial peligro como de ella, y mantenerla a salvo no era una de sus prioridades.

Se le encogió el estómago al recordar que, según él, ni los ingleses, ni los franceses, ni los austríacos querían que alguien la encontrara. ¿Quién estaba persiguiéndola?, no se sentía tan vulnerable desde los días posteriores al fallido intento de asesinato.

Después de sacar pan, queso y vino de las alforjas, Will repartió la comida y se sentaron a comer en un tronco caído que hizo las veces de taburete y mesa. Él dejó el vino sobre el tronco antes de volverse a mirarla. Aunque tenía los ojos chispeantes, como siempre que estaba a punto de narrarle alguna de sus aventuras, debió de ver algo en su expresión, porque se puso serio y comentó sin más:

—Le inquieta no saber quién nos persigue, y si el ataque de anoche no fue más que el primero.

Elodie asintió, pero le sorprendió que hubiera podido deducir todo eso a partir de la expresión de su rostro. Se preguntó si había bajado la guardia sin darse cuenta, o si lo que pasaba era que él había aprendido a leerle la cara demasiado bien. Desechó esa alarmante posibilidad y se limitó a contestar:

—Sí, así es. Debo darle las gracias por rescatarme. Por cierto, ¿cómo supo que estaba en peligro?

—Les oí en la escalera cuando salí del bar. Como su atacante solo disponía de una única ruta lógica para sacarla de la posada y usted estaba ganando tiempo con brillantez, me resultó muy fácil salir por la puerta principal y esperarlos en la cuadra.

A pesar de que lo dijo como si no fuera nada del otro mundo, ella sabía que para que el rescate saliera bien habían hecho falta tanto pericia como saber actuar en el momento justo. Se llevó una mano al rasguño que tenía en el cuello antes de decir:

—Sea como sea, le doy las gracias. No sé lo que habría hecho ese hombre si usted no nos hubiera interceptado.

—Tratándose de George, lo más probable es que se hubiera limitado a dejarla atada antes de ir a intentar convencerme de que la entregara a las autoridades locales y regresara a Inglaterra.

Elodie se sintió aterrada al imaginarse sola, sin dinero ni amigos y expuesta a una más que posible encarcelación. ¡Gracias a Dios que Will Ransleigh estaba tan decidido a restaurar el buen nombre de su primo!

—Gracias a George sabemos que todo el mundo, desde los austríacos hasta el Ministerio de Asuntos Exteriores británico, sabe que nos dirigimos a París. George no nos detuvo, pero va a tener que informar dónde nos encontró y las identidades falsas que usamos.

—Vamos a tener que cambiar de disfraz, ¿verdad? En todo caso, ellos seguirán buscando a dos viajeros solitarios, así que da igual la apariencia que adoptemos. Nos resultaría más fácil evitar llamar la atención si nos uniéramos a un grupo.

—He pensado que sería aconsejable ir hacia el sur y tomar una ruta menos directa, ahora van a tener vigilados todos los caminos principales.

—También estarán pendientes de si llegamos a París, por mucho que tardemos —adujo ella.

–Sí, pero lo lógico sería que llegáramos en una semana si continuáramos por esta ruta, así que lo más probable es que relajen un poco la vigilancia cuando vean que va pasando el tiempo. En París entran cientos de personas a diario, los guardias no pueden fijarse en todo el mundo... sobre todo si entramos a primera hora de la mañana, junto a los granjeros que llevan sus productos al mercado.

Ella sonrió mientras intentaba imaginarse a Will Ransleigh vestido de granjero y guiando a una piara de cerdos. Seguro que lo hacía de maravilla y sin perder ni un ápice de atractivo.

–¿Compraremos algunos animales cuando estemos más al sur?

–Sí. Es posible que Pierre, el ayuda de cámara, deba convertirse en la granjera Paulette –sacó un mapa de su talega y le echó un vistazo–. Podemos poner rumbo al sur, en dirección a Baviera, bordear Suiza, y entonces ir de Estrasburgo a Nancy. Una vez allí, sería cuestión de ir recto en dirección oeste hasta París.

Elodie se había sorprendido al verle sacar el mapa. Le dio una palmadita a la talega y comentó:

–Tintura para oscurecer el cabello, gafas, bastones, pelucas... no me extrañaría que también tuviera escondidos unos cuantos pollos. ¿Hay algo que no lleve aquí dentro?

–Me gusta estar preparado –lo admitió sonriente, pero se puso serio al añadir–: No debemos subestimar a nuestros perseguidores. Por lo que parece, los distintos bandos relacionados con este asunto quieren olvidarlo cuanto antes, así que los más peligrosos para nosotros podrían ser los confederados de St Arnaud. Es imposible que estuviera actuando solo. Si sus cómplices han descubierto que él les mintió al asegurarles que ya la había silenciado, es posible que quieran corregir la situación.

–Sí, es verdad.

A pesar de lo alarmante que era aquella posibilidad, sabía que no servía de nada dejarse arrastrar por el pánico; al fin y al cabo, no era la primera vez que su vida corría peligro. Si era cierto que les perseguía alguien con intención de eliminarla, lo único que podía hacer al respecto era tomar todas las precauciones posibles y seguir adelante.

–En fin, parece que hoy empieza a notarse la llegada del verano. Las flores silvestres brotan bajo la cálida luz del sol, el cielo es tan azul como el Mediterráneo, este pan está fresco y crujiente, el queso bien condimentado, el jamón sabroso y el vino delicioso. No voy a permitir que nuestros perseguidores, sean quienes sean, me impidan disfrutar de este momento, así que me gustaría que usted me relatara otra anécdota.

En vez de obedecer, Ransleigh la contempló en silencio durante un largo momento.

–No hay duda de que es usted una mujer excepcional.

–¿Por qué lo dice?

–Aguantó mis amenazas, se vio obligada a separarse de su única amiga y a marcharse de Viena a toda prisa; la han atacado en medio de la noche a punta de cuchillo; es consciente de que todo el mundo, desde el Ministerio de Asuntos Exteriores británico hasta agentes bonapartistas, podría estar persiguiéndola con la intención de asesinarla; y, aun así, lo único que le pide a la vida, a mí, es el relato de una anécdota.

Ella se desconcertó un poco ante semejante vehemencia.

–Lo único que podemos pedirle a la vida es disfrutar del presente, no sabemos lo que nos depara el futuro.

–Es verdad, hay que disfrutar del presente.

Antes de que se diera cuenta de sus intenciones, él le echó hacia atrás el sombrero y la besó.

Elodie no habría podido detenerlo ni aunque el mismísimo Talleyrand estuviera apuntándoles con una pistola. Llevaba días sin poder apartar la mirada de aquellos labios mientras él relataba sus anécdotas, imaginándose su tacto y su sabor.

Fue un beso intenso, apasionado y especiado con el vino que él había bebido. El sabor de aquel hombre la embriagó, se sentía como si se hubiera bebido el odre entero. Oyó pequeños gemidos de placer y se quedó atónita al darse cuenta de que estaba haciéndolos ella al mismo tiempo que, impulsada por un deseo que llevaba mucho tiempo contenido, le rodeaba el cuello con los brazos y se apretaba contra él.

Él le trazó los labios con la lengua hasta que los abrió, y entonces la saboreó a placer. Ella se dejó arrastrar por el deseo mientras aquella lengua se enzarzaba en una ardiente danza con la suya y jugueteaba acariciando y succionando. Lo único que le importaba en ese momento era que aquel hombre la poseyera por completo.

Se llevó las manos a la pretina del pantalón y luchó por bajárselo. Estaba desesperada por quedar expuesta ante el miembro duro que notaba apretado contra su piel, quería que invadiera su cuerpo tal y como aquella lengua le había invadido la boca.

Sintió el impacto de una bocanada de aire frío cuando él se apartó de repente. En medio de la maraña de emociones encontradas: apremiante deseo, impaciencia por seguir, decepción porque él había parado, oyó al fin el repiqueteo de los arneses y el murmullo de voces que indicaban que algunos viajeros se acercaban por el camino.

Al menos tenía el consuelo de saber que Ransleigh estaba tan lleno de deseo como ella y se sentía igual de frustrado por la interrupción. Justo antes de apartarse del todo, la agarró de la barbilla y se adueñó de su boca una última vez; entonces, antes de abrocharle el único botón que ella había conseguido abrirse en el pantalón, metió la mano bajo la portañuela y deslizó los dedos por aquella íntima y cálida zona que esperaba expectante.

Aquella suave caricia bastó para sacudirla como si acabara de recorrerla un relámpago. La sensación fue tan intensa que, si la caricia hubiera durado un instante más, habría llegado al orgasmo.

¿Cuándo había sido la última vez que había experimentado esa dicha? Ni siquiera sabía si alguna vez había sentido algo tan intenso como lo que acababa de vivir.

Jadeante, desorientada, intentó recobrar la compostura mientras veía aparecer por el camino a los viajeros, que resultaron ser unos monjes con un carro y ganado que pasaron poco a poco de largo.

Su cuerpo, que aún estaba con las sensaciones a flor de piel, empezó a arder de nuevo cuando él la acarició con su cálido aliento al susurrarle al oído:

–Me encantaría poder besar una última vez al que en breve va a dejar de ser mi ayuda de cámara, pero usted quería que nos uniéramos a algún grupo de viajeros, y creo que Dios acaba de responder a su súplica. Teniendo en cuenta lo que estábamos haciendo cuando han llegado, es innegable que el Todopoderoso tiene sentido del humor.

Will luchó por sofocar el deseo que seguía ardiendo en su interior, y se concentró en regular la respiración mientras veía pasar a los monjes junto a *madame* Lefevre.

Ella se volvió a mirarle en cuanto el grupo se alejó por el camino.

–Resulta tentador viajar bajo la protección de los buenos monjes, pero nosotros dos llamaríamos bastante la atención, ¿no? A menos que también lleve hábitos, capuchas, sandalias y cordones en esa talega.

–Aún no, pero es cuestión de tiempo. A juzgar por la cantidad de ganado que llevan y por lo cargado de mercancías que va el carro, yo diría que el grupo viene del mercado de Sonnenburg. Avanzan con lentitud, así que es probable que hayan pasado la noche en la hostería religiosa que hemos visto a media mañana. Espéreme aquí, voy a retroceder hasta allí para conseguir todo lo necesario para que nos convirtamos en el hermano Pierre y el hermano LeClair.

–¡Eso es una barbaridad!

–¿Por qué?, ¿no me cree capaz de hacerme pasar por monje?

–¡No! Digo... sí, pero no está bien mentirle a un religioso; no, a uno no, ¡a un grupo entero!

Se la veía tan horrorizada que él no pudo evitar echarse a reír.

–¡Vaya, resulta que sí que tiene escrúpulos! Yo, en cambio, no tengo ninguno. Vamos, plantéeselo como una especie de intervención divina enviada para protegerla. Debe admitir que sería una magnífica tapadera. Podemos viajar hacia el sur con ellos hasta que lleguen a su destino, pasar un par de días en su monasterio y poner rumbo a París. A nadie se le ocurriría buscarnos entre unos monjes.

–Eso es cierto –admitió ella a regañadientes.

–Si la idea de engañarles hace que le remuerda la conciencia, podría confesar el engaño antes de nuestra partida; además, incluso suponiendo que admitiéramos que estamos disfrazados, las casas religiosas han ofrecido santuario durante milenios a aquellos que corren peligro, ¿no?

Al ver que no volvía a protestar de inmediato, Will supo que empezaba a ceder. A él le parecía un plan brillante, y lo único que necesitaba era que ella diera su consentimiento.

–Supongo que tiene razón –admitió ella al fin–. ¿Cómo piensa conseguir lo necesario? La hostería no es una tienda de ropa.

–Seguro que los monjes tienen algunas vestiduras de sobra. Le diré al abad que mi monasterio sufrió un incendio que destruyó la ropa de algunos de los hermanos, y que yo me comprometí a conseguir repuestos como penitencia por una falta que cometí. Si dejo que me cobre el doble de lo que valen, seguro que consigo que me venda unas cuantas prendas.

Ella lo miró ceñuda y se cubrió la cabeza con los brazos. Al ver que él enarcaba una ceja en un gesto interrogante, le explicó:

—Estoy protegiéndome del relámpago que el *bon Dieu* va a enviar como castigo por semejante sacrilegio.

Él se echó a reír.

—No se preocupe por el Señor, céntrese en mantenerse fuera de la vista de los viajeros que pasen por el camino. Tardaré una hora más o menos en llegar a la hostería, antes del anochecer estaremos disfrazados y a punto de alcanzar a los monjes.

Tal como había prometido, Will regresó al escondrijo de *madame* Lefevre dos horas después con los hábitos, las capuchas, los cordones y las sandalias que había conseguido gracias a una somera explicación y un generoso donativo.

Para darle algo de privacidad, se dedicó a guardar el resto de las provisiones y la ropa en las alforjas mientras ella se cambiaba y adoptaba aquel nuevo disfraz, pero tuvo que esforzarse al máximo por no cometer el sacrilegio añadido de imaginársela desnuda.

Ella no tardó en regresar, encapuchada y con la cabeza gacha, con las manos metidas en las mangas en actitud devota. Era la misma estampa de un humilde monje.

–¡Está perfecta! Si no supiera quién es, creería que es el hermano Pierre, un monje de verdad.

–¡Por favor, no diga eso! ¡Podría provocar la ira divina! Como Armitage conoce nuestros alias, deberíamos completar la blasfemia cambiando de nombre. Yo podría ser el hermano Inocencio, y usted el hermano Francisco.

–¿De Asís? –le preguntó, sonriente, siguiendo el hilo de su lógica.

–Sí, fue pecador y hedonista antes de acercarse al Señor. Puede que a usted se le pegue algo del aura divina del nombre. Yo pienso proteger lo que queda de mi alma inmortal haciendo voto de silencio, así que va a tener que tejer solito toda esta maraña de mentiras –sin más, subió a lomos de su montura y se alejó por el camino.

Will aún estaba riendo por lo bajo cuando le dio alcance, pero, al ver que ella se mantenía fiel a su decisión y hacía caso omiso a sus intentos de entablar una conversación, al final optó por guardar silencio también.

Le resultaba asombroso verla encorvada y con la cabeza gacha en actitud de humildad y plegaria, interpretaba de maravilla aquel nuevo personaje. *Madame* Lefevre había adoptado el papel de monje con rapidez y sin dudar, tal y como se había transformado en anciano y en ayuda de cámara. Le habría encantado que, cuando estaba en el ejército, sus propios subordinados hubieran entendido con tanta celeridad sus respectivos papeles en cada misión, y los hubieran desempeñado con tanta maestría.

Por otro lado, no era una mujer que se limitara a

obedecer órdenes ciegamente. Si ella no le hubiera hecho ver que tendrían más posibilidades de eludir a sus perseguidores y llegar a París si se unían a algún grupo de viajeros, él no se habría dado cuenta del potencial de aquellos monjes.

No había duda de que el buen Dios tenía un fino sentido de la ironía, porque no había mejor forma de reprenderle por el ardiente deseo que había estado a punto de hacer que la poseyera junto al camino, a plena luz y donde cualquiera podría haberles sorprendido, que enviando a un grupo de monjes.

Pero, tal y como ese mismo buen Dios sabía, Elodie Lefevre seguía siendo lo bastante tentadora incluso vestida de hombre como para hacer pecar a un santo, y él no era uno ni mucho menos.

Le había contado anécdotas día tras día mientras su mirada se desviaba constantemente hacia aquellos labios suaves y aquella boca sensual, mientras unos ojos tan azules como el lago de Swynford Court en junio permanecían centrados en él como si fuera el único ser del universo. Había contenido a duras penas las ganas de deslizar los dedos por los sedosos mechones de pelo castaño que escapaban de aquella gorra tejida a mano, de tomar entre sus manos aquellas pálidas y pecosas mejillas. Lo tenía tan hechizado, que había parloteado sin parar. Había recitado de memoria anécdotas con las que había entretenido a otros soldados en campamentos, barracones y cenas en un sinfín de lugares, desde las áridas tierras de Badajoz hasta los salones de baile de Bruselas, mientras por dentro usaba toda su fuerza de voluntad para resistirse al deseo ardiente de saborear aquellos labios, de invadir aquella suave boca, de absorber la esencia de aquella mujer, de poseerla junto con todos sus secretos.

La espera y todo lo demás había valido la pena con tal de iniciar el proceso de seducción con aquel beso. Elodie sabía al pan y al vino que ella misma había elogiado, a lavanda y a mujer. Apenas acababa de empezar a penetrar en el misterio que la envolvía, a descubrir el origen de aquella increíble habilidad para aislarse de los peligros del mundo y saborear al máximo la alegría de un momento puntual, cuando había descubierto que no era una inocente en la esfera de la sensualidad.

Ella le había devuelto el beso con ardor y experiencia, había avivado su pasión con una rapidez inusitada. De no ser por el instinto de supervivencia que había adquirido en los seis años que había pasado viviendo en las calles, no habría oído llegar a los viajeros ni habría sido capaz de obligarse a apartarse de ella.

En ese momento vio en la distancia el polvo que indicaba la presencia en el camino de los monjes de antes.

–Allí están, empieza el segundo acto –contuvo una sonrisa al ver que el hermano Inocencio le fulminaba con la mirada, y espoleó a su caballo para que acelerara el paso.

Cuando alcanzaron a los monjes, desmontó y les saludó con la cabeza y la señal de la cruz.

–¡A la paz de Dios, hermanos! ¿Hacia dónde se dirigen?

–Dios les guarde –le contestó un monje que iba a

lomos de un burro, y que parecía llevar la voz cantante–. Nos dirigimos a nuestra abadía. Está en Leonenburg, y esperamos llegar poco después del anochecer. ¿Y ustedes?

–Venimos de Viena, de cumplir una misión que nos encomendó nuestro abad. Yo soy el hermano Francisco y él es el hermano Inocencio, que ha hecho voto de silencio para que nuestro viaje sea fructífero. ¿Podemos unirnos a ustedes?

–Por supuesto. Todo el que lleva a cabo buenas obras en nombre de Dios es bien recibido.

Mientras seguían al lento grupo de monjes, vio que *madame* Lefevre alzaba un poco su encapuchada cabeza y le lanzaba una mirada de reproche, y supuso que la dama temía que les fulminara un rayo de un momento a otro.

Pero, en cierto sentido, era cierto que estaban llevando a cabo una buena obra, ¿no? Corregir la injusticia que se había cometido con Max y devolverle a la nación el talento de un hombre que podía hacer mucho bien era una tarea encomiable... aunque quizás no era tan encomiable poner en peligro a una mujer, sobre todo teniendo en cuenta que, a regañadientes y muy en contra de su voluntad, empezaba a creer que ella podría ser una víctima inocente en toda aquella trama, al igual que Max.

Quizás había decidido llamarse Inocencio por eso, y no porque quisiera lavarse las manos de aquel engaño blasfemo al que habían recurrido.

Se preguntó si la influencia de su propio nombre estaba afectándole. Aunque nunca había sido un hedonista, había cometido una buena cantidad de pecados para mantenerse con vida en las calles y para sobrevivir a los años de lucha en la guerra.

No le vendrían nada mal un poco de humildad y algo de arrepentimiento. Mientras viajaban con aquel beato rebaño como dóciles corderitos, se dio cuenta de que le beneficiaba tener un aliado divino para poder resistirse a los encantos de aquella mujer. El susto de la noche anterior había servido para dejar muy clara una cosa: No podía permitirse el lujo de bajar la guardia por culpa de la atracción que había entre los dos.

No quería ni pensar en lo que podría haber pasado si el asaltante no hubiera sido George, sino alguien sin escrúpulos, alguien capaz de degollarla en la oscuridad del pasillo mientras él jugaba a los naipes.

Había salido de la sala sin llamar la atención con la intención de subir al cuarto. El verla en las garras de un hombre, con un cuchillo al cuello, había sido como si un puñetazo le arrebatara el aire de los pulmones. Había sentido una furia salvaje contra su atacante y la necesidad imperiosa de rescatarla.

George había confirmado que los temores de Clara respecto al peligro que corría *madame* Lefevre eran muy reales. Le había prometido a la doncella que mantendría a salvo a su señora, pero para cumplirlo iba a necesitar de toda su astucia y de todas las tretas que había aprendido cuando era un joven ladronzuelo y que había perfeccionado en el ejército.

De momento, iba a tener que controlar con mano firme la necesidad cada vez más intensa que sentía de poseerla, pero cuando llegaran a París... si ella pensaba que iba a hacerse a un lado tan tranquilo y a entregársela al tal Philippe, del que ni siquiera sabía el apellido, antes de que hubieran satisfecho el deseo que ardía entre los dos, no tenía ni idea de lo férrea que era la voluntad de Will Ransleigh.

Will y *madame* Lefevre llegaron al monasterio justo después de que anocheciera, tal y como había vaticinado el monje, y el abad les dio la bienvenida y les invitó a descansar allí todo el tiempo que quisieran. Les alojaron en un dormitorio común y comían con el grupo, así que Will apenas tenía oportunidad de hablar en privado con ella; aun así, aprovechó un momento en que quedaron a solas para decirle que sería aconsejable permanecer varios días en el monasterio, a lo que ella asintió antes de expresarle con señas su deseo de trabajar en el huerto.

Él, por su parte, optó por echar una mano a los monjes que cortaban leña en el bosque, porque cuando estaba fuera de los muros del monasterio podía relajarse un poco; cuando estaba dentro, sin embargo, precisaba de toda su capacidad de imitación para interpretar su papel, ya que no estaba habituado a las costumbres de una orden monástica.

Madame Lefevre, por el contrario, debía de haber recibido una buena educación católica; o eso, o imitar se le daba mejor que a él, porque cumplía con el orden de culto y las plegarias con toda la naturalidad del mundo. Quizás había aprendido aquellas prácticas tras la caída de la República, cuando Napoleón había hecho un pacto con el Papa y la religión había regresado a una Francia que había funcionado sin iglesia durante años.

Después de pasar cinco días con los monjes, que aceptaron su presencia, respetaron su privacidad y no les hicieron preguntas, le sugirió a *madame* Lefevre que ya era hora de retomar el viaje, y ella recogió sus pertenencias en silencio.

Él le entregó un buen regalo al abad como agradecimiento y entonces dejaron atrás el hospitalario monasterio y se dirigieron hacia el oeste, rumbo a Suiza.

Cuando los muros del monasterio se perdieron en la distancia, *madame* Lefevre se quitó la capucha y se volvió a mirarle.

—Quizás deberíamos seguir con este disfraz el resto del camino, nos ha ido muy bien de momento.

Will se llevó las manos al pecho con teatralidad.

—¡Cielos, me ha dirigido la palabra! ¿Acaso me ha perdonado por haber engañado a unos monjes? Quizás se siente con la conciencia tranquila tras recibir la absolución del abad.

—Le confesé la verdad la primera noche —admitió ella, sonriente—. ¿No le ha parecido raro que los monjes fueran tan discretos?

—Creía que se debía a que son devotos hombres de Dios y están por encima del pecado del chismorreo.

—Por muy devotos que sean, siguen siendo humanos y curiosos; además, el cuento ese de que estábamos en una misión era poco creíble. En cuanto el abad le hubiera preguntado al respecto, *monsieur* Ransleigh, habría quedado patente lo poco que sabe de las costumbres de las órdenes monásticas. En todo caso, su actuación durante las Completas la misma noche de nuestra llegada bastó para que todos empezaran a sospechar.

Will se irritó un poco al oír aquello, pero se le pasó en cuestión de segundos y comentó sonriente:

–Y yo que pensaba que me consideraban un monje ejemplar.

–Admiraban lo duro que trabajaba, aunque algunos tuvieron que contener una sonrisa al ver que no se sabía ni las plegarias más elementales.

–¿Rompió su voto de silencio para hablar de mí?

–No. Les oí hablando de usted en el refectorio. Solo le confesé al abad que soy una mujer, que estoy disfrazada porque mi vida corre peligro, y que usted está ayudándome a ir a París para que pueda reunirme con mi familia.

–¿No tenía otros pecados que debiera confesar? –le preguntó él en todo de broma.

Ella dejó de sonreír y le contempló unos segundos en silencio. Will sintió el contacto de aquellos ojos como una caricia casi física mientras se deslizaban por su rostro, su boca y su cuerpo antes de centrarse de nuevo en sus labios.

–Aún no –contestó ella al fin.

El significado de aquellas palabras le impactó de lleno, y el deseo constante que tanto se esforzaba por contener emergió en un estallido de fuego que le endureció el cuerpo y le recorrió las venas. Por un instante, tan solo la vio a ella, tan solo sintió la corriente de deseo que les unía.

Tenía la boca seca y la mente en blanco, no se le ocurrió ni una sola respuesta ingeniosa... pero antes de que pudiera recobrar la compostura, ella rompió la conexión al girar la cara.

–Aún nos queda un largo camino hasta llegar a París, Ransleigh –para subrayar sus palabras, espoleó a su caballo para que se pusiera al trote.

Aunque aún no se atrevía a confiar en ella, era indudable lo mucho que la deseaba. Hizo que su montura acelerara el paso para darle alcance, y deseó poder cubrir lo que les quedaba de viaje galopando sin parar.

Capítulo 10

Durante cerca de dos semanas, siguiendo la pauta anterior de largas jornadas a caballo y pocas horas de descanso por la noche, bordearon los Alpes y llegaron por fin a Nancy. Después de dejar atrás dicha ciudad, se unieron a la creciente corriente de viajeros que iban en dirección noroeste hacia París a través de los viñedos y los campos de la Lorena.

Aunque la Revolución había destruido o vendido la mayoría de las abadías y los monasterios de Francia en su afán anticlerical, disfrazados de monjes consiguieron cobijo durante la noche en las reinstauradas iglesias que había a lo largo del camino. Will siguió negociando para obtener comida y caballos descansados, y, cuando ella insistía en advertirle sobre los peligros de acabar ardiendo en los fuegos del infierno, él bromeaba diciendo que estaba convirtiéndose en un monje modélico.

Las circunstancias les habían obligado a convertirse en aliados y a colaborar, y a aquellas alturas ya eran un equipo experimentado capaz de comunicarse en silencio mediante miradas y gestos. Aunque no se habían topado con más contratiempos, seguían interpretando con diligencia el papel de monjes; al fin y al cabo, una de las cosas que Will había aprendido cuando vivía en los bajos fondos de Londres era que nunca se sabía cuándo podía aparecer una rata por algún inesperado agujero.

Seguían comiendo al aire libre y él continuaba relatando anécdotas. Aunque ella le escuchaba con aparente fascinación, nunca revelaba nada sobre sí misma, pero Will ya no quería preguntarle al respecto; por absurdo que fuera, quería que ella se sincerara por voluntad propia, sin necesidad de sonsacarle información presionándola o mediante triquiñuelas.

Aquella mujer había traicionado a su primo Max, había manchado su buen nombre, pero cada vez le costaba más y más tenerlo presente. Por mucho que intentara resistirse, el fino tallo de camaradería que había brotado en Viena había ido creciendo y fortaleciéndose durante las tensiones y los peligros del camino, había ido envolviéndolo hasta tal punto que amenazaba con atarle a ella con tanta fuerza como la atracción sensual que le tentaba con cada bocanada de aire que tomaba.

Cada día colaba entre sus anécdotas algún comentario u observación que la invitaba a contarle a su vez alguna vivencia similar. Al principio quería incitarla a hablar de sí misma para poder hacer gala de su astucia y separar los hechos reales de las mentiras deliberadas, pero su decepción se acrecentaba con cada día que pasaba al ver que ella mantenía silencio.

Había desechado días atrás la posibilidad de que ella tuviera intención de darle información falsa para ganar algo de ventaja. La dama había tenido un comportamiento honesto e íntegro durante todo el viaje, tal y como cabría esperar de un verdadero compañero de armas. A pesar de todas las vivencias que habían compartido, no sabía nada más sobre ella, sobre su pasado, que lo que ya había averiguado antes de que partieran de Viena, y eso era algo que cada vez le dolía más.

En muchos sentidos, se sentía más unido a ella que a ninguna otra persona, exceptuando a sus primos. Sentía que estaba acercándose a la esencia de aquella mujer, a su alma, que estaba a punto de alcanzarla, pero ella seguía guardando las distancias tanto en cuerpo como en espíritu.

Se preguntó si eso también era una treta, si quería desarmarle mediante la táctica de mantenerse tan hermética. Fuera como fuese, deseaba con todas sus fuerzas tanto su cuerpo como conocerla por dentro, como persona. Quería que ella le deseara con la misma intensidad, que le revelara sus secretos por voluntad propia... y tenía que hacerlo antes de que la sedujera.

Iban a llegar a París en cuestión de un día más o menos y el juego se reiniciaría otra vez, pero antes de cruzar las puertas de la ciudad quería tenerla bien atada con las tersas ligaduras de la posesión física. Sí, tenía que ser antes de que ella intentara huir o partir en busca del misterioso Philippe.

Antes de que la llevara a Inglaterra.

A pesar de la relación cada vez más estrecha que había entre los dos, aún tenía intención de llevarla allí. La cuestión era que ya no estaba tan seguro de lo que iba a hacer con ella cuando llegaran.

Decidió parar a descansar a la sombra de unos árboles que vio a la orilla de un pequeño río, así que le indicó con un gesto que se saliera del camino y se dirigiera hacia allí. Mientras ella se encargaba de darles de beber a los caballos, él sacó la sencilla comida de la talega mientras le daba vueltas de nuevo a la espinosa cuestión de Inglaterra.

Quizás podría llevarla a algún lugar tranquilo en el campo. Al fin y al cabo, él poseía varias fincas que podrían servir. Podría dejarla allí, viajar solo a Londres y contactar con alguno de los conocidos que tenía en Asuntos Exteriores para ver qué tal estaba la situación. A lo mejor había alguna forma de restaurar el buen nombre de Max sin incriminar a *madame* Lefevre.

La idea de dejar que la llevaran al patíbulo se volvía cada vez más y más inaceptable.

Para cuando ella terminó de atender a los caballos, él ya tenía pan, jamón, queso y vino sobre una mantita que había colocado a la sombra de los árboles, sobre la hierba moteada por la luz del sol. En esa ocasión no se puso a contarle una anécdota en cuanto se sentaron a comer, ya que quería ver si así se animaba a tomar la palabra, pero dio la impresión de que a ella no le molestaba comer en silencio.

Justo cuando estaba a punto de dar por fallido el experimento, ella le preguntó:

–¿Se ha quedado sin historias que contar?

–¿Se ha cansado ya de mis andanzas?

–En absoluto, pero hay algo que me intriga. ¿Por qué no habla nunca de su infancia? Me ha contado muchas anécdotas de su agitada vida, pero nada respecto a cómo llegó a ser quien es.

El remolino del pasado resurgió en la mente de Will y amenazó con arrastrarlo a una vorágine de miedo, hambre, dolor y angustia. Sacudió la cabeza para mantenerlo a distancia.

–No hay nada entretenido ni edificante en mi infancia.

–¿Fue... difícil?

–Sí.

–Aun así, me gustaría que me hablara de ella. Nunca antes había conocido a un hombre como usted. Ya sé que es descortés mostrar tanta curiosidad, pero me gustaría saber cómo se convirtió en el hombre que es hoy.

Él vio la oportunidad que tenía a mano y se apresuró a aprovecharla.

–Le hablaré de mi infancia si usted me habla de la suya. He estado contándole mis andanzas durante todo el viaje, pero usted no me ha contado nada de nada.

Al verla asentir al cabo de unos segundos, se sintió exultante y soltó el aire que había estado conteniendo.

–De acuerdo, pero usted primero. ¿Cómo aprendió todo lo que ahora parece hacer de forma tan instintiva? Se mueve con tanto sigilo como el mismísimo silencio, permanece alerta y es consciente de todo lo que pasa a su alrededor a todas horas, tiene la capacidad de convertirse en cualquiera, de integrarse en cualquier ambiente, de conversar como un aristócrata inglés y como un obrero vienés.

–Necesitaba el sigilo para moverme sin que me vieran, tenía que estar alerta para robar monederos sin que me pillaran. En Inglaterra deportan o ejecutan a los carteristas. En cuanto a mi habilidad para convertirme en cualquiera, quizás se deba a que fui casi todas esas cosas y tuve que imitarlas para sobrevivir hasta que aprendí a interpretar bien cada papel.

–¿Cómo se convirtió el sobrino de un conde, por muy ilegítimo que fuera, en un ladrón, un carterista y un obrero?

Will recordó las burlas y las novatadas que había sufrido en Eton y que no habían cesado por mucho que demostrara su superioridad con los puños... dibujos de mal gusto en su silla, comentarios insultantes en voz baja sobre su madre que oía al pasar junto a algún grupo de compañeros...

Se preguntó si aquella hija de aristócratas le despreciaría también al enterarse de la verdad, pero, por alguna razón, tenía la impresión de que no sería así.

–Mi madre era hija de un clérigo, y el año en que fue presentada en sociedad en Londres quedó prendada de mi padre. Él era el hijo menor del conde de Swynford, un mujeriego, un jugador empedernido, y un sinvergüenza egoísta de proporciones épicas. La engatusó y logró que accediera a acompañarlo a su casa, y aquella excursión a medianoche dejó hecha trizas la reputación de mi madre. Ella se negó a retirarse a vivir al campo sin rechistar, así que su familia la repudió. Estuvieron viviendo juntos una temporada en un cuchitril, cerca de los bajos fondos, pero él se largó a Bruselas después de perder una fortuna jugando a las cartas. Su hermano mayor, el conde actual, ya le había advertido que no iba a seguir pagándole las deudas, y mi padre no estaba dispuesto a que le encarcelaran por deudor en Newgate. Abandonó a mi madre, que estaba embarazada de seis meses. Ella consiguió ir saliendo adelante con los peniques que ganaba cosiendo.

Aunque lo único que él recordaba era estar hambriento, asustado, solo... y, más adelante, enfadado.

−¿Qué pasó después? −le preguntó ella con voz suave.

−El tipo que controlaba la zona en aquella época me asignó el puesto de recadero cuando tenía cinco años, y los muchachos de la calle se convirtieron en mi familia. Durante los seis años siguientes, aprendí a hacer trampas a las cartas, a abrir cerraduras, a entrar en casas ajenas, a pelear con cuchillos y a robar.

−¿Su padre no regresó a buscarle?

−No. Oí que había muerto de un tiro a manos de un tipo al que había intentado timar jugando a las cartas en un garito de Calais. Entre sus documentos había cartas de mi madre en las que le suplicaba que tomara medidas para que el hijo de ambos no pasara privaciones, y cuando el conde recibió esos documentos y leyó las cartas, le encargó a su abogado que investigara el asunto. Cuando quedó demostrado quién era mi padre, hizo que me llevaran a Swynford. Estoy seguro de que a lo largo de los años se ha arrepentido de su decisión de convertir a un pilluelo de la calle en un aristócrata, pero mis primos, en especial Max, hicieron todo lo posible por convertirme en un Ransleigh como Dios manda. Bueno, ahora le toca a usted.

La tomó de la barbilla para hacer que le mirara cara a cara antes de preguntarle:

−¿Quién es usted en realidad, Elodie Lefevre?

Apuesto a que no es la prima de St Arnaud. Si lo es, me como este árbol –antes de que ella pudiera negarlo o intentar eludir la cuestión, se apresuró a añadir–: ¿No cree que me debe la verdad? Yo se lo he contado todo sobre mi alocada juventud, la he mantenido a salvo y la he traído a escasa distancia de las puertas de París. Me resulta imposible creer que St Arnaud abandonara a su propia prima en Viena. Le creo capaz de golpearla, pero no de abandonarla. Alguien de su familia le habría pedido explicaciones. ¿Quién es usted en realidad? –le sostuvo la mirada, implacable en su empeño de hacer que confesara, mientras el corazón le martilleaba en el pecho con una mezcla de esperanza y expectación.

–Soy Elodie de Montaigu-Clisson –admitió ella al final, con voz suave–, hija de Guy de Montaigu-Clisson, conde de Saint-Georges. Nuestra familia vivía al sur del Loira, cerca de Angers.

–Eso está en la región de Vandea, ¿verdad?

–Sí.

Aquel dato ya bastaba para explicar muchas cosas.

–¿Su familia estuvo involucrada en la revuelta monárquica contra la Revolución?

–Mi padre se unió al conde de La Rochejaquelein, al igual que casi toda la nobleza de Vandea. No sé gran cosa, no era más que una niña cuando se proclamó la República, pero recuerdo agitación, que me sacaron de la casa en medio de la noche, fuego saliendo por las ventanas. Estuvimos viviendo en un desván de Nantes y mi madre lloraba, hubo más luchas, y también recuerdo lo que ocurrió junto al río aquel día... aquel horrible día.

Al oírle decir que había vivido en Nantes, Will recordó el suceso que había indignado a toda Europa.

–¿Presenció los ahogamientos?

–Los soldados republicanos condujeron a todos los habitantes al muelle. Subieron a los clérigos a bordo de un barquito, los encerraron abajo y hundieron el barco.

Sus ojos mostraban tal desolación, que Will tuvo la impresión de que podía ver reflejada en ellos la ondulante superficie del río del que hablaba.

–Lo hicieron una y otra vez, con un barco cargado de clérigos y monjas tras otro. No sé cuántos religiosos llegaron a morir ahogados ese día. Yo tenía cinco años.

Le horrorizó que una niña tan pequeña hubiera presenciado algo así. Le puso una mano en el hombro y le dijo, conmocionado:

–Lo lamento mucho.

–Fue terrible, pero también maravilloso. No hubo gritos, ni súplicas, ni pánico, tan solo... serenidad. Mamá me dijo que se habían refugiado en un lugar secreto de sus corazones donde estaban a salvo de todo mal.

«Tal y como tú sueles hacer ahora», pensó él para sus adentros.

–¿Qué pasó después? Si no recuerdo mal, el gobierno revolucionario les ofreció una amnistía a los vandeanos que se rindieran y prestaran juramento de lealtad. ¿Lo hizo su padre?

–Murió en la batalla final. Salimos del desván en medio de la noche con los zapatos envueltos en trapos para amortiguar el sonido y subimos a bordo de un barco. Me acuerdo del aullido del viento y del azote de la lluvia contra el barco, de haber oído a pasajeros gritando, de que pensé que íbamos a ahogarnos todos como los clérigos y que íbamos a tener que ir nadando al cielo, y después... calma, verdes pastos, mamá llorando en la orilla. Viajamos muchos días hacia el norte, pasamos por una gran ciudad, estábamos rodeados de gente que hablaba una lengua que yo no entendía.

–Viajaron a Inglaterra, ¿no? Muchos *émigrés* se fueron al norte con la ayuda de la Corona.

–Sí. Mi madre, mi hermano mayor y yo nos instalamos en una cabaña situada en unas tierras que pertenecían a lord Somerville –sonrió al añadir–: Tenía un jardín precioso donde yo solía pasar horas y horas –la sonrisa se desvaneció–. Era el lugar secreto en el que yo me refugiaba cuando mamá lloraba o escaseaba la comida, cuando los niños del pueblo se burlaban de mí por lo mal que hablaba su idioma y porque iba vestida con harapos, por ser extranjera.

–Si estaba viviendo en Inglaterra, ¿cómo la conoció St Arnaud?

–Mi hermano, Maurice, era diez años mayor que yo y odiaba a los republicanos que se habían apropiado de nuestras tierras, que habían asesinado a nuestro padre y convertido a mamá en una mujer avejentada y llena de dolor. Se entusiasmó cuando Napoleón abolió el Directorio, se proclamó Primer Cónsul, instituyó el Código Napoleónico y prometió una nueva Francia en la que se premiarían el mérito y el talento. Él detestaba vivir como un exiliado que dependía de la caridad ajena, sin dinero ni tierras propias. Decidió ingresar en el ejército de Napoleón y lograr grandes gestas de valor que le permitieran recuperar nuestras tierras, así que regresamos a Francia. La primera vez que tuvo unos días de permiso trajo a casa a un amigo suyo, Jean-Luc Lefevre –su expresión se llenó de ternura–. Me enamoré de él en cuanto le vi.

Will sintió que le embargaba una furia instintiva y visceral, pero se apresuró a sofocarla. ¡No estaba dispuesto a sentir celos de un muerto!

–Se casó con él. ¿Falleció en la guerra?

–Sí, cayó en Lützen –le contestó, con el rostro ensombrecido de dolor–. Murió al día siguiente de que yo llegara al barracón al que le habían llevado.

–¿Fue entonces cuando aprendió a comportarse como un hombre?, ¿se disfrazó durante el trayecto hasta allí? –al ver que lo miraba sorprendida, añadió–: Tenga en cuenta que fui soldado y sé lo que ocurre tras una batalla. Es... peligroso para las mujeres.

Ella asintió y dijo, con la mirada perdida en los recuerdos:

–Hubo otra batalla en Bautzen, justo después de que enterrara a Jean-Luc y partiera rumbo a casa. Bordeé el campo de batalla, y mientras buscaba un lugar seguro donde pasar la noche llegué a un granero medio en ruinas. Dentro había varios soldados, probablemente desertores, con una mujer. Estaban... abusando de ella.

Él había visto lo suficiente durante la guerra para saber lo que les pasaba a algunos hombres cuando se desvanecía la sed de sangre. Se sintió horrorizado al imaginarse cómo continuaba el relato y la agarró del brazo, pero ella estaba inmersa en los recuerdos y no se dio ni cuenta.

—La oí gritar, suplicarles llorando —los ojos se le inundaron de lágrimas que se secó con gesto ausente—. La oí, pero no hice nada por ayudarla. No sabe cuánto me avergüenzo de mí misma.

—¡Gracias a Dios que no intervino! —exclamó, aliviado—. Usted no tenía forma de ayudarla, tan solo habría conseguido que le hicieran lo mismo que a ella.

—Puede que tenga razón, pero me prometí a mí misma que jamás volvería a sentirme tan impotente e indefensa. Regresé al campo de batalla, que aún no había sido cubierto del todo por los equipos de enterradores, y me hice con el uniforme de un soldado muerto. Ya estaba manchado de sangre, así que solo tuve que ponerme un vendaje en la cabeza. Quería estar preparada.

—¿Por si se topaba con soldados renegados? Fue una idea ingeniosa usar el uniforme como protección.

—Sí, como protección y para poder intervenir en caso de encontrarme con... con una situación similar.

Él la miró horrorizado.

—¿Pretendía intervenir? ¡Espero que no lo intentara siquiera! Esa clase de hombres no atienden a razones, no sienten lástima ni remordimientos. Si hubiera intentado detenerlos, le habrían dado una paliza o le habrían hecho algo incluso peor.

—No tuve ocasión de hacerlo, pero, de haberla tenido, pensaba decirles que había mujeres dispuestas a servirles en la población siguiente, que me dejaran a mí a la que tenían porque estaba herido y carecía de mi vigor habitual.

Él se quedó mirándola, atónito. No le cabía ninguna duda de que Elodie Lefevre habría intentado llevar a cabo semejante plan por muy temerario que fuera, y se estremeció al pensar en lo que podría haberle pasado.

—¿Por qué viajó sola a Lützen?, ¿su marido no tenía parientes que pudieran acompañarla?

—No. Su familia pertenecía a la aristocracia, al igual que la mía. Todos menos él murieron o huyeron lejos durante el Terror.

—¿No tenía amigos? —al verla negar con la cabeza, no pudo seguir conteniéndose y exclamó—: ¡Pero fue una locura que viajara sola entre ejércitos enemigos después de una batalla!, ¡me resulta inconcebible que corriera semejante riesgo!

—Merece la pena correr cualquier riesgo con tal de salvarle la vida a un ser querido, y usted lo sabe. Piense en todo lo que ha hecho por *monsieur* Max.

Ese argumento era irrefutable. Will sabía sin ningún género de duda que estaría dispuesto a enfrentar cualquier peligro con tal de proteger a sus primos.

—Poco después de mi llegada a París, Maurice vino a verme. Su mentor, St Arnaud, necesitaba un favor.

—Que fuera su anfitriona en Viena.

—Sí. Mi hermano le había conocido a través del ejército. Contábamos con el beneplácito de St Arnaud porque éramos *ancien régime*, parte de la antigua nobleza, al igual que su mentor, el príncipe Talleyrand, y él mismo. Maurice se había convertido en su *protégé*, así que me propuso a mí cuando St Arnaud le dijo que necesitaba una anfitriona.

—¿Estaba enterada de lo del plan de asesinato?
—No lo supe hasta que llegamos a Viena.
—¿Y St Arnaud utilizó a ese tal Philippe para obligarla a participar? ¿Quién es?, ¿su amante?

Incluso él se dio cuenta de lo ásperas que sonaron sus palabras, pero ella se limitó a sonreír y a encogerse de hombros.

—Algo así. Bueno, ya basta por ahora. Me he sincerado incluso más que usted, y estamos perdiendo un buen rato de luz; además, tal y como usted mismo ha dicho, llegaremos a París dentro de poco, puede que mañana mismo —le miró a los ojos y posó una mano en su pierna.

Él se tensó de pies a cabeza. Antes de que pudiera pronunciar palabra, ella añadió, sin dejar de sostenerle la mirada:

—Deberíamos cambiar de disfraz de nuevo por si nuestros perseguidores han descubierto lo que pasó después de lo de Karlsruhe. Sugiero que entremos en París a primera hora de la mañana junto con el gentío que se dirige a Les Halles, como una pareja de campesinos que van a vender su mercancía. Aún tengo un vestido sencillo. Si me lo pongo aquí mismo, podríamos pasar la noche en una posada... como marido y mujer.

Aquellas palabras le dejaron sin aliento. No había duda de lo que ella estaba ofreciéndole mientras le miraba incitante y sus dedos le trazaban en el muslo unos círculos que estaban haciéndole arder.

No había razón alguna para no aceptar. Podía tratarse de un truco para que él bajara la guardia, pero iba a tener que correr ese riesgo.

–Pensaba que no iba a pedírmelo nunca, mi querido hermano Inocencio. Permítame ayudarla a cambiarse de ropa.

–Aún no, quiero lavarme en el río antes de ponerme un vestido limpio. Usted quédese aquí, ¡no me espíe!

A pesar de sus palabras, su chispeante mirada y la forma en que seguía acariciándole el muslo dejaban entrever que no le importaría lo más mínimo que la observara mientras se bañaba.

Ni siquiera la Vieja Guardia de Napoleón habría podido impedirle que la siguiera hasta el río.

Capítulo 11

Elodie se estremeció al entrar en aquellas frías aguas de principios de verano, pero aguantó aquel impacto inicial de buena gana. Era maravilloso estar limpia y volver a ponerse por fin su propia ropa.

Era posible que encontrara a Philippe al día siguiente y, como siempre que se imaginaba ese momento, sintió una mezcla de alegría y de ansiedad.

Antes de nada, iba a tener que encargarse de Will Ransleigh.

No podía negar que sentía cierto pesar por el hecho de que sus caminos tuvieran que separarse. Era un compañero entretenido, un narrador nato, y nunca había conocido a nadie a quien se le diera tan bien ir de incógnito, evadirse y usar subterfugios. Habían sido buenos compañeros de fatigas mientras viajaban por Europa; a pesar del peligro, aquel trayecto desde Viena había sido único y mágico, un regalo que recordaría y saborearía por siempre, una experiencia que no iba a vivir nunca más.

Iba a echarle de menos, mucho más de lo que a

ella le habría gustado, pero no tenían futuro alguno juntos. París estaba cerca y la separación era inevitable, así que era mejor que fuera lo antes posible.

Sintió una punzada de inquietud al preguntarse si iba a poder llevar a cabo su plan de escapatoria. Teniendo en cuenta lo vigilante que permanecía él en todo momento y lo observador que era, iba a tener que ser excepcionalmente cuidadosa para poder llevar a cabo su huida.

Pero antes de la separación había un último regalo que podía hacerle, que podía hacerse a sí misma. Durante lo que quedaba de día y en la noche que estaba por llegar, iba a mandarle a la luna y a las estrellas en un viaje de despedida lleno de placer que él no iba a olvidar jamás.

Haciendo de tripas corazón para aguantar el frío, se internó aún más en el agua y se lavó rápidamente el cuerpo y el pelo con una pastilla de jabón que había sacado de su alforja. A pesar de que le había advertido que no la espiara, sabía que estaba observándola desde los árboles que bordeaban el río.

Decidió empezar con un pequeño espectáculo para abrirle el apetito.

Temblando de frío, regresó hasta un punto en que el agua le llegaba a las rodillas. Con movimientos lentos y lánguidos, se echó hacia atrás su mojada melena, consciente de que iba a caerle como una reluciente cascada sobre los hombros. Echó la cabeza hacia atrás para que el sol le acariciara los pechos, tenía los pezones erguidos y rígidos por el frío.

Después de enjabonarse la piel de nuevo, se agarró los pechos y acarició con el pulgar y el índice los resbaladizos pezones. Estos se endurecieron aún más mientras las placenteras sensaciones se extendían hacia la parte baja de su cuerpo.

Entrecerró los ojos y se imaginó que eran las manos de Will las que le acariciaban los pezones. Se preguntó si se los chuparía o si optaría por usar aquella lengua cálida, áspera y húmeda para acariciar su sensible y palpitante sexo.

Quería que la enloqueciera de placer, sentir la calidez de su boca en aquel lugar tan íntimo. El fuego que crecía en su interior la aislaba del frío del agua en ese momento, tenía la respiración acelerada y las piernas temblorosas. Estaba deseosa de abrirse y sentirlo en su interior. No recordaba la última vez que había estado tan preparada para entregarse a un hombre, ni siquiera estaba segura de haber deseado a alguien con tanta fuerza en toda su vida.

Abrió los ojos al oír un chapoteo y vio que se había metido en el río y se dirigía hacia ella. Se había quitado la chaqueta, las botas y las medias, y en sus ojos ardía la pasión.

La oleada de deseo que la golpeó le arrebató el aliento, respiró jadeante mientras las sensaciones que se arremolinaban en sus pechos y en su entrepierna se intensificaban cada vez más.

–¿Quieres que te lave? –le preguntó. Tenía la garganta tan seca, que apenas pudo pronunciar las palabras.

–Si tú quieres...

¡Claro que quería! Le quitó la camisa con impaciencia, deseosa de desnudar del todo aquel pecho con el que él la había atormentado noche tras noche durante el viaje al permitirle vislumbrarlo apenas.

Tenía la piel dorada y esculpida sobre unos hombros anchos y musculosos, y, al igual que a ella, se le habían endurecido los pezones. Estaba deseando saborearlos, no podía aguantar ni un segundo más sin verle completamente desnudo.

Le desabrochó con impaciencia los botones de la portañuela de los pantalones y liberó su miembro, que emergió erecto ante ella. Él tironeó de los pantalones para acabar de bajárselos mientras se tambaleaba un poco ante el envite de la corriente, y los lanzó hacia la orilla en cuanto se los quitó.

Elodie sintió que el corazón se le paraba por un instante antes de volver a latir a toda velocidad. Se quedó mirando boquiabierta a aquel dios griego que había descendido a la tierra para bañarse en aquel río y robarle el corazón. Estaba tan pasmada que se preguntó si hacer el amor con él iba a transformarla en una vaca o un árbol, tal y como solía sucederles a las desventuradas damiselas que intimaban con los dioses del Olimpo.

La admiración que sentía debía de ser muy evidente, porque cuando fue capaz de arrancar la mirada de aquel cuerpo impresionante y le miró a la cara vio que estaba sonriendo.

–¿Me enjabonas?

Ella buscó el jabón con la mirada antes de darse cuenta de que aún lo tenía en la mano. Después de echarle agua por todo el cuerpo, le pasó el jabón por cuello, hombros y pecho. Tenía la respiración entrecortada mientras le masajeaba para crear espuma, mientras le tocaba y le acariciaba, mientras memorizaba cada dura curva de músculo y cada hueco entre tendón y hueso.

Creía que él iba a perder el control de un momento a otro, que iba a tomarla hasta quedar saciado, y se llevó una grata sorpresa al ver que permanecía quieto y dejaba que le tocara a su antojo. Le tenía tan cerca, que notaba en todo el cuerpo el calor que él irradiaba.

Fue bajando las manos por su cuerpo mientras seguía enjabonándole, las deslizó por su firme vientre y por la curva de la cadera hasta que al fin llegó a su erección. Él jadeó y se estremeció mientras ella enjabonaba a conciencia aquel glorioso miembro, y al final no pudo seguir resistiendo la tentación y se inclinó hacia él para mordisquearle un pezón.

–¡Elodie! –exclamó, jadeante, antes de alzarle la barbilla para besarla.

La apretó contra sí con uno de sus musculosos brazos mientras se adueñaba de su boca, mientras la exploraba a fondo con la lengua, pero no la poseyó a pesar de que estaba ebria de placer y completamente entregada. Ella supo de forma instintiva que, a pesar de lo lejos que habían llegado, la soltaría sin dudarlo si intentaba apartarle, y se sintió maravillada y llena de gratitud.

La embargó de repente una abrumadora necesidad de sentirlo allí dentro, en aquel lugar palpitante y lleno de anhelo que llevaba tanto tiempo insatisfecho. Su cuerpo había sido utilizado y maltratado, pero no había vuelto a encontrar ternura desde su juventud, desde que se había enamorado del hombre que había sido su esposo de forma tan efímera.

Le rodeó el cuello con los brazos sin dejar de besarle y se alzó para poder rodearle la cintura con las piernas y acercar aquella dura erección a la cálida y húmeda abertura que tan solo él podía llenar.

Él soltó un gemido e interrumpió el beso.

—¿Estás segura?

—¡Sí! ¡Ahora, por favor! —lo exclamó jadeante, y soltó un largo y profundo gemido de placer cuando la penetró.

Él la sujetó de las nalgas mientras avanzaba río abajo hasta llegar a la sombra de un árbol enorme de verdes ramas que se alzaba en la orilla. La besó de nuevo, y siguió sujetándola con las manos mientras usaba la corriente del río y el sostén del agua para aumentar la intensidad de sus acometidas.

Era delicioso flotar sumergida en el agua fresca mientras el centro de su ser estaba a merced de un fuego ávido e imperioso. Las sensaciones fueron acrecentándose más y más mientras cabalgaba con abandono, su respiración se convirtió en una mezcla de jadeos y sollozos y le hundió las uñas en los hombros hasta que estalló al fin en mil pedazos de puro éxtasis.

Cuando tomó conciencia de nuevo del mundo que la rodeaba, estaba aferrada sin apenas fuerzas a él, laxa de pies a cabeza, y seguía teniendo su dura erección hundida hasta el fondo en su palpitante sexo.

—*Ma petite ange* —susurró él, antes de salpicarle de besos ligeros como plumas los párpados, las cejas y la frente, de chuparle el cuello y una oreja, de trazarle los labios con la lengua.

Ella empezó a mover las caderas otra vez al sentir que la espiral empezaba a girar de nuevo en su interior. La recorrió una sensación exquisita cuando él empezó a chuparle los senos, a mordisquearle los sensibles pezones. El deseo se aceleró, se acrecentó con más fuerza e intensidad, la hizo acelerar el ritmo de sus caderas mientras la corriente del río magnificaba cada movimiento. Siguieron uniéndose y apartándose con una cadencia ondulante, la fluida fricción tanto interna como externa la catapultó hasta la cima de la catarata, y en esa ocasión se lanzaron los dos juntos al vacío.

Tras un lapso en el que el tiempo parecía haberse detenido, la llevó a la orilla, se sentó a la sombra del árbol, y la colocó entre sus piernas para protegerla con su calor corporal del frío provocado por el agua y el aire.

–La verdad es que había planeado que hubiera romanticismo, una deliciosa comida y un buen vino, y también una cama –admitió antes de besarla en la cabeza.

–Ya lo sé, pero no he podido esperar más.

–Me alegro, llevaba meses deseándolo.

–No me conoces desde hace meses.

Él la rodeó con los brazos antes de contestar.

–Muy cierto, pero llevo toda mi vida buscándote.

Lo dijo en voz tan baja, que Elodie no supo si realmente había oído aquellas palabras o se las había imaginado.

De repente se dio cuenta de que ella también había estado buscándole, que había albergado la esperanzada de encontrar un amante que reciprocara en vez de exigir, que se preocupara por ella en vez de limitarse a usarla. Llevaba tanto tiempo valiéndose por sí misma, sola, luchando contra un mundo implacable para intentar conseguir un pequeño rinconcito propio, que tenía que retroceder a su lejana niñez para recordar la última vez que había confiado en que otra persona fuera a mantenerla a salvo, la última vez que se había sentido tan protegida, tan... acompañada.

La idea era tan emocionante como aterradora. Will Ransleigh no tenía cabida en su futuro, estaba dispuesto a llevarla al patíbulo para salvar a su primo. Era una locura pensar siquiera que podría depender de él después de que llegaran a París al día siguiente.

Sí, la había emocionado lo tierno que había sido al asegurarse de satisfacerla y darle placer, se había sorprendido gratamente al ver que respetaba sus habilidades, se había sentido vigorizada por los ardides que habían ideado durante el viaje, pero la dulzura de todo aquello no era más que el postre al final de una comida... delicioso, pero carente de los ingredientes saludables que hacían falta para sustentar una vida.

Su vida estaba junto a Philippe, y punto.

Luchó por desvincular sus emociones de aquel hombre tan cautivador, pero era como cuando uno estiraba de una tela deshilachada y no había forma de cortar los hilos conectores que quedaban, y al final se rindió. Se obligó a apartarse de él a pesar de que su cuerpo protestó al perder el cálido contacto de piel contra piel.

–Menos mal que has tenido la precaución de elegir un lugar de descanso que no se ve desde el camino –comentó, en un intento de aparentar naturalidad.

–Sé que confías en mi capacidad para mantenernos a salvo.

Le habría gustado poder negarlo, pero no tuvo más

remedio que admitir que aquello era cierto. Debería atemorizarla darse cuenta de que sentía semejante confianza instintiva en él, pero esa confianza se mantenía intacta, tan tenaz como el río que le bañaba los tobillos... y eso era tanto ilógico como peligroso.

No podía olvidar que, si no se andaba con muchísimo cuidado, aquel hombre podía detener su búsqueda de Philippe en París incluso antes de que esta empezara.

Enfadada consigo misma, dejó a un lado sus ingobernables emociones y comentó:

–Vamos a congelarnos si no nos vestimos pronto.

–Supongo que tienes razón, pero no quiero que te vistas –deslizó los dedos por sus pechos y fue bajándolos hasta llegar a su entrepierna.

Ella suspiró de placer, y notó cómo se le endurecía el miembro al echarse hacia atrás y apoyarse de nuevo contra su cuerpo.

–No me tientes –le pidió él con un gemido–. Me excito con un mero roce tuyo, y tenemos que ser sensatos. Debemos vestirnos y viajar a buen ritmo si queremos llegar al pueblo antes de que anochezca.

–Sí, tenemos que ser sensatos.

Lo que necesitaba era ponerse en movimiento. Reanudar el viaje sería como darle cuerda a un reloj parado: por un lado, haría que sus emociones retomaran su curso normal y, por el otro, fortalecería su determinación. Tanto las unas como la otra se habían visto sacudidas por la intensidad de aquel interludio, pero no debía olvidar que, tras una única noche de placer, sus caminos iban a tener que separarse.

–Deberíamos comprar algunos animales... pollos,

por ejemplo. Así nos resultará más fácil mezclarnos entre los granjeros que se dirigen al mercado.

–Otra buena idea, eres muy ingeniosa.

No pudo evitar sentirse halagada por aquel elogio.

–No he tenido más remedio que aprender a serlo.

Él la agarró de la cintura y la ayudó a levantarse.

–Que nos hagamos pasar por marido y mujer esta noche es la mejor idea que has tenido hasta el momento –susurró antes de besarla.

Sí, no había duda de que aún le quedaba por saborear aquella noche, su última noche con él. Iba a tomárselo como una recompensa por haber sido tan paciente durante todo el viaje.

Podía darle pasión, nada más. Tomó su rostro entre las manos y murmuró:

–Puede que lo de los animales no sea tan necesario, lo único que nos hace falta es una habitación y una cama.

–Espero que eso sea una promesa.

Ella deslizó los dedos por sus hombros, su torso y más abajo antes de agacharse a recoger sus pantalones, y se los dio antes de contestar:

–Cuenta con ello.

Capítulo 12

Se ayudaron a vestirse el uno al otro como un hombre y una doncella enamorados por primera vez, se acariciaron y se besaron entre risas mientras ella se ponía un sencillo vestido y él un atuendo que podría considerarse apropiado para un próspero granjero, ya que estaba a medio camino entre la vestimenta de un trabajador y la de un caballero.

Will sabía que ella iba a intentar escabullirse en cuanto llegaran a París, pero se sentía demasiado dichoso y eufórico como para preocuparse por eso. La felicidad le burbujeaba en el pecho como una botella de champán recién abierta.

Había vivido muchas aventuras, pero ninguna como aquella. Ninguna en compañía de una mujer que se quejaba tan poco como un hombre, que era tan competente como cualquiera de los oficiales con los que se había adentrado de forma encubierta en los parajes más recónditos de España y Portugal, colaborando con partisanos y entorpeciendo a los franceses.

Se habían conocido teniendo posturas irreconciliables y su idilio era demasiado frágil como para durar, pero de momento iba a ser como su Elodie: iba a sacarle toda la felicidad posible a un día que ya estaba siendo glorioso, un día que prometía ser incluso más maravilloso en cuanto se encargara de conseguir provisiones para el día siguiente y una habitación con cama.

Entrelazó los dedos con los suyos mientras regresaban hacia los caballos y comentó:

—¡Cuánto me alegro de poder quitarme la ropa de monje! Me moría por tocarte durante el viaje.

—Menos mal, porque estás sonriendo como un granjero que acaba de regatear con éxito con un buhonero, y cualquiera que nos vea se dará cuenta de que somos amantes.

Él se detuvo y la besó.

—¿Te importa que se nos note?

—No. Agradezco todos los momentos que podamos disfrutar juntos, Will. Nunca se sabe cuántos quedan por delante.

Sintió una nueva oleada de felicidad al oírla llamarle por su nombre por primera vez, y sonrió de oreja a oreja. Le encantaba cómo lo pronunciaba, prolongando un poco el final de forma acariciante.

Le encantaba lo sencilla y directa que era, el realismo con el que encaraba la vida. No se angustiaba incesantemente como una arpía quejicosa cuando surgía algún problema, sino que los analizaba con detenimiento, ideaba el mejor plan posible para lidiar con ellos, y entonces se los quitaba de la cabeza para poder encontrar solaz y placer donde fuera... en su jardín, junto a un río.

En esa ocasión, ella había compartido ese solaz y ese placer con él, y eso era un regalo que pensaba devolverle esa noche con creces. Iba a entregarse a ella por completo, a dárselo todo y más.

Ya se enfrentaría después al dilema de llevarla de regreso a Inglaterra.

Pusieron rumbo al pueblo que había a las afueras de París, y a lo largo del camino encontraron a más viajeros que también se dirigían hacia allí. Después de un breve recorrido para inspeccionar el lugar, Will eligió una posada donde había clientes de aspecto respetable y que estaba lo bastante llena como para suponer que tanto la comida como el servicio eran de buena calidad, pero que no llegaba a ser un establecimiento con la elegancia necesaria para atraer a la gente adinerada y con buenos contactos.

Después de entregar los caballos en una caballeriza, obtuvo una habitación y la cena en la posada seleccionada. Tuvo que hacer uso de toda su disciplina para, después de subir las escaleras y abrir la puerta de la acogedora habitación que contenía una mesa, sillas y una invitadora cama, dejar sola a Elodie y salir a comprar una docena de pollos y un carro donde transportarlos.

Estaba tan ansioso por completar la transacción que ni se molestó en regatear con la granjera propietaria de los lustrosos pollos que le llamaron la atención. Acordó a toda prisa un precio más alto del que por regla general se habría preciado de conseguir, y se fue sin más con sus recién adquiridas aves. Le daba igual que la mujer pensara que había logrado una buena suma gracias a su habilidad como vendedora, ya que la cantidad no había sido tan grande como para que alardeara ante sus vecinos de haberle tomado el pelo a un forastero bobalicón.

Incluso estando tan cerca de París había que tomar todas las precauciones posibles para no llamar la atención.

Dejó las compras detrás del establo de la posada, lo que provocó cierta sorpresa entre los mozos que trabajaban allí. Ni siquiera los granjeros más prósperos solían dejar su mercancía cacareando en una posada, sin supervisión, la noche antes de llevarla al mercado.

En cualquier caso, para cuando los mozos acabaran su turno y tuvieran ocasión de chismorrear en la taberna, Elodie y él ya se habrían marchado; además, estaba bastante seguro de que nadie les había rastreado hasta allí. Había permanecido vigilante en todo momento, excepto en el breve lapso de tiempo que habían pasado en el río, y no había visto señal alguna de que alguien estuviera siguiéndoles.

Tenía claro que habría alguien buscándoles en París, pero ya se preocuparía al día siguiente de cómo entrar y salir de la ciudad con Elodie de forma segura.

Entró en la posada a toda prisa con la mente llena de seductoras imágenes. Por primera vez en días, iban a disfrutar de una buena cena y a tomar vino junto a su propia chimenea. Hablarían de las aventuras que habían corrido juntos, de la vida de Elodie, de París.

Se preguntó si ella llegaría a hablarle del misterioso Philippe. Aunque al principio esperaba que intentara ganarse su confianza a base de mentiras, su instinto le decía que le había contado la verdad cuando por fin se había sincerado con él.

Después de conversar largo y tendido, iba a masajearla en el cuello y los hombros, soltaría aquel pelo castaño claro, que ella siempre mantenía oculto, y pasaría los dedos por primera vez por los largos y sedosos mechones. Entonces iba a desnudarla poco a poco, prenda a prenda, besando la piel que iba dejando al descubierto, tal y como había soñado durante tantas solitarias noches. Iba a saborear aquellos pechos generosos, a mordisquear sus pezones mientras la oía respirar jadeante, mientras permanecía atento a la intensidad de esos jadeos para saber lo excitada que estaba. Finalmente, iba a saborear el dulce néctar de su sexo antes de hundirse en ella y llevarla al éxtasis una y otra vez.

Estaba tan ansioso por llegar a la habitación que subió los escalones de dos en dos. Llamó a la puerta antes de entrar, y dijo con voz suave:

–Soy Will.

La habitación estaba medio a oscuras, las únicas fuentes de luz eran el fuego de la chimenea y una única vela que había sobre la mesa. Elodie estaba en la cama, envuelta en sombras, y extendió los brazos hacia él al susurrar:

–Ven aquí, *mon amant*.

Estaba apoyada en la almohada con las sábanas a la altura de la cintura, y al ver sus senos desnudos, tan generosos y hermosos a la luz de la vela, su miembro se endureció y la cena se le borró de la mente.

—Con mucho gusto —empezó a quitarse el corbatín, estaba impaciente por acariciarla y saborearla.

—¡No, espera! Ven aquí, deja que te desnude yo. Quiero rendirte homenaje centímetro a centímetro.

Will sintió que una profunda emoción le constreñía el pecho mientras su miembro se endurecía aún más. Siempre había tenido éxito con las mujeres. Le habían dado placer ruborosas doncellas, le habían amado esposas desatendidas por sus maridos, le habían seducido matronas llenas de tedio a las que les excitaba el placer prohibido de acostarse con el sobrino ilegítimo de un conde, pero ninguna mujer había querido «rendirle homenaje».

—Como desees —fue todo lo que alcanzó a decir, tenía un nudo en la garganta.

Se acercó a la cama de inmediato, y ella le instó a que se sentara. Al besarla en la cabeza se dio cuenta de que debía de haberse dado un baño, porque aún tenía el pelo húmedo y volvía a envolverla el familiar aroma a lavanda. Se le hizo la boca agua, y admitió con voz ronca:

—Hueles tan bien, que te comería entera.

—Los dos vamos a comer hasta saciarnos esta noche —le contestó ella, sonriente, antes de besarle con pasión.

Will no se dio cuenta de que le había desatado el corbatín y abierto la camisa hasta que su cerebro registró cierta sensación de frío. Antes de que pudiera reaccionar, ella interrumpió el beso y empezó a chuparle y a besarle el pecho, deslizó la boca por su piel desnuda hasta que los bordes de la camisa le impidieron seguir avanzando, y entonces le indicó con un murmullo que alzara los brazos y le quitó la prenda por encima de la cabeza.

—Así está mejor —le dijo, satisfecha, antes de dejar un reguero de besos y mordisquitos por su clavícula mientras le masajeaba la espalda y los hombros.

Siguió explorándole a placer, le besó desde el cuello hasta el pecho y le hizo arder de deseo al rozarle juguetona el borde de los pezones con la lengua. Él arqueó la espalda para presionarlos contra su boca, y se estremeció al sentir que empezaba a chuparlos y a acariciarles la punta con los dientes.

Sin dejar de atormentar sus pezones, ella fue bajando las manos por su espalda hasta meterlas bajo la cinturilla de los pantalones y le agarró las nalgas. Al oírle soltar un gemido gutural, alzó la cabeza y murmuró:

—Debes de estar cansado. Túmbate, *mon chevalier*.

Se inclinó para quitarle las botas tras ayudarle a reclinarse, con lo que Will pudo disfrutar de la deliciosa imagen de su espalda y trasero desnudos mientras ella tironeaba del calzado. La tentación era demasiado grande. La agarró y la instó a que se pusiera a horcajadas sobre su regazo mientras se abría los pantalones con la otra mano.

Ella soltó una exclamación ahogada, y emitió un gutural gemidito de placer mientras le ayudaba a introducir su rígido miembro en su húmedo interior y ondulaba las caderas para que la penetrara hasta el fondo.

Will le pasó un brazo por la espalda para apretarla aún más contra sí. Mientras le recorría el cuello con labios y dientes, sin dejar de mover las caderas, deslizó entre los dos los dedos de su mano libre y acarició el terso y húmedo epicentro de la parte más íntima de su cuerpo.

Se hundió aún más en su interior cuando ella se arqueó contra su cuerpo, jadeante, y empezó a chuparle un seno mientras seguía acariciándola entre las piernas al ritmo de sus acometidas.

Estaba sudoroso, tenía el cuello y los brazos rígidos por el esfuerzo de contenerse al borde del clímax... y entonces ella se arqueó de repente entre sus brazos mientras gritaba su nombre, y las sacudidas que la recorrieron desencadenaron las suyas en una explosión de placer que le hizo ver las estrellas.

Permanecieron un largo momento en silencio, abrazados y exhaustos. Había sido impaciente e inquieto durante toda su vida, una fuerza intangible le había impulsado a seguir avanzando en busca de un objetivo que nunca alcanzaba a identificar. Por primera vez se sentía completamente en paz y satisfecho. Le embargaba una enorme sensación de bienestar, la profunda sensación de estar donde tenía que estar: allí, con ella.

Tanto sus sospechas como los últimos residuos de enfado que aún albergaba contra ella habían ido desvaneciéndose de forma progresiva desde que habían partido de Viena, pero en ese momento se esfumaron del todo.

Debió de quedarse dormido, porque abrió los ojos y vio a Elodie sentada en el borde de la cama, desnuda. Estaba sirviendo un vaso de vino que le entregó antes de decir:

–Para ti, *mon amant*. Debes reponer fuerzas, vas a necesitarlas. A ver, ¿dónde estaba antes de que me interrumpieras de forma tan placentera? Ah, sí, justo aquí.

Le agarró la cintura de los pantalones para acabar de bajárselos, y él alzó las caderas para facilitarle la tarea; después de quitárselos, los lanzó al suelo y comentó:

–Sí, mucho mejor. Desnudo, tal y como quería tenerte.

Le miró con ojos relucientes y expresión seductora. Parecía la concubina de un harén decidida a seducir a un sultán, y esbozó una sonrisa picarona al añadir:

–Ahora puedo verlo y saborearlo todo, absolutamente todo –le quitó el vaso de vino de la mano y tomó un sorbito–. Yo también voy a necesitar todas mis fuerzas, quiero conseguir que esta sea una noche inolvidable para ti.

Un sonido arrancó a Will del profundo sueño en el que estaba sumido, y fue cobrando conciencia poco a poco de dónde estaba. La habitación estaba a oscuras y su cuerpo entero vibraba aún de satisfacción, como la cuerda de un instrumento de música tras la última nota de la actuación de un virtuoso.

Elodie le había dicho que quería que aquella noche fuera inolvidable para él, y no había duda de que lo había conseguido.

Después de aquella primera vez en la cama, le había tumbado de espaldas y se había sentado a horcajadas sobre él mientras lo introducía en su cálido interior. Entonces había empezado a hablarle de París y de Londres como si estuviera conversando en una cena diplomática mientras se mecía rítmicamente, con lentitud, mientras sus pechos se balanceaban deliciosamente cerca de él, de sus labios.

Había sido excitante, erótico, nunca antes había experimentado algo así. Al principio había intentado mantener tanto aplomo como ella y seguir la conversación, pero, después de perder el hilo de sus propias frases en un par de ocasiones, se había rendido y había cerrado los ojos mientras saboreaba las sensaciones.

Se había quedado sin respiración cuando ella, sin dejar de charlar, había empezado a estrujarle y masajearle los testículos con una mano mientras seguía moviéndose para que la penetrara aún más hondo, y el éxtasis le había golpeado de lleno en una explosión de placer incluso más intensa que la anterior.

Después de dormir un poco, se habían levantado para disfrutar de la cena, que a esas alturas ya estaba fría, y habían dormido un poco más. Cuando había despertado de nuevo, ella tenía la cabeza apoyada en su muslo, y al notar que estaba despierto se había inclinado hacia delante y había recorrido su miembro con la punta de la lengua. Su cuerpo se había puesto duro de golpe, y aquella boca húmeda y aterciopelada le había lanzado a otro clímax increíblemente intenso.

El mero hecho de pensar en ella le hacía sonreír, y se le ocurrió proponerle pasar un día más en aquella posada. Unas horas más no iban a suponer ninguna diferencia, sobre todo teniendo en cuenta que ya llevaban casi cuatro semanas de viaje cuando en un principio había calculado que tardarían más o menos dos; de hecho, durante el trayecto se había planteado alguna que otra vez alargarlo aún más, sacarle hasta el último segundo de felicidad a una experiencia tan incomparable como inesperada.

Por primera vez en toda su vida, empezaba a visualizar un vínculo que podría durar más de un par de noches, un vínculo que podría alargarse semanas, meses... que podría tener un futuro a largo plazo.

Se estiró con languidez, saboreando aquella posibilidad y se dio cuenta de repente de que estaba solo en la cama.

Se enderezó de golpe con el corazón martilleándole en el pecho. Al ver que no se colaba ni un resquicio de luz bajo las cortinas, supo que ni siquiera había amanecido aún, y se dijo que seguro que ella había ido al retrete mientras intentaba contener la alarma y el mal presentimiento que empezaban a crecer en su interior.

Ella se había entregado por completo libremente, sin contención alguna, con la misma honestidad con la que él se había entregado a su vez. Expuestos por completo, sin defensas ni reservas, se habían unido tanto en cuerpo como en alma. Le resultaba inconcebible que ella se hubiera marchado sin más, sin decir ni una palabra.

Estaba tan ansioso y trémulo que le costó encender la vela que había en la mesita de noche, y la luz solo le valió para confirmar que ella no estaba en la habitación.

Salió de la cama a toda prisa. Las alforjas que él le

había dado a cambio del bolso de viaje que ella había empacado en Viena seguían allí, pero vacías. No había ni rastro del vestido, la enagua, la camisola, las medias y los zapatos que se había puesto después de quitarse el hábito de monje.

Le inundó un gélido vacío que le caló hasta los huesos al admitir la desagradable verdad: No le había dejado rendido de placer y satisfacción porque sintiera algo por él, sino para poder escapar.

Escapar de él... y correr a los brazos de su querido Philippe.

Sintió náuseas, y por un instante creyó que iba a vomitar. Traicionado, abandonado... le atravesó el pecho un dolor incluso peor al que había sufrido cuando le habían disparado unos bandidos españoles.

Contuvo la creciente oleada de desolación con un dique de furia. Hizo uso de su férrea voluntad para enterrar en lo más profundo de su ser una angustia y una desolación que no había vuelto a sentir desde que era un crío sentado junto a su madre moribunda.

Se dijo enfurecido que era una ridiculez comportarse como una solterona abandonada por el sinvergüenza que la había engatusado para que le entregara su virtud. Las circunstancias no se parecían ni por asomo a la tragedia que había sufrido aquel niño de cinco años. No había perdido a su único amor, sino que le había engañado una arpía mentirosa. Nada más.

Pero *madame* Lefevre aún no le había ganado la partida. Había sido un estúpido al olvidar que un tramposo debería saber reconocer a alguien de su misma calaña. La había obligado a emprender aquel viaje, no le había dejado más opción que acceder a ir con él. La aventura que habían vivido estaba basada en un acuerdo con el que los dos conseguían lo que querían, y ella estaba intentando hacer trampa y librarse de cumplir con su parte.

Seguro que el ruido que le había despertado minutos antes lo había hecho ella al escabullirse. De no ser por el instinto de supervivencia que había desarrollado cuando vivía en los bajos fondos de Londres, lo más probable era que ni siquiera se hubiera enterado. Para cuando habían hecho el amor por última vez, ya faltaba poco para que amaneciera, así que ella no había tenido tiempo de ir muy lejos.

Si Elodie Lefevre creía que no iba a volver a verle, estaba a punto de descubrir lo difícil que era tomarle el pelo a Will Ransleigh.

Capítulo 13

Elodie iba camino de París entre la multitud de granjeros que se dirigían hacia allí bajo la tenue luz del amanecer. Tenía sus escasas pertenencias escondidas bajo los pollos, en uno de los dos cestos que llevaba en los brazos. Estaba demasiado impaciente como para seguir el paso lento de los demás, que parecían tan flemáticos como las palomas enjauladas que había en el carro que tenía delante, así que adelantó al vehículo sin pensárselo dos veces. El brusco movimiento sobresaltó a las aves, y, al verlas batir las alas, el irresistible apremio que sentía le hizo desear que pudieran llevarla volando a París.

Tenía que escapar antes de que Will despertara y descubriera que se había marchado. Teniendo en cuenta lo buen rastreador que era, resultaba primordial que se internara en las laberínticas calles de París antes de que él saliera en su busca.

Seguro que, cuando estuviera allí y empezara a buscar a Philippe, se desvanecería la persistente tentación que sentía de regresar junto a él. Por muy estimulada y viva que la hubiera hecho sentir, lo suyo no había sido más que un idilio pasajero que debía terminar. Además, lo que habían compartido no era más que el placer de la noche, algo tan efímero e insustancial como las mentiras que un hombre susurraba al oído de una doncella con la que quería acostarse.

Aunque debía admitir que había sido un placer peligroso, ya que había hecho que anhelara cosas que la vida ya le había enseñado que no existían: Un mundo justo que no estuviera controlado por hombres crueles y depravados; la sensación de pertenecer a una familia, de tener amistades... y una pareja que la amara. Aquella sensación de seguridad, de estar a salvo, que había experimentado en el jardín de lord Somerville.

Pero todo eso no eran más que ilusiones que tendrían que haberse desvanecido tiempo atrás junto con su infancia.

En teoría, debería de haberle resultado fácil dejar atrás a Will, ya que sabía lo que tenía planeado para ella; además, se había concedido la recompensa que se había prometido a sí misma: una espectacular noche de pasión, que había resultado ser la más satisfactoria de toda su vida.

Hasta la noche anterior había sido capaz de mantener a buen recaudo sus emociones, como si fueran semillitas capaces de brotar y convertirse en algo más profundo que una simple amistad si caían en terreno fértil al cuidado de Will.

El amor que sentía por Philippe era un brote maduro, un sólido roble que estaba firmemente plantado en el centro de su corazón. Él era su amor, su vida, su responsabilidad, y regresar a su lado debería dejar en la sombra a cualquier brote aislado de afecto que hubiera germinado por culpa de Will Ransleigh... pero no era así.

Mientras avanzaba apresurada para cumplir la misión que la había sustentado durante un año y medio, sentía una profunda angustia. Una vocecilla le susurraba que la dolorosa sensación de pérdida que la embargaba se debía a que había dejado parte de su alma en manos de aquel hombre.

No tenía más remedio que admitir que la pasión había forjado un vínculo más fuerte de lo esperado. Había tenido el privilegio de poseer a su magnífico Zeus terrenal durante una breve noche, pero, al igual que les sucedía a las doncellas de los mitos, no podía aferrarse a él. No había acabado transformada en una vaca ni en un árbol, no podía comportarse como una debilucha por haber tenido que abandonarle.

Iba a tener que borrar de su memoria la camaradería que habían compartido durante el viaje, el brillo que él tenía en la mirada y lo cálida que era su sonrisa cuando le contaba todas aquellas anécdotas. Debía olvidar lo que había sentido al tenerlo hundido en el interior de su cuerpo, cómo la había catapultado al éxtasis con maestría y ternura.

No tenía que preocuparse por la posibilidad de que a él le doliera aquella separación. Seguro que, en cuanto despertara y descubriera que se había marchado, destruiría cualquier brote de afecto que pudiera haber llegado a sentir por ella.

Era hora de dejar de pensar en Will Ransleigh y en el mes que acababa de vivir junto a él. Eso era lo que solía hacer con los problemas que no tenían remedio: quitárselos de la cabeza y mirar hacia delante.

El sol que empezaba a alzarse en un cielo despejado de nubes presagiaba un precioso día de verano. Debería sentirse animada, llena de expectación y decisión, pero tuvo que sofocar el miedo que se le anudaba en el estómago... miedo a no encontrar a Philippe a pesar de todas sus maquinaciones.

La mera posibilidad de perderle era impensable.

Se dijo que estaba tan agitada por culpa de la fatiga. Era imposible que le remordiera la conciencia por haber engañado a Will, ya que era una mujer que no habría sobrevivido de no haber perfeccionado el arte del engaño.

Además, le había dado pasión, que era el único regalo que podía entregar con total honestidad. No se arrepentía de haberlo hecho.

Al doblar un recodo del camino y ver los muros de París alzándose en la distancia, proyectando una imponente sombra sobre los viajeros que avanzaban en dirección oeste, se esforzó por animarse.

Ya no quedaba tiempo para miedos, arrepentimientos, ni para pensar en Will. El juego más importante de su vida estaba a punto de comenzar. Había esperado mucho tiempo y estaba muy cerca de su objetivo, no iba a fallar llegados a ese punto.

La furia y la mortificación que sentía por haber sido tan estúpido espolearon a Will, que salió de la posada escasos minutos después de descubrir el engaño de Elodie. Como iban a entrar en la ciudad por separado, no tenía que hacerse pasar por granjero. Estaba tan enfurecido en ese momento que le daba igual si el posadero asaba los pollos para la cena y cortaba en pedacitos el carro para usarlo como leña para la chimenea. Sin aquella carga añadida podía avanzar mucho más rápido.

Al cabo de media hora, alcanzó a ver a Elodie justo cuando esta entraba en la ciudad. Era su primer golpe de suerte del día, ya que, a pesar de que iba vestida de granjera, no había garantía alguna de que fuera a dirigirse hacia el mercado más grande de París.

No la perdió de vista mientras ella caminaba a paso rápido, cargada con dos cestos en los que llevaba varios pollos que no dejaban de cacarear, y se dio cuenta de que sí que iba hacia Les Halles. Camuflado entre el habitual gentío de primera hora de la mañana compuesto de obreros, vendedores, cocineros, doncellas, granjeros, comerciantes, soldados y granujas que regresaban tras una noche de diversión, pudo seguirla de cerca.

Si no hubiera estado tan furioso, a lo mejor se habría entretenido jugando a ver cuánto podía acercarse a ella sin ser descubierto. A decir verdad, fue menos cauto que en circunstancias normales debido a lo alterado que estaba, y le sorprendió poder acercarse tanto; de hecho, en una ocasión llegó a estar a la altura del codo de Elodie cuando ella cruzó una calle abarrotada de gente.

Había sido una tontería acercarse tanto. Era como

si estuviera retándola a que lo descubriera, y quizás fuera así. Anhelaba con todas sus fuerzas agarrarla, zarandearla, preguntarle por qué... aunque eso no era más que otra muestra de estupidez por su parte, porque sabía qué era lo que la había llevado a marcharse; de hecho, esperaba desde el principio que ella intentara jugársela.

Debía admitir que era la ganadora de la primera mano de aquella partida y, en el rinconcito de su indignada mente que aún conservaba algo de objetividad, se daba cuenta de lo inusual que era en él enfadarse tanto al verse superado en astucia. Por regla general, se habría dado unos minutos para admirar la jugada de su oponente, aprender de lo ocurrido y dejar atrás la derrota.

No quería examinar de cerca las dolorosas emociones que le habían dejado el alma en carne viva, se sentía incapaz de hacerlo, pero sabía que contribuían al apremio y la furia sin precedentes que le quemaban por dentro.

Se detuvo en un extremo de la plaza del mercado y se limitó a observarla mientras ella vendía los pollos y uno de los cestos antes de comprar naranjas suficientes para llenar el otro. Podía arrinconarla de inmediato, pero le pareció más sensato atraparla en un lugar donde hubiera menos testigos que pudieran intentar ayudarla en el inevitable enfrentamiento que se avecinaba.

Mantuvo una mayor distancia que antes al verla salir del mercado. Aun así, la seguía más de cerca de lo que cabía esperar teniendo en cuenta lo vigilante y cuidadosa que había sido desde que habían escapado juntos de Viena, y, a pesar de lo furioso que estaba, se preguntó a qué se debía aquella inusual falta de atención.

Ella fue en dirección sudoeste con el cesto de naranjas colgado del brazo, y al final llegó a Le Marais. Aquella zona de casas elegantes que tan popular había sido durante el reinado de Luis XVI ya se hallaba en decadencia cuando se había iniciado la Revolución, y muchos de los magníficos palacetes de enormes patios y jardines parecían envejecidos y descuidados.

Elodie se detuvo delante de uno de ellos, uno de una magnificencia clásica impresionante que, a diferencia de sus desafortunados compañeros, estaba bien cuidado y tenía las paredes de piedra y las ventanas limpias, las verjas de hierro pintadas, y los arbustos del jardín recién podados.

Al ver que ella contemplaba el edificio durante un largo momento antes de meterse en el callejón que conducía a la entrada trasera del jardín, se preguntó si era allí donde vivía el misterioso Philippe, y sopesó sus opciones mientras la veía alejarse.

Si lo que ella pretendía era entrar en el palacete, lo más prudente sería atraparla antes de que pudiera hacerlo para no perderla de vista, pero si la detenía en ese momento se arriesgaba a no descubrir quién vivía allí. Seguro que ella era consciente de lo furioso que se pondría al descubrir su huida; si no le había revelado el secreto que encerraba aquel elegante edificio cuando era su cómplice y compañero de viaje, mucho menos lo haría cuando se había convertido en un airado perseguidor.

Vaciló mientras la curiosidad y, por mucho que le costara admitirlo, también los celos, batallaban con la lógica. Si esperaba allí para atraparla cuando saliera, se arriesgaba a que lo hiciera por la puerta principal sin que él se diera cuenta. La verdad, era improbable que permitieran que una granjera saliera por la majestuosa entrada... a menos que Elodie de Montaigu-Clisson tuviera recursos que él desconocía.

Durante su estancia en aquella ciudad después de Waterloo, había averiguado lo suficiente para saber que el príncipe Talleyrand no vivía en aquel hermoso palacete, pero quizás pertenecía a algún espía o camarada suyo.

Mientras seguía vacilante, presa de aquella indecisión tan inusual en él, ella cruzó el jardín trasero y se esfumó por la puerta que daba a la cocina, con lo que perdió la oportunidad de atraparla. Exasperado consigo mismo, recorrió el callejón que bordeaba el edificio y se subió al muro justo debajo de un árbol convenientemente frondoso que le camuflaba, pero desde donde podía ver con claridad tanto la cocina como el jardín.

Empezó a calmarse un poco mientras permanecía subido al muro, agazapado contra el árbol, y sopesó de nuevo sus opciones. Era inútil flagelarse por no haberla atrapado cuando había tenido oportunidad de hacerlo, tenía los reflejos y la coordinación aletargados después de una noche sin dormir apenas. Hacía mucho tiempo que no disfrutaba tanto de una mujer, y más tiempo aún que no conocía a una que le afectara tanto como Elodie Lefevre. Aun así, conforme fuera desvaneciéndose el hechizo sensual que ella había creado, seguro que aquellas emociones tan atípicamente intensas irían esfumándose y acabaría por recobrar su equilibrio habitual.

Después de llegar a aquella alentadora conclusión, se centró en decidir si iba a seguir esperándola allí para mantener vigilada la entrada de servicio o si sería preferible acercarse a la entrada principal. Antes de que pudiera decidirse, la vio salir de la cocina.

Le bastó con verla para que se le acelerara el pulso y una punzada de dolor le atravesara el pecho. Era una reacción que dejaba claro que lo de que sus emociones iban esfumándose no era cierto ni mucho menos, pero luchó por controlar sus ingobernables sentimientos. No debía reaccionar sin más, sino pensar.

Por suerte, ella salió al callejón bordeado de árboles y echó a andar directa hacia él. Decidió que esa vez iba a agarrarla de inmediato para que no pudiera escapar, así que esperó con el corazón acelerado y el aliento contenido hasta que pasara por debajo, saltó del muro, y, tras caer detrás de ella sin hacer apenas ruido, la agarró del brazo.

No había duda de que estaba bien entrenada; en vez de gritar o apartarse sin más, se apoyó contra él y relajó la muñeca mientras se hincaba de rodillas y echaba el brazo hacia abajo para intentar zafarse de su mano.

Pero él estaba mejor entrenado. La mantuvo bien sujeta y susurró:

–Esta mano de la partida se ha acabado, y ahora soy yo quien tiene las de ganar.

Ella se estremeció al oír su voz y dejó de debatirse. Se puso de pie poco a poco y se volvió a mirarlo con expresión impertérrita.

Will no habría sabido decir lo que esperaba ver en su rostro... ¿vergüenza, quizás? ¿Remordimiento?, ¿angustia? El hecho de que pudiera encararle sin mostrar emoción alguna mientras él seguía sangrando por dentro destrozó la poca objetividad que tenía con la fuerza de un hacha haciendo añicos un tronco, y la furia volvió a estallar en su interior.

Quería estrujarla entre sus brazos y besarla hasta dejarla sin aliento, dejar su impronta en ella para que quedara claro que aquella mujer le pertenecía. Quería arrancarle alguna reacción que revelara que la pasión que habían compartido la había impactado en lo más hondo del alma, al igual que a él. Quería estrangularla.

Respiró hondo mientras intentaba calmarse. Desde su niñez no había vuelto a permitir que sus emociones afectaran a sus acciones. Max le había enseñado que canalizar la furia y responder de forma fría y calculada era más efectivo que desatar su cólera contra sus oponentes.

Le sobresaltó darse cuenta de que aquella mujer le había afectado hasta el punto de hacerle olvidar técnicas que creía tener dominadas desde hacía años.

Pero había algo que ella no podía controlar. Aunque lo calmada que estaba parecía indicar que él no la afectaba lo más mínimo, la corriente de energía que crepitaba entre los dos mientras la sujetaba del brazo era innegable. Era una atracción intensa y seductora que fue intensificándose conforme iban pasando los segundos y permanecían inmóviles, una atracción que hizo que anhelara con todas sus fuerzas abrazarla. A pesar del dolor y la furia que se negaba a admitir, su cuerpo tan solo recordaba la pasión que había habido entre ellos y le instaba a tomar de nuevo aquel camino que llevaba del deseo a la satisfacción.

Aunque no estaba dispuesto a ir por dicho camino en ese momento, el mero hecho de sentir la atracción que crepitaba bajo sus dedos fue un bálsamo para sus laceradas emociones. La agarró con más fuerza y saboreó aquel fuego ardiente.

–*Bonjour, madame*. He tenido que apresurarme para poder alcanzarte, ha sido descuidado de tu parte marcharte sin mí.

–Y por lo que veo, también ineficaz –masculló ella.

–¿Qué pasa con el trato que hicimos?, no me digas que ha quedado hecho cenizas debido a las ardientes actividades de esta noche.

Sintió una profunda satisfacción al verla hacer una mueca de incomodidad ante aquel comentario envenenado. Estaba claro que no sentía tanta indiferencia como quería aparentar.

–Mi única intención era retomar el camino temprano para ocuparme de un asunto personal, tal y como te había comentado con anterioridad –adujo ella.

–Aquí me tienes, dispuesto a ayudarte.

–Es mejor que me encargue yo sola.

–O te acompaño o nos marchamos de París ahora mismo. Si tú te mueves, yo me muevo, como las pestañas y los párpados, así que ni se te ocurra intentar escabullirte de nuevo.

De repente recordó que la última vez que le había advertido que no escapara le había dicho que estaría pegado a ella como la miga a la corteza del pan, y ella se había relamido. Empezaron a pasarle por la mente sensuales imágenes de la noche anterior, imágenes que, en vista de la posterior huida, le desgarraban por dentro.

Masculló una imprecación para sus adentros y luchó por dejar a un lado los recuerdos. Le tiró del brazo antes de preguntarle con aspereza:

–¿Qué prefieres? ¿Ponemos rumbo a Calais o...?

Ella abrió los labios como si fuera a contestar, pero volvió a cerrarlos y negó con la cabeza. Lo miró por un instante con ojos llenos de desolación, pero se repuso en un abrir y cerrar de ojos y se soltó de su mano con un tirón antes de alejarse.

Él la alcanzó en dos zancadas y la agarró de la muñeca para detenerla.

–Dime adónde te diriges, lo que piensas hacer.

Ella liberó su muñeca con otro fuerte tirón antes de espetar:

–Sígueme si quieres, pero intenta detenerme y, *le bon Dieu me crôit*, juro que te acuchillo sin pensármelo dos veces. Obsérvame si tienes que hacerlo, pero nuestro trato queda roto si interfieres. No daré un paso hacia Inglaterra contigo por mucho que me amenaces.

Lo dijo de forma tajante; no le miró ni una sola vez a los ojos mientras las palabras brotaban de sus labios con la cadencia del granizo golpeteando contra una ventana. Aunque Will no tenía los instintos tan finos como de costumbre, le llamaron la atención tanto su vehemencia como cierto matiz extraño que nunca antes había oído en su voz. Era algo que iba más allá de la ansiedad, algo que rayaba la desesperación.

El hecho de que estuviera tan ansiosa parecía indicar que estaba metida en algo peligroso, y eso le dio por fin las fuerzas necesarias para enterrar sus emociones en la misma fosa donde había metido desde niño sus pérdidas y sus angustias. Aún no estaban en Inglaterra, y su principal deber para con Max seguía siendo protegerla para poder llevarla hasta allí.

Al ver que echaba a andar de nuevo con paso rápido y la mirada al frente, aparentemente ajena a todo lo que la rodeaba, se apresuró a alcanzarla. Le hizo varias preguntas más, pero desistió al ver que no le contestaba y se centró en observar vigilante las calles por si detectaba alguna amenaza.

El hecho de estar atento a lo que les rodeaba no le impidió seguir pendiente de ella. La inusual abstracción en la que estaba sumida le permitió observarla a placer, con mucho más detenimiento del que ella habría permitido en circunstancias normales. Mientras contemplaba su rostro de expresión decidida y el movimiento de su cuerpo al andar, un cuerpo que había explorado de arriba abajo con dedos y lengua la noche anterior, tuvo que luchar por contener el ardor que amenazaba con brotar de nuevo en su interior.

Volvió a mirarla a la cara y notó que estaba demasiado pálida. Le brillaban los ojos, tenía la expresión tan tensa y rígida como el cuerpo, y estaba un poco inclinada hacia delante debido a la premura con la que caminaba.

Fuera cual fuese aquel «asunto de familia» del que iba a encargarse, estaba claro que para ella era tanto urgente como vitalmente importante.

Cruzaron las calles de Le Marais hacia el Sena,

después fueron en dirección suroeste hasta llegar a la Puerta de la Reina de la Place Royale. Aunque algunos de los edificios del interior de aquel precioso recinto estaban tan avejentados como los de Le Marais, el abandono no conseguía restarles su belleza renacentista.

Por los senderos, presididos por árboles revestidos de las verdes hojas de principios de verano, transitaban institutrices con los niños a su cargo, damas elegantes acompañadas de sus doncellas, hombres conversando con unos aires de suficiencia propios de los abogados, y varias parejas tomadas de la mano. A cierta distancia, en la explanada cubierta de césped, había niños jugando.

–Quédate aquí –le ordenó ella.

El sonido de su voz le tomó desprevenido tras el largo rato de silencio. Se volvió a mirarla y vio que ya no estaba pálida, sino todo lo contrario. Tenía las mejillas enrojecidas, el brillo de sus ojos se había intensificado aún más, y estaba incluso más tensa que antes.

Aunque ella le había pedido que se quedara allí, tanto la curiosidad como la prudencia le llevaron a seguirla a una distancia prudencial al verla alejarse sin más. Su propia tensión se intensificó también, y se mantuvo más alerta que nunca mientras intentaba adivinar hacia quién se encaminaban.

Mientras observaba a los caballeros que paseaban por allí, su mirada se posó en uno que se había detenido a hablar con la doncella que le acompañaba. La distancia le impidió oír lo que decían, pero la naturalidad con la que el hombre había posado la mano en el hombro de la mujer y el hecho de que estuvieran muy cerca el uno del otro, cari rozándose a pesar de que se trataba de un sitio público, hacía sospechar que eran amantes.

Justo cuando estaba preguntándose si Elodie había ido hasta allí para ver a aquel tipo, si era el hombre al que amaba y acababa de encontrarle con otra mujer, ella se detuvo de golpe. Logró reaccionar a tiempo y se paró a su vez antes de acercarse demasiado, pero se la veía tan absorta que seguro que ni se habría inmutado si hubiera chocado contra ella.

Mientras él estaba recorriendo con la mirada a la gente que les rodeaba, intentando averiguar quién la tenía tan embelesada, una niñera cercana a ellos exclamó:

—¡No, *mon ange*, no te quedes ahí con la pelota! ¡Tráemela aquí y yo te la vuelvo a lanzar, Philippe!

Al oír que Elodie soltaba una exclamación ahogada, se volvió a mirarla y vio que estaba inmóvil y tenía la mirada fija en un niño de pelo oscuro. Apretaba con tanta fuerza el cesto que los nudillos se le habían puesto blancos, y su rostro reflejaba una mezcla de esperanza, felicidad y ansiedad.

«Philippe»... la realidad de lo que estaba sucediendo le golpeó de lleno, con la fuerza de un carruaje fuera de control que aplastó todas las ideas preconcebidas que había tenido hasta el momento.

Ella había dicho que tenía que encargarse de un «asunto de familia». No era a un amante a quien quería buscar con tanta desesperación, sino a un niño, un niño que tenía su misma sonrisa, sus mismos ojos... Elodie había regresado a París para buscar a su hijo.

Capítulo 14

Elodie aceleró el paso conforme iba acercándose a los niños que jugaban en el césped junto a la *allée* de la Place Royale. El corazón le latía acelerado y le hormigueaba la piel, era como si el amor de madre que había permanecido atrapado en su interior durante tanto tiempo estuviera intentando escapar de su cuerpo y alcanzar a Philippe antes de que sus pies lograran llevarla junto a él.

Cuando había averiguado por medio de la cocinera del palacete, conocido como Hôtel de la Rocherie, que Philippe aún estaba en París y en ese mismo momento estaba jugando con su niñera a unas calles de distancia, había contenido a duras penas la necesidad visceral de ir a su encuentro, de verle, de tenerle de nuevo entre sus brazos. Mientras recorría frenética con la mirada a un niño tras otro, los pensamientos se agolpaban en su mente.

Se preguntó si él seguía teniendo el pelo negro como el ébano y aquellos vivaces ojos llenos de curiosidad. Seguro que a aquellas alturas ya no era un recio niñito como la última vez que le había visto, sino un niño más delgado y con edad de jugar y montar a caballo. Se preguntó si aún le gustaba tanto jugar a la pelota y a los soldaditos, si seguía usando su carita de pilluelo para conseguir que le dieran dulces.

De repente le vio, y tanto el corazón como los pies se le detuvieron mientras el resto del mundo dejaba de existir para ella.

Tal y como esperaba, estaba más alto y su rostro había perdido la redondez típica de un bebé y se veía más angular. Tenía las mejillas sonrosadas, un aspecto robusto y saludable, los ojos brillantes. Mientras le veía correr tras la pelota, riendo con abandono y con aquel familiar mechón de pelo cayéndole sobre la frente como siempre, sintió que el corazón se le contraía de felicidad.

Al ver que llevaba puesta ropa de buena calidad que le quedaba como un guante, que la niñera que le lanzaba la pelota le miraba con afecto y cerca de ellos había un corpulento lacayo que permanecía vigilante, una de las preocupaciones que la atormentaban se desvaneció. Aunque siempre se culparía a sí misma por no haber sabido ver la trampa antes de caer en ella, estaba claro que su intuición había acertado en lo relativo a la *comtesse* de la Rocherie. Philippe estaba bien cuidado y no le faltaba afecto.

La recorrió una oleada de determinación. Por muy bien cuidado que estuviera, su madre era ella. No había sido nada fácil, pero había logrado sobrevivir al duro trance por el que había pasado y se las había ingeniado para regresar a París. Por fin iba a reclamar a su hijo, tan solo la muerte podría impedírselo.

La sacudió otra oleada de emoción y estuvo a punto de lanzar a un lado la cesta y de echar a correr hacia él; anhelaba con toda su alma tenerlo entre sus brazos. Respiró hondo mientras luchaba por contenerse. Philippe no la había visto en dieciocho meses, y eso era una eternidad en la vida de un niño. No debía sobresaltarle, lo más sensato sería acercarse a él con calma, dejar que la viera y volviera a familiarizarse con ella a su propio ritmo... y sería entonces cuando planearía la forma de recuperarlo.

Le temblaban las manos mientras seguía avanzando por el camino, se adentró en la zona de césped y se detuvo al llegar junto a él. Hicieron falta dos intentos para que las palabras brotaran de su constreñida garganta.

–¿Quieres una naranja, jovencito?

Él se volvió y contempló la naranja por un segundo antes de mirarla a la cara. Elodie contuvo el aliento mientras su hijo la observaba. Deseó con todas sus fuerzas que la reconociera y ver en sus ojos el brillo y la vitalidad de siempre, pero él apartó la mirada al cabo de un momento como si no sintiera el más mínimo interés y le ordenó al lacayo:

–Cómprame una naranja, Jean –sin más, se volvió de nuevo hacia la niñera–. Tírame otra vez la pelota, Marie, pero más fuerte. Ya soy grande, ¡mira lo rápido que corro! –echó a correr y alzó las manos para atrapar la pelota, su atención estaba centrada por entero en la niñera.

Elodie lo miró consternada. Dejó la cesta en el suelo y se apresuró a ir tras él.

–¡Ven, muchacho! Mira qué naranjas tan ricas tengo, seguro que te complacen tanto como la pelota.

—Ahora no —le contestó él con displicencia, sin apartar la mirada de la niñera.

—¡No, por favor, espera!

Logró alcanzarle y le agarró del hombro. El niño intentó soltarse, pero ella se mantuvo firme. Necesitaba con desesperación que volviera a mirarla, que la mirara de verdad.

Sus deseos se cumplieron. La mirada de Philippe se posó en los dedos que le sujetaban el hombro antes de alzarse hacia su rostro, pero, aun así, siguió sin reconocerla y el desconcierto que se reflejaba en sus ojos dio paso al temor.

—¡Ma... Marie!

Su propio hijo no la reconocía... no solo eso, sino que le había asustado. Se quedó mirándole, horrorizada, mientras la incapacidad de aceptar lo que estaba pasando y una profunda angustia le constreñían el pecho hasta el punto de impedirle respirar.

El corpulento lacayo se acercó con expresión amenazante y la apartó sin miramientos del niño.

—¿Qué haces, mujer? ¡Voy a avisar a los gendarmes!

Elodie vio con impotencia cómo su hijo echaba a correr hacia su niñera, que le esperaba con los brazos abiertos. Antes de que pudiera asimilar la situación, Will Ransleigh apareció junto a ella, le puso una mano en el hombro con actitud protectora y le hizo un gesto tranquilizador al lacayo.

—No pretendíamos molestar, *monsieur*. Solo queríamos venderle una naranja al muchacho, nada más. Uno tiene que ganarse la vida como puede.

—Será mejor que tu mujer venda sus naranjas en el mercado.

Después de proferir aquellas palabras, el hombre echó a andar hacia la niñera, que le dio la pelota y alzó al niño en brazos. Se fueron a toda prisa, pero no sin antes lanzarles una mirada llena de recelo.

Elodie sintió una desgarradora sensación de pérdida al ver que Philippe ni siquiera volvía a mirarla, que se aferraba a los brazos de su niñera y ocultaba el rostro contra su hombro... tal y como hacía cuando se acurrucaba contra ella de pequeño. Se preguntó si había pasado demasiado tiempo, si los dieciocho meses de separación habían borrado de la mente de su hijo todo rastro de los tres años previos de cuidados y amor incondicional.

No, era imposible, se dijo, mientras les veía doblar la curva al final de la *allée* y salir del recinto. No podía creerlo, se negaba a hacerlo.

Sintió de repente como si su pecho estuviera a punto de explotar por la presión de la angustia, la ansiedad, el miedo y las dudas que se arremolinaban en su interior, y sus pies se pusieron en movimiento como por voluntad propia para intentar liberar algo de tensión. Echó a andar, aturdida y con náuseas, sin ser apenas consciente de que Will caminaba junto a ella.

¿Cómo era posible que Philippe la hubiera olvidado?, ella tenía su imagen grabada a fuego en la mente. Lo primero que hacía al despertar cada mañana, lo último que hacía antes de dormirse cada noche, era pensar en él, preguntarse lo que estaba haciendo, preocuparse por su bienestar.

Cuando St Arnaud la había golpeado hasta dejarla medio muerta, lo que le había dado las fuerzas necesarias para emerger de la reconfortante oscuridad de la inconsciencia había sido la presencia de su hijo en lo más hondo del corazón. La férrea determinación de volver a estar junto a él había evitado que la arrastrara la desesperanza, le había dado paciencia y valor durante las largas horas de lenta recuperación, la había ayudado a aguantar las tediosas horas que había pasado bordando, consciente de que cada prenda que completaba suponía una moneda más que la acercaba a la cantidad final que necesitaba para costear el viaje que la llevaría de vuelta junto a él.

Cuando se imaginaba el reencuentro, le veía observándola con una mirada intensa y penetrante, con una expresión que pasaría de la curiosidad a la alegría en cuanto la reconociera. Se lo imaginaba corriendo a sus brazos, la sensación de aquel cuerpecito apretado contra ella mientras le oía gritar «*Maman! Maman!*».

Pero Philippe no la había llamado a ella, sino a su niñera, la tal Marie. Había sido a ella a la que se había aferrado, había ocultado el rostro contra su hombro.

Se dijo que era muy pequeño, que el tiempo que habían pasado separados era casi la mitad del que habían pasado juntos. Había sido poco realista, quizás incluso estúpida, al creer que iba a recordarla después de tanto tiempo.

No tenía ni idea de lo que iba a hacer. Aunque el lacayo estaba alerta y la niñera se había alarmado, estaba convencida de que cambiándose de ropa e interpretando otro papel podría volver a acercarse a su hijo e incluso entrar en el palacete si era necesario. Siempre había imaginado que lo alzaría en brazos, le diría que tenía que guardar silencio porque estaban jugando al escondite, y se lo llevaría sin que nadie se diera cuenta, pero ese plan no servía si él estaba asustado, si gritaba y se debatía para intentar escapar.

No podía hacerle algo así, ni siquiera suponiendo que él no se resistiera. La idea de apartarlo de todo lo que le resultaba reconfortante y familiar y llevárselo, solo y aterrado, la llenaba de repulsión.

Pero no podía renunciar a él sin más.

Mientras seguía caminando sin parar, recorriendo un sendero tras otro, sus pensamientos iban dando vueltas y más vueltas por un circuito tan invariable como los que componían la perfecta geometría de la Place Royale. Estaba en continuo movimiento, pero siempre acababa en el mismo punto.

Philippe era pequeño, seguro que se recuperaría tras el impacto inicial. Si había conseguido adaptarse a vivir con la *comtesse*, seguro que podía acostumbrarse a volver a vivir con ella, que era su madre, incluso suponiendo que nunca llegara a recordarla de cuando era un bebé. Su hijo era sangre de su sangre, su sitio estaba junto a ella. No había nadie en el mundo de los vivos con tanto derecho a reclamarlo.

A pesar de todo, no sabía si sería capaz de perdonarse a sí misma por hacerle pasar por una situación tan difícil. Al margen de los lazos de sangre, ¿qué podía ofrecerle para compensar el terror de ser raptado por una desconocida?

Cuando trabajaba pacientemente en Viena, siempre había soñado con llevárselo a algún remoto pueblecito. Pensaba vender las joyas que le quedaran, usar el dinero para comprar una granjita en la que plantaría un jardín, ganarse la vida vendiendo plantas y bordando mientras veía crecer a su hijo... pero la realidad era muy distinta a lo que había imaginado, y no sabía qué hacer.

Estaba sola, carecía de amistades y aliados, y apenas tenía dinero. St Arnaud podría estar al acecho, era un peligroso enemigo que podría estar detrás de los hombres que habían estado persiguiéndolos y había vuelto a caer en las garras de Will Ransleigh, que la protegía para poder llevarla a Inglaterra y obligarla a presentar un testimonio que podría llevarla a la horca.

Si eso sucedía, si acababan ajusticiándola y había seguido adelante con su plan de recuperar a Philippe, se quedaría huérfano en una tierra extraña para él.

¿Era justo abocarle a la pobreza, exponerle al peligro y la inseguridad? ¿Estaba justificado que arrancara a su hijo del amor, la seguridad y las comodidades de una vida privilegiada en París?

Aunque estaba dando por hecho que recibía amor, que disfrutaba de seguridad y de comodidades...

Un rayito de esperanza se abrió paso en su interior, y se aferró a él como el marinero de un barco naufragado se aferra a una tabla salvadora. Era posible que la *comtesse*, su madre adoptiva, no le tratara bien a pesar de encargarse de que estuviera bien cuidado desde un punto de vista físico; quizás le tenía desatendido y dejaba su crianza en manos de la servidumbre. Philippe estaba bien en compañía de cariñosas niñeras y protectores lacayos, pero seguro que estaría muchísimo mejor viviendo con su madre, una madre que le adoraba y que tendría como foco de su existencia asegurarse de que estuviera seguro y feliz.

Si la hermana de St Arnaud, la *comtesse* de la Rocherie, no le proporcionaba todo eso a Philippe, estaría justificado que, a pesar de lo peligrosa y precaria que era la situación en la que estaba en ese momento, ella recuperara a su hijo, un hijo que le habían arrebatado mediante engaños.

Sabía que jamás tendría el dinero suficiente para ofrecerle los lujos que había en casa de la *comtesse*, pero la cuestión era si aquella mujer le daba el amor y la devoción que ella le entregaría a manos llenas.

Tenía que saber si era así. Iba a tener que regresar al Hôtel de la Rocherie para averiguarlo, y entonces se enfrentaría al terrible trance de tener que tomar una decisión.

Will permaneció junto a Elodie mientras veían cómo el lacayo y la niñera salían a toda prisa del recinto, y le tomó desprevenido que ella se alejara de repente por el sendero de grava. Se apresuró a alcanzarla, pero, cuando estaba a punto de agarrarla del brazo y advertirle que no iba a permitir que volviera a escapar, la miró a la cara y vio su expresión de angustia y la mirada perdida de sus ojos. Estaba claro que no estaba intentando darle esquinazo; de hecho, apenas parecía ser consciente de dónde estaba, de quién caminaba junto a ella.

Como no iba a poder sacarle información alguna en ese momento, se limitó a acompañarla en silencio mientras se preguntaba cuál sería la historia oculta de Elodie Lefevre y su hijo.

No podía negar que sentía un inmenso alivio al ver

que el misterioso Philippe había resultado ser un niño de unos cinco años en vez de un apuesto caballero. Teniendo en cuenta que ella se había limitado a sonreír y a contestar con vaguedad cuando le había preguntado si Philippe era su amante, tendría que haber sospechado que el «asunto de familia» podría no tener nada que ver con un posible rival, pero los absurdos celos que se habían apoderado de él habían hecho trizas su habitual habilidad a la hora de descifrar la información que obtenía.

No era de extrañar que, cuando le había preguntado si Philippe era su amante, ella hubiera contestado que: «Algo así». Al fin y al cabo, él sabía de primera mano lo mucho que un niño podía llegar a amar a su madre.

No había duda de que St Arnaud se había valido de aquel hijo para obligarla a cooperar con él en Viena. Cabía preguntarse cómo había logrado arrebatárselo, aunque un hombre capaz de golpear a una mujer hasta dejarla casi muerta no tendría demasiados escrúpulos a la hora de secuestrar a un niño.

Así las cosas, ¿qué era lo que pretendía hacer ella? ¿Acaso había pensado que, cuando llegaran a París, le daría esquinazo sin más y podría escabullirse con su hijo delante de las narices de la familia con la que el pequeño había estado viviendo?

Sonrió al darse cuenta de que, al parecer, era eso lo que ella pretendía. Teniendo en cuenta lo experta que era a la hora de disfrazarse y utilizar subterfugios, seguro que su ingeniosa cabeza ya había ideado cien planes distintos para huir con el niño e instalarse con él en algún lugar remoto y seguro.

Sí, seguro que esos eran sus planes... hasta que Will Ransleigh los había echado al traste. En ese momento entendía mucho mejor por qué había huido de él, y se preguntó cuál de aquellos cien planes pensaba poner en práctica. Iba a preguntárselo después de darle un tiempo para que se recobrara de la impresión de volver a ver a su hijo; al fin y al cabo, ella ya no tenía motivo alguno para no confesarle la historia al completo.

Entonces, él vería cómo podía ayudarla.

Esa decisión le sorprendió incluso a él. Ni que decir tenía que llevar a un niño a Inglaterra no formaba parte de sus planes; aun así, y a pesar de lo furioso que se había puesto al descubrir que Elodie le había abandonado en la posada, ya había admitido para sí mismo que había dejado atrás su intención inicial de utilizarla como fuera para restaurar el buen nombre de Max.

Aún no sabía cómo, pero iba a encontrar la forma de ayudar a su primo y a la vez mantenerla a salvo... y también a su hijo.

A pesar de que al principio había luchado contra sus propios sentimientos, era innegable que en su interior había crecido un profundo y visceral deseo de proteger a aquella mujer desesperada que, a pesar de carecer de amigos, familia y recursos, había luchado con coraje y tenacidad, había usado todos los trucos y ardides imaginables para poder recuperar a su hijo. Era demasiado tarde para intentar arrancarse de dentro aquella necesidad de protegerla.

Justo cuando empezaba a cansarse de deambular sin rumbo, ella se detuvo tan de repente como había echado a andar y se sentó en un banco. Su rostro reflejaba un cansancio infinito. Después de sentarse junto a ella, le alzó la barbilla con suavidad para que se volviera a mirarlo, y se sintió aliviado al ver que no hacía ningún gesto de rechazo ni intentaba apartarse.

—Philippe es tu hijo.

—Sí.

—St Arnaud le utilizó para obligarte a involucrar a Max en el intento de asesinato de Viena.

—Sí.

—¿Por qué eligió a alguien a quien tenía que coaccionar? Seguro que conocía a otras familias que simpatizaban con Bonaparte, ¿por qué no le pidió que se uniera a su complot a alguna dama de esas familias?

—No me preguntarías eso si le conocieras. En su opinión, las mujeres solo servimos para tener hijos y para dar placer, nos considera unas bobitas atolondradas incapaces de centrarse en un asunto de índole política o intelectual. La única forma que se le ocurriría de tener controlada a una mujer sería amenazándola con lastimar a algún ser querido.

—¿Cómo se las ingenió para arrebatarte al niño?

—Fui una estúpida. Estaba tan deslumbrada con sus promesas de una vida segura para mi hijo y para mí, que caí de lleno en su trampa.

Él sabía de primera mano lo que era no tener ni dinero ni un techo bajo el que cobijarse, así que entendió lo que suponía para una viuda con escasas amistades y sin apenas familia la posibilidad de vivir segura y sin estrecheces.

—¿Cómo sucedió?

—Ya te conté que mi hermano, Maurice, le propuso

a St Arnaud que yo trabajara para él como anfitriona durante el Congreso de Viena. Yo creía que él iba a decir que no; teniendo en cuenta la cantidad de contactos que tiene un hombre como St Arnaud, me parecía más que improbable que eligiera a alguien de una buena familia venida a menos, a una viuda con muy poca experiencia a la hora de desenvolverse entre la alta sociedad.

Hizo una pequeña pausa y respiró hondo antes de añadir con amargura:

—¡Qué tonta fui! Tendría que haber despertado mis sospechas el hecho de que eligiera a una mujer como yo, alguien con escasos recursos y que como único protector tenía a un hombre que estaba en deuda con él, pero me sentí sorprendida y halagada cuando me confirmó la oferta e insistió en que mi «innata elegancia aristocrática» compensaría mi inexperiencia. St Arnaud me prometió que, si interpretaba bien mi papel, nos asignaría una paga a Philippe y a mí además de permitir que me quedara con los vestidos y las joyas que me comprara para que cumpliera con mis funciones de anfitriona. También me dijo que más adelante, cuando mi hijo tuviera la edad adecuada, usaría su influencia para ayudarle a progresar profesionalmente.

—Son incentivos que a cualquier madre le costaría rechazar.

—Sí, pero entonces me dijo que Philippe no iba a acompañarnos, y yo rechacé la oferta de plano. No estaba dispuesta a dejar en París a mi adorado hijo —soltó una carcajada carente de humor antes de añadir—: Ahora estoy convencida de que fue esa insistencia mía de no separarme de Philippe la que acabó de convencerle de que yo era la víctima perfecta. Podía tenerme controlada mediante mi hijo, y, en caso de que me sucediera algo, no le habría resultado difícil explicarle mi pérdida a mi hermano, ya que este dependía de él para avanzar en su carrera profesional. En cualquier caso, St Arnaud me pidió que lo reconsiderara, me aseguró que no serían más que un par de meses; según él, iba a estar tan ocupada que apenas tendría tiempo de echar de menos a Philippe, y me comentó que su hermana, la *comtesse* de la Rocherie, había perdido recientemente a su hijo y estaría encantada de cuidar al mío.

Se puso de pie y empezó a pasear de un lado a otro, como impulsada por unos recuerdos casi insoportables.

–Al ver que yo seguía negándome con firmeza, arguyó que le había prometido a la *comtesse* que le llevaría a Philippe de visita. Me pidió que por lo menos accediera a eso, me dijo que no podía ser tan cruel como para desilusionar a una madre que estaba sufriendo tanto; en fin, la cuestión es que... al final fuimos a verla.

–¿Secuestró al niño durante el trayecto?

–No, la visita se llevó a cabo. La *comtesse* fue muy amable con Philippe, y él se sintió muy cómodo en todo momento. Cuando ella se ofreció a subirlo al cuarto de juegos, él me rogó que le diera permiso para ir –esbozó una sonrisa llena de tristeza al añadir–: Ella le dijo que tenía un poni de juguete con ojos azules de cristal y una crin y una cola de pelo de caballo de verdad, ¿qué niño podría resistirse a algo así? Philippe había empezado a ponerse un poco nervioso, y St Arnaud me dijo que le dejara subir para que se entretuviera jugando mientras nosotros terminábamos de tomar el té. Además, vi la melancolía que había en los ojos de la *comtesse* cuando le ofreció la mano a Philippe, así que decidí dejar que se fuera.

Se le inundaron los ojos de lágrimas y continuó relatándole lo sucedido con voz rota.

—Dejé que mi hijo se fuera y lo siguiente que recuerdo es que estaba metida en un carruaje, atontada y con náuseas, maniatada y sin fuerzas para incorporarme siquiera. St Arnaud no permitió que recobrara la conciencia hasta que llegamos a las afueras de Viena.

—*¿Qué?*, ¡eso es una barbaridad! ¿Nadie se dio cuenta en alguna posada? —le parecía inconcebible que St Arnaud hubiera conseguido secuestrar no ya a un niño, sino a una mujer adulta, y que hubiera logrado recorrer con ella cientos de kilómetros con total impunidad.

—Supongo que se inventó que yo estaba enferma, o algo así. Es improbable que un mozo de cuadra o un posadero ponga en tela de juicio las acciones de un hombre con dinero y autoridad.

Will no pudo por menos que darle la razón en eso. Asintió y le dijo con gravedad:

—Sigue.

—En cuanto tuve las fuerzas suficientes para mantenerme en pie, le dije que iba a regresar de inmediato a París. Fue entonces cuando me golpeó por primera vez.

—¡Malnacido! —masculló, enfurecido. Deseó tener delante a St Arnaud para poder matarlo con sus propias manos.

—Me dijo que tenía que obedecerle si quería a mi hijo y deseaba volver a verlo, que no perdiera el tiempo intentando huir, porque tenía mensajeros muy veloces a su disposición y empleados en París. Me advirtió que los niños eran muy frágiles, me puso el ejemplo del hijo de su hermana... podían estar jugando tan felices una tarde y morir a causa de una fiebre a la mañana siguiente.

—¿Te amenazó con matar a tu hijo si no cooperabas con él? ¡Ese hombre era un verdadero canalla!

—Sí. Me dijo que mi vida y la de mi hijo no eran nada en comparación con la importancia de devolverle la gloria a Francia bajo el mando de Napoleón. Cuando le pregunté qué garantía tenía yo de volver a ver a Philippe si le obedecía, me contestó que era «un hombre razonable». ¡Ja! Si cumplía con el papel que él me había asignado en su plan, recibiría todo lo que me había prometido, desde ropa, joyas y una jugosa asignación económica hasta la posible aclamación pública en París por ser una heroína para el Imperio al colaborar para que Napoleón recuperara el trono. Pero si me negaba a colaborar con él, tanto Philippe como yo estábamos acabados, así que hice lo que él quería.

—¿Qué me dices de tu hermano?, ¿no te buscó cuando St Arnaud desapareció tras el fracaso de su plan?

—No lo sé. Napoleón escapó de Elba días después del intento de asesinato. En cuanto las autoridades se enteraron de que estaba de vuelta en Francia, se llamó a las armas a todos los regimientos franceses, incluido el de Maurice, que murió en Waterloo.

–Lo lamento. ¿Sabe la *comtesse* dónde está escondido St Arnaud?

–Es posible, pero no creo que estuviera involucrada en toda esta trama. Las dos fuimos meros peones en manos de St Arnaud. Yo era pobre y tenía un hijo pequeño al que mantener, y ella estaba pasándolo muy mal por la dura pérdida que había sufrido. No me extraña que decidiera criar a Philippe como si fuera su propio hijo cuando se me dio por muerta.

–Pero tú quieres recuperarlo.

–¡Por supuesto!

–De acuerdo, voy a ayudarte a robarlo.

–¿Lo dices en serio? –lo miró con una mezcla de sorpresa y profunda esperanza.

–No creo que accedas a marcharte de Francia sin él.

–No será fácil –le advirtió ella con preocupación–. No estamos hablando de sustraer un monedero en un mercado de Viena, sino de llevarnos a un niño. Se sentirá solo cuando esté con nosotros, asustado.

A Will se le hizo un nudo en el estómago al recordar la angustia que él mismo había vivido años atrás. Sabía por experiencia propia lo que era ser un crío desamparado, asustado y solo.

–Antes de nada, tengo que volver a entrar en la casa –añadió ella–. Debo averiguar dónde están la escalera de servicio y el cuarto de Philippe, y lograr verle de nuevo.

–¿Cómo piensas lograrlo? Dudo mucho que la vendedora de naranjas sea bienvenida.

–Sí, en eso tienes razón.

–A ver... podríamos hacernos pasar por un buhonero y su esposa. Mientras yo distraigo con mi mercancía y mi ingenio a los criados y los mantengo ocupados en la cocina, tú podrás aprovechar para subir a las habitaciones sin que te vean.

Ella esbozó una pequeña sonrisa.

–¿Acaso llevas un carro, cazos, sartenes y un surtido de cachivaches en esa portentosa talega tuya?

–No, pero dispongo de dinero para comprar lo que nos haga falta. ¿Tienes otro vestido? Necesitaríamos uno que te haga parecer la esposa de un respetable buhonero.

–Sí, llevo otro en esta cesta.

–Perfecto –le ofreció la mano al añadir–: ¿Volvemos a ser camaradas?, ¿no vas a esfumarte de nuevo al amanecer?

–Camaradas –le estrechó la mano sin dejar de sostenerle la mirada.

Él entrelazó los dedos con los suyos y saboreó la familiar conexión que estalló entre los dos con la misma fuerza de siempre. Se sentía tan absurdamente agradecido por tener la oportunidad de volver a empezar de cero, que logró contener a duras penas las ganas de abrazarla. Sacar a un niño de la casa de una adinerada *comtesse* era una minucia, se habría comprometido hasta a robar el tesoro nacional de Francia con tal de que ella permaneciera a su lado.

La angustia que le atenazaba desde el terrible momento en que había despertado y había descubierto que le había abandonado empezó a disiparse. Sintió un alivio enorme, pero se contuvo y se contentó con besarle la mano.

—Ven, puedes esperarme en una cafetería que he visto justo antes de entrar en la Place.

Le ofreció el brazo y saboreó la sensación de tenerla a su lado mientras caminaban el uno junto al otro. Volvían a ser compañeros de fatigas, como a lo largo de todo el viaje.

Llegaron al establecimiento minutos después y la acompañó a una mesa, pero ella, en vez de soltarle el brazo, le contempló en silencio y comentó con voz suave:

—Eres un hombre excepcional, Will Ransleigh.

No era una disculpa estrictamente hablando, pero casi.

—Sí, es verdad —le contestó él, con una sonrisa de oreja a oreja—. Dame unas dos horas para obtener todo lo necesario.

—De acuerdo, estaré preparada.

Mientras iba rumbo al mercado, pletórico de optimismo, elaboró mentalmente una lista de los productos que tenía que conseguir. De joven había pasado mucho tiempo deambulando por mercados, perfeccionándose como ladrón, así que sabía tanto la clase de objetos llamativos que podían tentar a lacayos, doncellas, cocineras y mozos como dónde obtenerlos con celeridad.

Recorrió las bulliciosas calles impulsado por una energía y una resolución renovadas, alentado por el hecho de saber que Elodie no le había abandonado por otro hombre. Ella se había ido arrastrada por un vínculo que él entendía mejor que nadie: el de una madre y su hijo.

Esa lealtad no iba a volver a interponerse entre

ellos; de hecho, la gratitud que iba a sentir hacia él cuando la ayudara a rescatar a su hijo iba a reforzar la poderosa atracción física que había entre los dos.

Poco a poco, como una taimada araña que tejía su tela, el destino y las circunstancias iban añadiendo hilo tras hilo y uniéndoles cada vez más. Sabía que superar aquel último desafío y viajar a Inglaterra iba a requerir cierto tiempo... tiempo para examinar la multitud de hilitos que les unían, para saborear la pasión que ardía entre ellos y ver si sabía a futuro.

Aún no había resuelto el problema de cómo restaurar el buen nombre de Max y, al mismo tiempo, proteger a Elodie de las posibles repercusiones, pero ya se le ocurriría algo. Se sentía muy esperanzado, más que en todo lo que llevaban de viaje hasta el momento.

Capítulo 15

Tres horas después, Will Ransleigh estaba interpretando el papel de buhonero ante unos criados encantados de entretenerse un poco durante la pausa que había entre la preparación de la cena y el momento de servirla. Después de convencer al ama de llaves de que permitiera que toda la servidumbre, incluyendo la niñera, bajara al salón del servicio, Will empleó su labia, su llamativa mercancía y algún que otro truco de magia para captar la atención de su audiencia lo suficiente para que Elodie se esfumara por la escalera de servicio sin que nadie se diera cuenta.

Antes de poner en marcha el plan le había dicho que le daba media hora para encontrar el cuarto de Philippe y sacarlo de la casa. Él daría por concluida la venta de productos en ese tiempo y la esperaría en una cercana calle lateral con el carro, en el que había hecho un hueco entre la mercancía para ocultar al pequeño, listo para que pudieran marcharse de la ciudad a toda velocidad.

Ella había asentido, aunque no le había dicho que

existía la posibilidad de que optara por no llevarse a su hijo de aquella casa. La mera idea bastó para que se le encogieran las entrañas, y subió por la escalera de servicio a la carrera mientras el corazón le latía acelerado por una mezcla de ansiedad y expectación.

Mientras subía recordó con claridad cristalina todos y cada uno de los detalles de la vez anterior que había estado en aquella casa, aunque ya habían pasado dieciocho meses desde aquel infame día. Le rogó a Dios que aquel día no terminara igual, que no tuviera que volver a marcharse de allí sin su hijo.

La *comtesse* había comentado que el cuarto de los niños estaba en la tercera planta, así que subió hasta allí y salió al pasillo. Fue asomándose a varias puertas hasta que al fin entreabrió una y vio a un niño sentado en el suelo con unos soldaditos de juguete.

Philippe tenía los ojos fijos en los soldaditos que estaba distribuyendo con meticulosidad en varios grupos, y ni siquiera pareció percatarse de que la puerta se abría con sigilo. Ella aprovechó para observarlo a placer. Se le encogió el corazón de felicidad al verle, y de dolor por el tiempo perdido.

El niñito del pasado se había convertido en un muchachito ágil y lozano que había heredado sus ojos y sus labios, labios que en ese momento tenía fruncidos en un gesto de concentración mientras posicionaba a sus tropas. De Jean-Luc había heredado la nariz, el pelo negro con aquel mechón que siempre acababa cayendo sobre una ceja, y los largos y elegantes dedos.

Justo en ese momento, él alzó la mirada y sus brillantes ojos azules se llenaron de curiosidad al verla.

–¿Quién eres tú?, ¿dónde está Marie?
–Abajo, en la cocina. Me ha pedido que venga a hacerte compañía mientras les echa un vistazo a las fruslerías que vende mi marido.
–¿Qué son las fruslerías?, ¿algo de comer? ¡Espero que me traiga unas cuantas!

Elodie sonrió, estaba claro que su hijo aún tenía debilidad por los dulces.

–Me temo que no se trata de galletas ni de pasteles, sino de cosas como lazos para el pelo, encajes para el cuello de una camisa, cuentas de cristal para un collar o relucientes espejos.

Él entornó los ojos y dijo, ceñudo:

–Eres la mujer que vendía naranjas en la Place. No vas a intentar agarrarme otra vez, ¿verdad? No me gusta que me agarren.

Ella sintió una punzada de dolor al ver el recelo con el que la miraba su hijo.

–No voy a hacer nada en contra de tu voluntad, te lo prometo –en un intento de alentar sus propias esperanzas, que iban desvaneciéndose con rapidez, añadió–: ¡Qué soldaditos tan bonitos tienes! ¡Vaya, y también un poni!

Indicó con un gesto el infame juguete de ojos de cristal. Estaba junto a la pared, detrás del niño.

–Ahora ya soy demasiado grande para subirme en él, pero *maman* me ha dicho que este verano va a comprarme uno de verdad. Me encantan los caballos. De grande voy a ser soldado, como mi papá.

«Si tú supieras», pensó ella para sus adentros.

–¿Es buena contigo tu *maman*?

Él se encogió de hombros.

–Es mi *maman*, ya está. Cuando se va, a la vuelta siempre me trae un juguete nuevo, y me lee un cuento cada noche antes de dormir –soltó una risita antes de admitir–: También me trae dulces, pero ¡no se lo digas a nadie! La niñera dice que me quitan el sueño.

Elodie se imaginó a la *comtesse*, ataviada con algún elegante vestido parisino, sentada en la camita de su hijo, leyéndole cuentos, acariciándole el pelo, dándole un beso de buenas noches. Los ojos se le inundaron de lágrimas y su corazón susurró, herido y lleno de dolor: «¡Tendría que ser yo la que hiciera todo eso!».

–Mis labios están sellados –le aseguró al niño.

–Vale. No me gustan las tormentas. Cuando el viento agita las ventanas, *maman* viene y me abraza –sus ojos se iluminaron–. ¡Y en verano, cuando vamos a la casa de campo, me da permiso para que atrape ranas y gusanos! También me lleva a pescar, pero hace que sea Gascome el que ponga los gusanos en el anzuelo.

Cada sonrisa, cada inocente admisión de su hijo, clavaba un clavo más en el ataúd que contenía las esperanzas de Elodie. Cada vez se sentía más angustiada, más frenética.

–Podría llevarte si quieres al mercado de pájaros que hay aquí, en París. Tienen papagayos de África con vistosas plumas verdes y azules, amarillas y rojas. ¿No te gustaría ir a verlos?

La sonrisa de Philippe se esfumó de golpe, y retrocedió a toda prisa al verla alargar una mano hacia él.

–Gracias, *madame*, pero prefiero ir con *maman*.

Elodie sintió que el alma se le caía al suelo al darse cuenta de que había vuelto a asustarle.

—¿Puedo pedirte una cosita más?, ¿podrías mirarme con mucha atención y decirme si te recuerdo a alguien?

Él la observó con obvia reticencia durante unos segundos antes de contestar:

—Me recuerdas a la vendedora de naranjas del parque. ¿Puedes marcharte ya?, quiero que venga Marie.

Retrocedió aún más después de hacerle aquella petición. Era como si percibiera el poderoso instinto que ella estaba controlando a duras penas, la necesidad visceral de agarrarlo y llevárselo de allí. Sin dejar de mirarla con ojos llenos de temor y cautela, su hijo apretó dos de sus soldaditos contra el pecho como si tuviera la esperanza de que cobraran vida por arte de magia y le defendieran de aquella amenazante desconocida... de ella.

Estaba claro que Philippe ya no compartía aquel deseo desesperado de estar juntos que la desgarraba por dentro. No podía negarse a aceptar la realidad, por muy dolorosa que esta fuera. Podía comprobar con sus propios ojos que su hijo estaba sano, bien vestido y bien cuidado, y él mismo había admitido que la *comtesse* era una madre atenta y cariñosa... una madre que podía permitirse comprarle un poni, que poseía una casa campestre que seguro que era tan elegante como aquella de París y en la que podían refugiarse de las enfermedades y el mal olor que imperaban en la ciudad durante el verano.

Era un niño al que colmaban de amor, un niño feliz que disfrutaba de un buen hogar.

Tenía el pecho tan constreñido que apenas podía respirar. Le contempló en silencio mientras intentaba memorizar todos y cada uno de aquellos rasgos tan queridos.

El sonido de pasos que se acercaban la alertó de la llegada inminente de la niñera. Aunque su mente no alcanzaba a ver un futuro más allá de ese momento, sabía que no podía arriesgarse a que la encerraran en una cárcel parisina; aun así, tuvo que obligarse a admitir que su hijo estaba mirándola con temor, tuvo que recordarse a sí misma la súplica que le había roto el corazón... «¿Puedes marcharte ya?»... para obligar a sus propios pies a ponerse en marcha.

–Adiós, Philippe, cielo mío –susurró.

Después de mirarlo una última vez, se marchó a toda prisa de la habitación.

Will se sorprendió al ver que Elodie regresaba a la cocina mucho antes de que pasaran los treinta minutos que le había dado, y sola. Estaba tan pálida como si hubiera visto a un fantasma, tenía la mirada perdida, y se quedó tras el grupo de sirvientes sin mirarle a los ojos ni una sola vez.

Dio por terminada su elocuente perorata de inmediato, ansioso por saber qué nuevo desastre había ocurrido. Contuvo su impaciencia mientras los clientes a los que acababa de engatusar se tomaban su tiempo comprando encajes, lazos y espejos para el afeitado, y por fin pudo empacar la mercancía restante y salir a la calle junto a Elodie.

En cuanto doblaron la esquina y enfilaron por la estrecha calle que bordeaba el Hôtel de la Rocherie, se detuvo y se volvió a mirarla.

–¿Qué ha pasado?, ¿el niño está enfermo?

–No, en absoluto. Goza de una estupenda salud.

–En ese caso, ¿por qué no lo has sacado de la casa?

–Porque no he podido.

–Ah, ¿era demasiado difícil hacerlo a plena luz del día? No importa, al menos ya conoces la disposición de la casa. Regresaremos esta noche. Está nublándose, así que el cielo estará...

–No, no vamos a regresar.

–¿Qué quieres decir? –le preguntó, ceñudo.

Ella se estremeció y se rodeó con los brazos como si estuviera expuesta a un frío gélido, cuando en realidad era una tarde de verano bastante calurosa.

–Philippe estaba jugando con unos soldaditos. Están muy bien hechos, a los uniformes no les falta ni un solo detalle. Viste ropa de muy buena calidad, veranea en una casa de campo donde puede pescar en arroyos y montar en ponis –soltó un trémulo suspiro antes de añadir–: Yo no puedo ofrecerle nada de todo eso.

–¿Qué más da?, ¡su madre eres tú! –se le retorcieron las entrañas cuando de las profundidades de su pasado emergió el angustioso recuerdo de perder a su propia madre.

–Lo era. Ahora no soy más que la vendedora de naranjas del parque, a la que llama *maman* es a la *comtesse*. Ella le colma de cariño, le lee cuentos e incluso le lleva a pescar. Lo único que puedo ofrecerle es amor, y eso es algo que Philippe ya recibe junto con muchas otras cosas que yo no podré darle jamás.

Se volvió a mirarle con expresión suplicante, como

si estuviera intentando convencerle... y convencerse a sí misma.

—Se sentiría aterrado si nos lo lleváramos y lo alejáramos del entorno con el que está familiarizado, en el que se siente seguro; además, la familia del difunto marido de la *comtesse* es muy poderosa. Seguro que usaría todos sus contactos para localizarlo y recuperarlo, y el niño volvería a estar expuesto al terror y la incertidumbre. ¡Solo tiene cuatro años y medio!, ¡no puedo hacerle algo así!

—¿Estás diciendo que vas a renunciar a él sin más? —le preguntó, incrédulo.

Dio la impresión de que ella se encogía de dolor antes de susurrar:

—Ya no me necesita —sin más, dio media vuelta y echó a andar.

Will se dio cuenta de que no pretendía huir de él. Sus movimientos carecían de la fuerza y la decisión que la habían llevado aquella mañana del Hôtel de la Rocherie a la Place Royal, y tampoco tenían la frenética energía que la había impulsado a recorrer los senderos después del primer encuentro con su hijo.

En ese momento estaba caminando sin rumbo fijo, se limitaba a poner un pie delante del otro con la apatía de alguien que no tenía ni un objetivo ni un lugar al que dirigirse.

Cuando había obtenido el carro y las mercancías necesarias para que pudieran hacerse pasar por buhoneros, había comprado también provisiones suficientes para huir con celeridad rumbo a la costa. En vez de ir a Calais o Boulogne-sur-Mer, los puertos desde donde se solía cruzar el canal, pensaba contratar un barco de contrabandistas en algún puerto secundario para que les llevara a Kent; una vez allí, podrían llegar a Denby Lodge, el hogar de Max, en cuestión de varios días.

Pero la situación no había ido según lo planeado. Tal y como estaban las cosas, no necesitaban el carro para nada, y no tenían razón alguna para permanecer más tiempo en París. Con algo de dinero extra, podían canjear el vehículo y la mercancía por caballos y poner rumbo a la costa de inmediato.

Sentía un cosquilleo instintivo entre los hombros que le advertía que debían alejarse cuanto antes del peligro que les acechaba en París. Philippe era un niño inteligente que seguro que le había contado a su niñera que la vendedora de naranjas había ido a visitarle, y seguro que tanto la mujer como el lacayo que había hecho las veces de guardaespaldas no tardarían en relacionar la inesperada llegada de un buhonero y su mujer con la pareja que se había acercado al niño en la Place Royale.

Después de ver por dentro el suntuoso y cuidado Hôtel de la Rocherie, sabía sin necesidad de que Elodie se lo dijera que la *comtesse* conocía a gente poderosa, gente que no dudaría en usar sus influencias para hacer que las autoridades persiguieran a cualquiera que fuera una amenaza para el niño, y eso supondría un problema añadido que prefería evitar; aun así, Elodie parecía desanimada y exhausta, su cuerpo y su rostro carecían del fuego y la energía de siempre, y no se la veía en condiciones de galopar hasta la costa en ese momento. Quizás sería buena idea conseguir un par de caballos, pasar la noche en alguna posada del norte de París, e iniciar el viaje con fuerzas renovadas al día siguiente.

En todo caso, le parecía prudente que se mantuvieran a poca distancia de la ciudad por si decidían regresar. Elodie parecía haber perdido las fuerzas y el empuje que la habían ayudado a sobrevivir a la brutal paliza que le había dado St Arnaud, a evadir tanto a sus perseguidores como a él mismo con el propósito de encontrar a su hijo, pero era posible que cambiara de opinión después de descansar tanto física como mentalmente. No tenía sentido que pusieran rumbo a Inglaterra a bordo de un barco de contrabandistas y que ella decidiera a mitad de camino que debía regresar a París para intentar recuperar a su hijo de nuevo.

Sabía de primera mano la agonía que se sufría cuando uno pensaba que había perdido a la persona a la que más amaba del mundo, pero la situación no era la misma ni mucho menos: En su caso, su madre había fallecido, pero el hijo de Elodie estaba vivito y coleando. Comprendía que el amor la hubiera llevado a anteponer el bienestar del niño a sus propios deseos, pero le parecía muy injusto que se viera obligada a hacer semejante sacrificio.

Habría dado lo que fuera con tal de ahorrarle aquel dolor, habría querido convencerla de que debían regresar a por el niño, pero sabía que en ese momento no tenía ninguna respuesta convincente para contrarrestar los argumentos que ella le había dado para justificar su decisión de dejar al niño donde estaba. Gracias a su destreza con los juegos de azar y su buen ojo a la hora de realizar inversiones, ya no era el mísero huérfano que acicateaba a sus compañeros de

Eton para conseguir que jugaran a las cartas con él y poder ganar así unos peniques con los que comprar pasteles de carne; aun así, incluso suponiendo que lograra convencer a Elodie de que aceptara algo de dinero, sabía que las propiedades y la modesta fortuna que había amasado no eran comparables a los recursos que debía de tener a su disposición una condesa.

En cuanto a buenos contactos, la única persona con influencia a la que él podría recurrir era su tío, pero, teniendo en cuenta que era su sobrino ilegítimo y le consideraba la oveja negra de la familia, era más que improbable que el conde le apoyara. Por si fuera poco, también se arriesgaba a perder el apoyo de sus primos si, después de haberse comprometido a restaurar el buen nombre de Max, se pusiera de parte de la mujer que lo había enlodado.

No iba a sugerirle ningún plan de acción de momento. No tenía sentido esperanzarla hasta que hubiera reflexionado largo y tendido y se le ocurriera un plan mejor, así que lo más sensato sería pernoctar en una posada del norte de París.

Will canjeó el carro junto con todo su contenido por un par de caballos y ayudó a montar a Elodie, que seguía completamente apática. Viajaron en dirección norte a un ritmo bastante sosegado para que ella lo aguantara bien, y se detuvieron poco antes del anochecer en un pueblecito.

Mientras él buscaba una posada donde pasar la noche y alquilaba una habitación, ella siguió callada y sin mirarle directamente. Parecía estar perdida en un abismo de desesperanza y fatiga tan profundo que nada podía alcanzarla.

Después de conducirla con gentileza a la habitación, empezó a desvestirla y le dijo:

—Duérmete, voy a arreglar lo de los caballos para mañana y a pedir que nos preparen algo de comida. Enseguida vuelvo con tu cena, ¿quieres que te consiga también ropa de hombre para este último tramo del viaje?

Lo dijo medio en broma, y suspiró pesaroso al ver que no conseguía hacerla reaccionar. Después de desvestirla hasta dejarla solo con la camisola, la ayudó a acostarse y fue hacia la puerta. Se volvió a mirarla antes de salir, y vio que seguía con la mirada perdida.

Para cuando Will regresó a la habitación, ya había anochecido. Encendió una vela procurando no hacer ruido y vio que Elodie estaba durmiendo en la misma posición en la que la había dejado... tenía la cabeza apoyada en la almohada como una muñeca rota, la tez muy pálida y las manos descansando con flacidez a los lados.

Se planteó dejar la comida y el vino sobre la mesa y dejarla a solas, porque no quería verla sufrir y recordar la angustia de su propia juventud, pero le dolía verla en ese estado y se dio cuenta de que no podía dejarla así, estando tan sola y vulnerable, por mucho que permanecer junto a ella en ese momento le obligara a lidiar con recuerdos muy dolorosos.

Después de colocar una silla junto a la cama, se sentó y se dispuso a velar su sueño, pero, escasos minutos después, ella se estremeció y soltó una exclamación ahogada.

–Tranquila, cariño –le susurró, mientras la tomaba entre sus brazos.

Ella se tensó y se apartó de golpe, pero entonces abrió los ojos y su desenfocada mirada se posó en su rostro.

–Will... –murmuró, antes de relajarse y de echarse de nuevo hacia atrás.

Él ahuecó la almohada y, después de ayudarla a incorporarse hasta quedar sentada, fue a sacar de la alforja los víveres que había comprado.

–Te he traído comida y bebida, tienes que alimentarte. Ya es de noche, y no has probado bocado desde antes del amanecer.

Ella no contestó, pero tomó un traguito de vino cuando él le acercó la copa a los labios. Como no recibió respuesta alguna cuando le preguntó cómo se sentía y qué era lo que le apetecía, optó por ir dándole pedacitos de queso y de pan que ella se comió de forma mecánica. Daba la impresión de que no era consciente de que él estaba allí, era como si ni siquiera se diera cuenta de que estaba comiendo.

Cuando ella se negó a comer más, Will cenó un poco de pan y vino antes de levantarse para ir a guardar la carne y el queso restantes, pero soltó las alforjas a toda prisa al ver que ella se rodeaba el torso con los brazos, empezaba a balancearse hacia delante y hacia atrás y rompía a llorar.

Se metió en la cama y la abrazó con fuerza mientras aquellos profundos y desgarradores sollozos la sacudían de pies a cabeza, la apretó contra su pecho mientras ella lloraba desconsolada, y deseó con todas sus fuerzas poder aligerar de algún modo la terrible carga que la oprimía.

Los sollozos fueron perdiendo fuerza de forma gradual, fueron espaciándose hasta detenerse del todo, y se quedó dormida entre sus brazos.

Will también debió de quedarse dormido, porque la vela ya se había consumido del todo cuando despertó de nuevo. No se sentía con fuerzas para encender otra, así que se levantó el tiempo justo para desvestirse y volvió a meterse en la calentita cama.

Apretó a Elodie contra su cuerpo y la besó con ternura en la oscuridad antes de susurrar:

—Duerme, cariño mío. Mañana nos espera un largo viaje.

Se sorprendió cuando ella le agarró la nuca y le hizo bajar la cabeza. No le besó con ternura, se adueñó de sus labios y le metió la lengua en la boca con una sensualidad que despertó su somnolienta mente de golpe y convirtió el deseo latente en una pasión desatada.

Ella siguió devorándole la boca mientras le acariciaba el endurecido miembro con las manos. Sin dejar de acariciarle con una de ellas, interrumpió el beso y le instó a que se tumbara de espaldas. Se alzó la camisola a toda prisa, se colocó a horcajadas sobre él y lo introdujo en su interior.

—Ámame, Will —le pidió con apremio en la oscuridad.

Era obvio que estaba intentando usar el placer carnal para olvidar la angustia que sentía, pero, si dándole placer la ayudaba a mantener a raya el dolor que la embargaba, él estaba más que dispuesto a colaborar. La agarró de las nalgas y se hundió con una fuerte acometida en su estrecho y cálido interior.

Tenía intención de imponer un ritmo lento, de alargar todo lo posible aquel momento, pero ella no se lo permitió. Le alzó las manos para que le acariciara los pezones con los pulgares, y movió las caderas para que la penetrara aún más. Cuando le tuvo hundido hasta el fondo, empezó a cabalgar con abandono. Le arañó los hombros y le mordisqueó mientras se movía a un ritmo cada vez más rápido, más fuerte e intenso, hasta que al final gritó extasiada al alcanzar el clímax.

Él llegó al orgasmo un instante después. La rodeó con los brazos y, sin salir del interior de su cuerpo, rodó con ella hasta que quedaron tumbados de lado. Se quedaron dormidos así, abrazados el uno al otro, exhaustos y completamente saciados.

Capítulo 16

Will despertó a la mañana siguiente justo después del amanecer y le embargó una profunda sensación de felicidad y bienestar al sentir a Elodie acurrucada contra su cuerpo, con la cabeza apoyada en su hombro. Aquella calidez se mantuvo incluso cuando su adormilado cerebro, que iba más rezagado que sus sentidos, se despejó lo suficiente para recordar lo angustiada y afligida que se había sentido la noche anterior.

Elodie había cobrado vida entre sus brazos y le había permitido que la alejara por unos minutos de la angustia y el dolor, y eso tenía que contar para algo.

Mientras su hijo estuviera vivo y bien, había esperanza. Si la persona que había estado vigilándola, fuera quien fuese, quisiera lastimar al niño, lo habría hecho tiempo atrás, así que era lógico pensar que el pequeño seguiría estando a salvo viviendo con la *comtesse*.

Estaba decidido a encontrar la forma de que Elodie recuperara a su hijo sin causarle daño emocional alguno al pequeño, pero de momento no sabían si ella aún corría peligro y lo principal era llevarla sana y salva a Inglaterra.

La besó al notar que se movía, y su felicidad se acrecentó aún más cuando ella murmuró algo y le rodeó el cuello con los brazos antes de besarlo. Le recorrió una oleada de deseo al sentirla apretada contra su cuerpo, y los problemas que les esperaban fuera de aquel dormitorio quedaron en el olvido durante un largo rato mientras hacían el amor con lentitud y dulzura.

Pero esos problemas no podían eludirse de forma indefinida, y al final no tuvieron más remedio que encararlos. Ella se sentó en la cama y comentó:

–Querías que saliéramos pronto hacia la costa, ¿no? Amaneció hace rato, será mejor que me vista.

–¿Estás segura de que no quieres regresar a París para intentar recuperar de nuevo a tu hijo?

Ella tensó la mandíbula y cerró los ojos como si acabara de encajar un fuerte golpe. Volvió a abrirlos segundos después y le dijo con voz suave:

–Ni siquiera me reconoce, Will. Y aunque así fuera, mi idea de recuperarlo era una insensatez. Tengo unas cuantas joyas insignificantes por las que quizás podría conseguir suficiente dinero para comprar una casita en el campo, pero más allá de eso carezco de dinero, familia y recursos. No tengo ahorros, nada con lo que poder costearle unos estudios ni asegurarle un futuro. Si Maurice estuviera vivo... pero no lo está, y no tengo a nadie más. Y también hay que tener en cuenta que no sabemos lo que pasará cuando lleguemos a Inglaterra, ¿cómo puedo arrastrarle a una situación así? No, será mejor que nos marchemos hoy mismo, tal y como tú querías.

Por mucho que le doliera ver la desolación que volvía a reflejarse en sus ojos, Will sabía que las típicas palabras de consuelo no iban a servir de nada. Hasta que no formulara algún plan inteligente que generara esperanzas reales, lo mejor era permanecer callado.

Ella debió de tomar su silencio como una señal de asentimiento, porque salió de la cama y recogió su desperdigada ropa.

–¿Voy a viajar como mujer en esta ocasión, o tienes otro disfraz más en esa talega mágica tuya?

Él intentó no distraerse con la sensual imagen que tenía ante sus ojos... Elodie desnuda de pies a cabeza, tapada apenas por la ropa que sostenía en la mano. Se obligó a concentrarse en la necesidad de salir rumbo al canal y a Inglaterra antes de que Talleyrand o quienquiera que estuviera siguiéndoles descubriera dónde estaban. Por fin sabía por qué estaba tan empeñada desde el principio en ir a París, pero cualquier agente francés que se preciara debía de estar bien informado acerca de ella y habría mantenido bajo vigilancia la casa de la *comtesse*, así que seguro que sus perseguidores estaban enterados de que habían llegado a la ciudad.

–Me temo que mi talega mágica está bastante vacía y nos queda poco dinero. Vamos a viajar sin disfraz por ahora y, tal y como has sugerido, partiremos sin dilación.

Sintió una punzada en el corazón al ver la sonrisa carente de brillo con la que respondió, una sonrisa que no era más que una pálida imitación de las que había visto en su rostro a lo largo del viaje. Después de vestirse a toda prisa, recogieron sus pertenencias y salieron de la habitación. Él se encargó de pagar al posadero antes de ir al establo a por los caballos que había alquilado, y sujetó el equipaje a las sillas de montar mientras ella permanecía a su lado sin decir palabra.

Al principio no le prestó ninguna atención al carruaje privado que avanzaba a paso lento por la calle, ya que, tal y como cabía esperar a primera hora de la mañana, el lugar ya había empezado a llenarse de granjeros, doncellas, vendedores, criados y vecinos, pero el cochero pareció distraerse de repente al ver a dos comerciantes que discutían después de que sus carros chocaran.

Al ver que el vehículo se desviaba un poco y que iba directo hacia Elodie y él, Will abrió la boca para gritarle una advertencia al cochero, pero, por alguna inexplicable razón, el carruaje empezó a acelerar cada vez más. Luchó por controlar a los caballos que había alquilado, que estaban piafando y moviéndose con nerviosismo, pero, justo cuando estaba intentando pasar las dos riendas a una sola mano mientras con la otra apartaba a Elodie para ponerla a salvo, el carruaje pasó bamboleándose peligrosamente cerca de ellos.

Antes de que pudiera reaccionar, la portezuela se abrió de repente y un tipo agarró a Elodie y la metió en el vehículo. Alcanzó a verla debatiéndose por un instante, pero la portezuela se cerró de golpe y el carruaje se alejó a toda velocidad mientras viandantes, animales y todo tipo de productos agrícolas se desperdigaban a su paso.

Al cabo de una hora, el matón que había metido a Elodie en el carruaje y la había maniatado y amordazado la sacó del vehículo y la obligó a subir por la escalera trasera de una posada. Se marchó en cuanto la hizo entrar en una habitación, y ella se sintió aliviada al no oírle cerrar la puerta con llave antes de alejarse por el pasillo.

Como el tipo no le había dicho ni una sola palabra en todo el trayecto, no tenía ni idea de quién la había secuestrado ni por qué. Puso todo su empeño en librarse de las ataduras, estaba desesperada por huir antes de que llegara alguien más. Logró desatarse las manos al cabo de un momento, y acababa de quitarse también la mordaza cuando sus ojos se acostumbraron por fin a la penumbra reinante y se dio cuenta de que no estaba sola.

Se le puso el vello de punta y sintió el amargo sabor del miedo cuando reconoció a la persona que estaba medio oculta entre las sombras, sentada junto a una mesa de aquella habitación que parecía ser un saloncito privado y no un dormitorio.

—¡St Arnaud! —exclamó, horrorizada.

—En persona. Pareces tan complacida al verme como lo estuve yo cuando me enteré de que habías regresado de entre los muertos. Debo admitir que me molesté sobremanera cuando el príncipe Talleyrand me informó de que te habían visto en París. Me aconsejó que esta vez me encargara mejor de ti.

El miedo quedó aplastado bajo la oleada de furia y odio que la recorrió.

–Yo diría que te encargaste de mí con gran eficacia, ¡me arrebataste a mi hijo!

–Fue muy torpe por tu parte dejarte manipular así, bastaron un poco de dinero y unas cuantas promesas de un futuro mejor. Me desagrada la gente tan predecible. En fin, mi querida hermana es muy feliz gracias a tu necedad.

Elodie no había deseado nunca lastimar a alguien, pero en ese momento habría dado su alma a cambio de una pistola. Quería aporrear a St Arnaud, quitarle aquella sardónica sonrisa del rostro a base de puñetazos, hacerle gritar de dolor. No por la paliza que él le había dado en Viena, sino por el golpe al corazón del que nunca podría recobrarse.

–¡Bastardo! –masculló, antes de recorrer la habitación con la mirada en busca de algo que pudiera usar a modo de arma.

–El bastardo no soy yo, querida, sino el inglés de baja ralea que ha estado intentando ayudarte. No te molestes en buscar algo con lo que defenderte, no soy tan tonto como para dejar a tu alcance una potencial arma. En fin, ahora debo decidir cómo deshacerme de ti en esta ocasión. ¿Qué opinas?, ¿crees que debería ser compasivo y usar un método rápido?

–¿Piensas encargarte tú mismo?, no tienes agallas.

La mirada de St Arnaud se endureció.

–¿Eso crees?

–Hasta ahora siempre has dejado que sean otros los que se encarguen del trabajo sucio. ¿Qué fue del pobre diablo que disparó a lord Wellington?

–Supongo que le ahorcaron. Lo tenía merecido por ser tan chapucero y errar el tiro; en todo caso, no era más que un peón útil.

–Igual que yo.

–Exacto. Pero de Franz se encargaron las autoridades austríacas hace tiempo, y tú estás siendo un verdadero incordio al aparecer de forma tan inesperada.

–Si tanto le incordia su presencia, le alegrará saber que voy a llevármela de aquí.

Elodie se volvió de golpe al oír aquella voz inesperada procedente de la puerta, y la furia y el miedo dieron paso a una poderosa mezcla de sorpresa, alivio y gratitud.

–¡Will!

St Arnaud no pudo ocultar su alarma, pero se apresuró a fingir calma y esbozó de nuevo una sonrisita sardónica.

–Vaya, ha aparecido el bastardo.

–Supongo que me esperaba, un caballo puede seguir a un carruaje con facilidad; además, tan solo ha enviado al cochero y al matón que iba dentro, así que no había nadie que pudiera impedirme que les siguiera. Ya es hora de que se enfrente a alguien de su tamaño, St Arnaud, y va a tener que hacerlo antes de que Elodie y yo nos marchemos de aquí.

St Arnaud se echó a reír.

–¿Cree que voy a permitir que ella se marche con usted sin más? Es enternecedor que aún sea tan inocente después de ser soldado y de criarse en los bajos fondos de Londres, cualquiera en su lugar daría por hecho que mi intención es matarla.

–Elodie no supone ninguna amenaza para usted.

—¿En serio?, ¿qué me dice del testimonio que usted quiere que presente en Londres? Me resultaría muy inconveniente que ese viejo escándalo volviera a salir a la luz justo cuando estoy reconstruyendo mi carrera.

—¿Pretende reconstruir su carrera? Un rey ocupa ahora el trono de Francia, ¿qué ha sido de su lealtad a Napoleón?

—Nunca logrará escapar de esa isla perdida en el Atlántico. Admito que lamento que Francia tenga que cargar con el rey Luis, que no es más que un viejo gordinflón, pero, tal y como suele decir el príncipe Talleyrand, hay que saber adaptarse a las circunstancias. Soy un St Arnaud, mi puesto está en el centro de los asuntos políticos de Francia; en fin, *monsieur*... no sé cómo ha logrado convencer a Raoul de que le permita entrar, pero no tengo nada en su contra. Márchese y no avisaré a los gendarmes para que lo encarcelen.

—Qué magnánimo de su parte —le contestó Will, con una sonrisa que dejó al descubierto su dentadura.

—Mucho. Dudo que su tío se moleste en interceder por el bastardo de la familia, y las cárceles francesas son muy desagradables.

—Yo al menos me gané el título de bastardo gracias a mi nacimiento. Y precisamente por eso, por lo que soy y por cómo me crie, ¿cree que voy a olvidarme del pequeño detalle de encargarme de un par de matones? Tal y como usted mismo ha dicho, crecí en los bajos fondos de Londres. No es aconsejable dejar al alcance de cualquiera cuchillos que después te pueden lanzar por la espalda.

Elodie se preguntó si era cierto que había eliminado a los hombres de St Arnaud o si se trataba de una treta. Le miró con expresión interrogante, y él le guiñó el ojo.

Después de viajar durante semanas con él, de ser testigo de lo experimentado e ingenioso que era, estaría dispuesta a apostar por él en situaciones mucho más difíciles que aquella... y estaba claro que St Arnaud no las tenía todas consigo, porque su seguridad y su arrogancia flaquearon un poco e hizo ademán de ir hacia la puerta.

Will le cerró el paso y le miró con expresión desafiante.

–Si permite que Elodie se marche conmigo, puede que me plantee dejarle con vida.

Se sacó un cuchillo del bolsillo con tanta rapidez que ella no alcanzó a ver el movimiento.

St Arnaud se llevó la mano a su propio bolsillo sin molestarse en intentar ocultar lo alarmado que estaba, y masculló una imprecación al darse cuenta de que estaba vacío.

–¿No ha traído un arma?, ¡qué descuidado de su parte! –le dijo Will en tono burlón–. Aunque supongo que pensaba que le bastaría con los puños para enfrentarse a una mujer indefensa.

Dio un paso hacia St Arnaud con una expresión tan amenazante, tan asesina, que a Elodie se le erizó el vello de la nuca solo con verlo.

St Arnaud tragó saliva de forma convulsiva y retrocedió hasta parapetarse detrás de la mesa.

–¡Raoul! ¡Etienne! *Venez immediatement!*

Will se echó a reír y dio un paso más hacia él.

–Grite todo lo que quiera. Sus matones están durmiendo una siestecita y el posadero se ha vuelto sordo de golpe. Le he ofrecido más dinero que usted.

St Arnaud miró a su alrededor con desesperación y posó la mirada en Elodie.

–¿Estás segura de querer irte con él? Morir en la horca no es nada agradable, estoy convencido de que tú y yo podemos aclarar este pequeño malentendido.

–¿La toma por tonta?, ¿de verdad cree que va a confiar en un malnacido como usted? Elodie, ven y colócate detrás de mí, por favor.

Ella se sorprendió al ver que él le lanzaba una breve mirada suplicante, como si no estuviera seguro de que fuera a elegirle por encima de St Arnaud. ¿Cómo podía tener la más mínima duda? Atravesó la habitación a toda prisa y le dio un pequeño apretón en el brazo a modo de gesto tranquilizador antes de colocarse a su espalda.

–Sus hombres están atados, inconscientes –le susurró él en voz casi inaudible–. Nuestros caballos están detrás de la posada, iremos a buscarlos en cuanto me encargue de esta abominación –miró a St Arnaud sonriente mientras jugueteaba con el cuchillo, y suspiró antes de decirle–: Qué situación tan embarazosa, ¿verdad? ¿Qué voy a hacer con usted? Mi tío va a molestarse bastante si cometo un asesinato, pero la verdad es que casi siempre está molesto conmigo por una u otra razón.

Echó a andar hacia St Arnaud, y este alzó las manos y exclamó:

–¡Le pagaré lo que me pida! Talleyrand me comentó que el conde no le ha asignado la suma que le había prometido, puedo transferirle una buena cantidad de dinero al banco que usted quiera.

–¿Ah, sí?

St Arnaud le miró esperanzado al ver que se detenía como si estuviera planteándose aceptar la oferta, pero, antes de que pudiera pronunciar palabra, Will se sacó una pistola del bolsillo y comentó con toda tranquilidad:

–Quizás sería más conveniente hacer que parezca que se ha suicidado de un tiro, enloquecido por la posibilidad de que el viejo escándalo resurja y ponga en peligro su nueva carrera. Estoy seguro de que Elodie podría escribir una nota de suicidio muy convincente.

–¡Por favor, no! ¡Piénselo bien, *monsieur*, se lo suplico! ¿En qué le beneficiaría mi muerte? Si me deja vivir, yo podría...

–¡Silencio, canalla! Jamás había conocido a un hombre que mereciera tanto la muerte, pero no voy a manchar mi cuchillo; aun así, mis puños están deseando darle su merecido y puede que les dé el gusto de pegarle una paliza como la que usted le propinó a Elodie.

–Si no vas a matarle, no le pegues –le pidió ella, que no estaba segura de preferir la opción de dejarle con vida–. Podría hacerle daño a mi hijo. Contra ti no puede, pero no tendría problema alguno en lidiar con un niño.

–Sí, es verdad –Will frunció el ceño, pensativo–. Eso sí que supone un verdadero dilema. Si dejo a St Arnaud con vida, nada nos garantiza que no lastime al pequeño cuando nos vayamos.

–¡Por supuesto que no voy a hacerle daño alguno!

–exclamó St Arnaud, con una indignación de lo más teatral–. Es como un hijo para mi hermana, y eso le convierte en poco menos que un St Arnaud. El mismo príncipe Talleyrand le tiene mucho afecto.

Will empezó a juguetear de nuevo con el cuchillo antes de contestar.

–No sé, resultaría más sencillo destriparle y acabar con esto de una vez.

Elodie no sabía qué pensar; por mucho que detestara a St Arnaud, no sabía si iba a poder vivir con el cargo de conciencia que le supondría permitir que Will le asesinara. Estaba casi segura de que él lo haría si se lo pedía, que acabaría con St Arnaud de forma fría, limpia y eficiente.

Había visto con sus propios ojos que la *comtesse* trataba a Philippe como si fuera su propio hijo adorado, y, aunque no confiaba lo más mínimo en St Arnaud, sabía que él se enorgullecía sobremanera tanto de su familia como de su posición social; además, no iba a ser tan necio como para hacer algo que pudiera enfadar a un hombre tan poderoso como el príncipe Talleyrand, al que seguro que ya había tenido que calmar tras la *débâcle* de Viena.

–¡Te juro que al niño no va a pasarle nada, Elodie! –le dijo St Arnaud, implorante.

Will la miró y le dijo:

–Tú decides.

Mientras ella intentaba tomar una decisión, alguien llamó a la puerta y un hombre alto y de aire imperioso entró en la habitación. El recién llegado se detuvo, contempló la escena en silencio, y no mostró ni sorpresa ni inquietud al ver a una mujer aferrada a la espalda de un hombre que, a su vez, amenazaba con un cuchillo a un segundo hombre.

–*Madame* Lefevre –la saludó, mientras se inclinaba ante ella–, y usted debe de ser *monsieur* Ransleigh –frunció la nariz con desagrado al bajar la mirada hacia el cuchillo–. Por favor, *monsieur*, no es necesario emplear semejantes vulgaridades. Permítame que me presente. Antoine de Montreuil, *comte* de Merlonville y asistente del *duc* de Richelieu, que sucedió al príncipe Talleyrand el otoño pasado como Primer Ministro de Francia.

Suspiró con impaciencia al mirar a St Arnaud.

–¿Por qué eres siempre tan impulsivo y actúas sin pensar, Thierry? Cuando el príncipe se ha enterado de que habías salido a toda prisa a... detener a esta dama, ha informado de inmediato a *Monsieur le Du*c, y le ha asegurado que te había dejado muy claro que debías facilitar su viaje a Inglaterra.

–*¿Qué?* ¡Me dijo que me encargara de ella! –protestó St Arnaud.

–Exacto. Pero aunque el príncipe digamos que... sugiere... es el duque quien toma las decisiones ahora. Talleyrand tan solo te mantuvo a su servicio tras el desastre de Viena por el apellido que ostentas y tu linaje. *Monsieur* Ransleigh ha solicitado la ayuda de *madame* Lefevre para lidiar con un asunto personal que solo les concierne a los Ransleigh y puede que también al Ministerio de Asuntos Exteriores británico. No hace falta importunar a su Majestad el Rey con un asunto tan nimio como este, así que te sugiero que desistas de inmediato de tu empeño de impedirles llegar a Inglaterra; si no lo haces, te advierto que el duque va a ser mucho menos indulgente que el príncipe.

Se volvió sin más hacia Elodie y Will. A juzgar por su actitud, estaba claro que daba por terminada su conversación con St Arnaud.

–Lamento mucho las molestias que han sufrido. El duque estaría encantado de ofrecerles una escolta para que puedan llegar a la costa sin que les molesten más cabezotas recalcitrantes.

Will sopesó con desconfianza el ofrecimiento del supuesto asistente del duque de Richelieu, y al cabo de un momento contestó:

–Gracias, pero no creo que sea necesario.

–¿Qué pasa con el niño? –se apresuró a preguntar Elodie, que quería asegurarse de que ese tema quedara bien claro.

De Merlonville la miró desconcertado.

–¿A qué niño se refiere?

–A Philippe, Philippe... de la Rocherie.

–¿Qué tiene que ver el ahijado del príncipe Talleyrand en todo esto?

–¿Philippe es el ahijado de Talleyrand? –le preguntó Will.

–No de forma oficial, pero el difunto marido de la *comtesse* mantuvo una estrecha relación de amistad con el príncipe durante muchos años, y él vela por la viuda.

–Ya veo –se limitó a decir Elodie.

El alivio inicial que la embargó ante la confirmación de que la *comtesse* contaba con un poderoso protector que iba a garantizar la seguridad de su hijo se esfumó de golpe cuando se dio cuenta de todas las implicaciones que tenía ese vínculo. Por muy descabellada que fuera la idea, podía llegar a imaginar que un día conseguía tener un hogar y suficientes ahorros para intentar plantarle cara a la *comtesse* y recuperar a su hijo, pero no podía ni soñar con conseguirle a Philippe un mecenas con la fortuna, el poder y la influencia del príncipe Talleyrand, que se había mantenido en el más alto nivel de la vida política francesa durante los sucesivos gobiernos.

Will debió de notar lo desesperanzada que se sentía, porque se guardó el cuchillo y la pistola antes de tomarla de la mano.

–¿Lista para marcharte?

Como parecía que no quedaba nada ni por hacer ni por decir, se limitó a contestar:

–Supongo que sí.

Will miró a de Merlonville y le indicó con un gesto a St Arnaud.

–¿Me permite que hable un segundo a solas con él?

–Solo si promete que no le va a acuchillar en cuanto me dé la vuelta, el posadero se molestaría si la alfombra se manchara de sangre.

–Le doy mi palabra.

–De acuerdo. Transmítale mis saludos a su tío, *monsieur* Ransleigh. Tuve ocasión de conocerle, a él y a otros miembros del Parlamento, cuando visité Londres con el duque el otoño pasado. Thierry, espero que entiendas cuál es tu posición. El puesto en el Caribe para el que te ha recomendado el príncipe no se ha confirmado todavía, y estoy convencido de que no deseas comprometer tu futuro político al retrasar aún más a estas dos buenas personas.

–Po... por supuesto que no, mi querido conde.

–En ese caso, te sugiero que recojas tus cosas y te prepares para regresar a París mientras ellos retoman su viaje.

St Arnaud se apresuró a asentir y se volvió para recoger su abrigo, una cajita de rapé, y varios objetos más que tenía sobre la mesa. Mientras él les daba la espalda, el conde aprovechó para susurrarles:

–Santa Lucía es una isla encantadora, pero es una zona en la que abundan las fiebres tropicales y los piratas. Son muchos los que se aventuran a ir allí y pocos los que regresan –les guiñó el ojo y se despidió con una reverencia antes de marcharse.

Will se volvió entonces hacia St Arnaud. Este había recogido ya sus efectos personales y se había puesto el abrigo, pero permanecía detrás de la mesa como si quisiera usarla a modo de escudo. Su enrojecido rostro revelaba lo furioso y humillado que se sentía.

–Bueno, alimaña, parece ser que va a salir de esta con vida. No confío ni lo más mínimo en sus promesas en lo concerniente a la seguridad del niño, pero respeto al príncipe y acato sus planes. Aun así, quiero que sepa que estaré vigilando. Le aconsejo que rece para que el hijo de *madam*e Lefevre goce de muy buena salud y disfrute de una vida larga y próspera. Si me entero de que ha sufrido el más mínimo percance, aunque sea un ligero catarro, iré a por usted y acabaré con su miserable vida –tomó a Elodie del brazo y le dijo–: La costa nos espera, conseguiremos un barco en Calais.

Capítulo 17

Aunque Will y Elodie habían rechazado con cortesía la escolta que les había ofrecido de Merlonville, ella tuvo la sensación; a pesar de que seguía aturdida y con los sentidos embotados por lo sucedido con Philippe, de que alguien les seguía durante los largos días de viaje a caballo hacia el canal.

No se dio cuenta de que Will también había notado con desconfianza aquella sutil presencia a sus espaldas hasta el cuarto día, cuando la sacó de noche por la estrecha escalera trasera de la posada de Calais donde estaban alojados, montaron a lomos de dos caballos que ya estaban esperándoles, y se alejaron de allí amparados por la oscuridad.

Él la condujo en silencio por estrechos callejones usando las estrellas y las distantes luces de Calais como única guía hasta que llegaron a un pequeño puerto situado a unos kilómetros al sur, y finalmente le indicó que se detuviera frente a una posada de aspecto bastante inquietante que no tenía ni letrero; de hecho, un débil farol que había junto a la puerta era lo único que indicaba el tipo de establecimiento que era.

Él entró en aquel lugar después de advertirle en voz baja que le esperara allí fuera. Cuando volvió a salir poco después, llevó a los caballos a una especie de cobertizo que había detrás del edificio, y entonces la condujo por la escalera trasera hasta una habitación de techo bajo situada bajo el alero que tenía una ventanita desde la que se veían el camino y el puerto.

Le indicó con un gesto que se sentara en la mesa que había junto a la ventana y comentó:

—Siento haberte sacado del cómodo alojamiento de antes para traerte a uno que me temo que va a ser muy inferior. No es que no agradezca los buenos deseos del asistente del Primer Ministro, pero prefiero elegir por mí mismo el barco que va a llevarme de vuelta a Inglaterra y, si puede ser, sin que se enteren ni el duque ni el príncipe.

—Teniendo en cuenta el aspecto inquietante de esta posada, supongo que va a ser un barco de contrabandistas. No hay duda de que tienes unos contactos de lo más interesantes, *monsieur* Ransleigh.

Los ojos de Will se iluminaron al verla bromear un poco.

—¿Te sientes mejor? —le preguntó, mientras sacaba un odre de vino de las alforjas y servía un par de vasos.

Ella aceptó uno de los vasos mientras le daba vueltas a la pregunta. No habría sabido decir si se sentía «mejor», exactamente. Había pasado de la agonía al entumecimiento, como alguien al que acababan de amputarle un miembro y le administraban opio. Al margen de eso, se sentía... vacía, yerma, como una playa salpicada de caracolas a la que llegaba una tormenta que le arrebataba todos sus tesoros y la dejaba reducida a la arena desierta.

—Yo diría que siento... que estoy aquí.

—Vamos progresando, llevabas bastante tiempo ausente.

En ese momento se dio cuenta de que él había estado inusualmente taciturno durante todo el trayecto desde París. Se había limitado a trotar junto a ella sin hablar apenas, daba la orden de parar al mediodía y no intentaba entretenerla con ninguna de sus anécdotas mientras compartían pan, queso y vino. Por las noches, cuando se paraban en alguna posada mucho después de que anocheciera, le daba las buenas noches con una mínima caricia y los dos se dormían de inmediato debido al agotamiento.

No le extrañó su actitud. Sabía que, en aquel estado de parálisis en el que había existido desde que había emergido del impacto inicial de dejar a Philippe, seguro que ni se había dado cuenta cuando él había intentado iniciar una conversación. La terrible realidad de perder a su hijo de nuevo había sido como mirar al sol directamente: el brillo la había cegado y le había impedido ver todo lo que la rodeaba.

Aparte del vívido encuentro con St Arnaud al norte de París, apenas recordaba los días que habían pasado desde que había salido de la habitación de Philippe en el Hôtel de la Rocherie a la llegada a la costa esa noche. Intentó enlazar los acontecimientos, pero solo le vinieron a la mente algunos recuerdos fragmentados.

Recordó a Will caminando junto a ella por París, ayudándola a acostarse, dándole de comer con sus propias manos, acunándola contra su cálido cuerpo mientras el dolor la aplastaba como si fuera una muñeca de porcelana. Cuando la angustia se había vuelto insoportable, él la había ayudado a escapar al paraíso de la pasión.

Ningún amigo, acompañante ni amante la habría tratado con más consideración y compasión que Will. Sintió que una cálida llamita de afecto y gratitud iluminaba el vacío que la llenaba.

—Gracias, dulce Will —murmuró.

—¿Por qué?, ¿por rescatarte de St Arnaud? Eso fue un verdadero placer para mí, aunque, si no podía destriparle, me habría gustado hacerle papilla a puñetazos.

—¿De verdad que le habrías destripado?

Él tardó unos segundos antes de admitir:

—No lo sé. ¿Habrías querido tú que lo hiciera?

—Sí. No. *Je sai pas!* ¿Cómo voy a saberlo, si no supondría ninguna diferencia? Matarle no me devolvería a Philippe.

—Pero tendrías la certeza de que el niño jamás podría acabar estando en su poder. Aunque lo cierto es que Talleyrand y el Primer Ministro parecen haberse unido para mandarle lejos, lo bastante como para que tu hijo esté a salvo y ellos libres de sus maquinaciones. Y también da la impresión de que nos han dado su bendición. ¿Qué opinas de la inesperada aparición de de Merlonville?

Al igual que una vieja rueda de hierro herrumbrada por falta de uso, tuvo que quitarse de encima una capa de apatía para poder centrarse en la pregunta.

—Talleyrand ha sido reemplazado, no lo sabía.

—Yo tampoco, pero da la impresión de que aún conserva su poder en buena medida.

Elodie cada vez tenía la mente más despejada, y rebuscó en su memoria el encuentro entre St Arnaud y de Merlonville en el saloncito privado.

—De Merlonville dijo que el príncipe Talleyrand había informado al duque de que St Arnaud me había atrapado, así que aún debía de tener algunos agentes siguiéndonos, pero, por lo que parece, ahora es el duque el que tiene el control. A St Arnaud lo toleran, pero a duras penas. Teniendo en cuenta su sed de poder, seguro que no vuelve a hacer nada contra nosotros, ni contra Philippe tampoco, sin la aprobación del duque.

Will asintió y comentó:

—En cualquier caso, parece ser que va a marcharse en breve de Francia, y, a juzgar por lo que de Merlonville insinuó, es más que probable que no regrese jamás. Me dio la impresión de que el conde quería dejarnos muy claro que el gobierno francés no tiene ningún interés en el testimonio que puedas dar.

—Si lo piensas con detenimiento, es lógico. El trono del rey Luis está a salvo, y a nadie le interesa recordarle a Su Majestad el desagradable pasado sacando a la luz un plan fallido para devolverle el poder a Napoleón.

—Eso concuerda con lo que nos dijo George Armitage, que ni el gobierno francés ni el británico quieren que resurja ese viejo escándalo. De lo que se deduce que los que están intentando obstaculizar nuestro viaje son los que el mismo de Merlonville tildó de «testarudos recalcitrantes».

–Sí, tanto St Arnaud como los que quedan de sus antiguos socios deben de estar luchando por volver al gobierno, y seguro que quieren evitar la humillación de que salgan a la luz pruebas que demuestren que apoyaron a Bonaparte. *Eh bien*, de Merlonville ordenó que nos siguiera una escolta para evitar que esa gente nos atacara.

–Es posible, pero también puede ser que de Merlonville nos ofreciera protección para que bajáramos la guardia, y las fuerzas de Talleyrand supongan también un peligro para nosotros. Me parece poco probable, sobre todo teniendo en cuenta que podrían habernos interceptado en cualquier momento mientras viajábamos hacia la costa, pero prefiero mantenerme alerta. Y de ahí que nos encontremos en esta destartalada posada en este momento.

–Es una precaución razonable.

–Espero que sigas pensando lo mismo después de dormir entre sábanas húmedas por las goteras.

–¿Has dormido antes aquí?

Él sonrió de oreja a oreja.

–No subestimes nunca los contactos de alguien que ha sido ladrón, carterista y comerciante de mercancías ilegales.

–¿También fuiste contrabandista?

–Los contrabandistas tocan tierra a lo largo de toda la costa, y entonces usan una red de agentes que se encargan de llevar la mercancía al interior del país. El jefe para el que yo trabajaba en aquella época nos mandaba a distribuir encaje, seda y brandy por los que no se habían pagado impuestos. Los compraban clientes dispuestos a adquirir ese tipo de mercancía clandestina. Era un negocio rentable, siempre y cuando no te pillaran los agentes de la ley.

–No hay duda de que has vivido una vida repleta de aventuras.

–No más que tú. *Émigreé* que huye de Nantes amparada por la oscuridad de la noche, mujer que regresa a la «Nueva Francia», esposa de un soldado, viuda doliente disfrazada de soldado herido que atraviesa un campo de batalla sembrado de los cuerpos de dos ejércitos, anfitriona en Viena, costurera de incógnito, anciano, ayuda de cámara, monje, granjera, vendedora de naranjas...

Ella había sonreído mientras oía aquella enumeración, pero el último disfraz mencionado hizo que recordara París y cómo había terminado su búsqueda.

–Y ahora vuelvo a ser Elodie... la Elodie que no tiene un hogar, ni familia, ni a su hijo –la voz se le quebró al pronunciar aquella última palabra. Se desplomó en la silla, abrumada por la desesperanza y el cansancio.

Will posó una mano sobre la suya.

–Al menos ya no tienes que preocuparte por St Arnaud.

–Puede que no –soltó un suspiro y alzó la mirada hacia él–. Le doy gracias a Dios porque mi hijo está a salvo, pero eso no me quita el dolor de haberlo perdido.

–No hay que perder las esperanzas, y...

Ella le tapó la boca con la mano para silenciarlo.

–¡Por favor, Will, ya basta de planes y maquinaciones! No lo soporto más.

Supuso que él se dio cuenta de lo cerca que estaba

aún de derrumbarse por completo, porque se mantuvo callado cuando ella le quitó la mano de la boca. La tomó de la mano y se la acarició mientras la miraba con ojos llenos de comprensión.

–Ojalá pudiera ayudarte, sé lo mucho que has perdido.

Aunque la mente racional de Elodie apreciaba aquel intento de empatizar con ella, el animal herido que tenía dentro se revolvió contra él.

–¡No digas tonterías!, ¡tú no sabes nada! *Je te jure*, ¡no tienes ni idea de lo que siento!

–Grítame todo lo que quieras, pero te aseguro que te estoy diciendo la verdad. Tenía cinco años cuando sostuve la mano de mi madre mientras la veía morir.

La expresión de su rostro la silenció de golpe y la furia que sentía se desvaneció. En ese momento entendió por qué él nunca había querido hablar de su infancia. Cinco años, casi la misma edad de Philippe... y ella había pensado que sacar a su hijo del que para él era su hogar supondría un impacto demasiado grande para el pequeño.

La compasión que la recorrió estaba teñida de una profunda vergüenza por su propio comportamiento.

–Lo siento muchísimo, Will –susurró.

–Ella era el único ser del mundo que me había cuidado, que había intentado protegerme.

Hablaba en voz baja, tenía la mirada perdida y daba la impresión de que ni siquiera era consciente de que ella estaba allí. La angustia que se reflejaba en sus ojos revelaba que estaba reviviendo su doloroso pasado.

–Siempre estaba hambriento y vestía harapos, pero

incluso siendo tan pequeño sabía que ella se esforzaba por darme todo lo que estaba en sus manos.

Elodie no supo qué decir para devolverle al presente, para arrancarle del abismo emocional en el que había caído, pero él sacudió la cabeza como si estuviera desprendiéndose de los recuerdos y la miró con una sonrisa de disculpa.

—Ya te dije que no es una historia edificante.

—¿Cómo lograste sobrevivir?

—En aquel entonces ya conocía a los niños de la calle, aunque mamá había intentado evitar que me juntara con ellos. Me encontraron en el mercado cuando estaba revolviendo la basura junto a otro niño un poco más pequeño, buscando los productos que los comerciantes desechaban pero que aún se podían comer. Cuando dos de ellos intentaron llevarse lo que el crío más pequeño había encontrado, me enfrenté a ellos y su cabecilla, un chico mayor que los demás, detuvo la pelea. No me cabe duda de que habría podido acabar conmigo de un puñetazo, pero les ordenó a los demás que me dejaran tranquilo, me dijo que le había gustado verme luchar con tantas agallas y que les vendría bien tener otro miembro con buenos puños. De modo que entré a formar parte del grupo y me enseñaron a desenvolverme en las calles.

—¿A robar?

—Robar, colarme en casas, abrir cerraduras, hacer trampas jugando a las cartas, pelear con cuchillo. También aprendí a hacer juegos de manos y algún que otro truco de magia para entretener a los incautos mientras un compañero mío les robaba. Lo más difícil fue llegar a ser lo bastante bueno jugando a las cartas como para ganar sin necesidad de hacer trampas.

—Supongo que fue todo un desafío cuando el conde te llevó a Swynford Court.

Él se echó a reír y esbozó una sonrisa impenitente al contestar:

—Para entonces estaba cerca de convertirme en uno de los cabecillas de mi jefe, y me resistí con todas mis fuerzas a que el hermano del ricachón que había abandonado a mi madre me llevara sin más al campo; además, no estaba dispuesto a intercambiar a mis compañeros por tres primos finolis. Tanto Alastair como Dom sintieron la misma animadversión inicial hacia mí que yo hacia ellos, pero Max no. Para él era diferente, lo único que le importaba era que la sangre de los Ransleigh corría por mis venas, y estaba decidido a convertirme en uno por mucho que le costara.

—¿Cómo lo logró? Supongo que no se lo pusiste nada fácil.

—Y que lo digas. Después de ganarse mi respeto a base de puñetazos, usó un poco de todo... persuasión, desafíos, empatía, acicates, recompensas... cuando el verano llegó a su fin y para sorpresa de Alastair y Dom, que habían apostado a que mi transformación era imposible, Max me había inculcado un comportamiento caballeroso mínimo que bastó para que el conde accediera a no llevarme de regreso a los bajos fondos de Londres.

Elodie se estremeció al imaginarse los peligros que corría un niño en las calles.

—¡*Grace à Dieu* que no te mandó allí de nuevo!

—Sí, yo también le doy las gracias a Dios. Max me

salvó la vida, así de simple. Pero conseguir el visto bueno del conde no fue más que el primer paso. Eton y Oxford fueron mucho más difíciles en muchos sentidos, porque allí no tenía que superar una única prueba, sino una tras otra. Fue Max quien me enseñó que siempre habría matones dispuestos a pegarme y señoritos de rancio abolengo deseosos de dejarme en evidencia, pero que era más inteligente ganarles la batalla a base de ingenio que con los puños. Ya de joven se le notaba que la diplomacia era algo innato en él, y sabía que mi orgullo me impediría aceptar su dinero. Aunque el conde me pagó los estudios, no me asignó una paga, y Max y mis primos incitaban a nuestros compañeros a que jugaran a las cartas o a los dados conmigo, o a que hicieran apuestas cuando hacía alguno de mis trucos de magia. En Eton siempre lograba ganar lo suficiente para comprar un pastel de carne, y en Oxford un suculento filete y una jarra de cerveza.

—Ah, fue allí donde perfeccionaste tus fascinantes truquitos.

Él le enmarcó la barbilla entre las manos y la instó a alzar la cabeza para que le mirara a los ojos.

—¿Entiendes ahora por qué soy tan leal a Max y a mis primos?, ¿por qué el vínculo que nos une es tan fuerte como el de una madre con su hijo?

Ella supuso que estaba diciéndole aquello porque quería hacerle entender por qué, a pesar de todo lo que habían compartido, seguía estando dispuesto a sacrificarla para redimir a su primo. Creía que a aquellas alturas estaba insensibilizada por completo, pero sintió que una punzada de angustia le atravesaba las entrañas.

—Ver todo lo que has hecho desde que partimos de Viena me ha servido para entenderlo, Will. Yo también respeto a *monsieur* Max, me trató con consideración e incluso intentó protegerme de St Arnaud. Recuperar a mi hijo era mi razón de ser, ningún otro motivo me habría obligado a tenderle una trampa a uno de los pocos caballeros que he conocido en toda mi vida. Tu primo no se ofreció a ayudarme por algún motivo ulterior, sino llevado por una preocupación sincera.

Al igual que todo lo demás, esa historia la llevó de vuelta a la pérdida de su hijo. El recuerdo la golpeó como una puñalada en el pecho.

—*Mon Dieu*, es incluso peor saber que le engañé para nada, que acabé perdiendo a mi hijo a pesar de todo. Por lo menos ahora puedo resarcirle cumpliendo con mi parte del trato que hice contigo. Estoy dispuesta a testificar lo que me pidas para demostrar la inocencia de tu primo y restaurar su buen nombre.

Él vaciló por un instante antes de admitir:

—No sé si eso es buena idea.

—¿Por qué? —le preguntó, desconcertada—. Para eso me has arrastrado por toda Europa durante estas semanas, ¿no?

—Sí, pero tu testimonio podría tener... severas consecuencias si, en vez de considerarlo un asunto personal que solo afecta a la reputación de Max, el Ministerio de Asuntos Exteriores decidiera abrir una investigación oficial. La pena por ser declarado cómplice del intento de asesinato de un comandante aliado...

A Elodie no le hizo falta que él acabara la frase para saber que esa pena podría ser un largo tiempo en prisión o incluso la muerte.

–Sí, existe la posibilidad de que ese sea el resultado de todo esto, pero de Merlonville y Armitage no comentaron en ningún momento que alguno de los dos gobiernos quisiera iniciar una investigación formal. Incluso suponiendo que así fuera, será tal y como tú mismo me dijiste en Viena: una vida por otra. No me parece mal. *Monsieur* Max llegaría a ser un gran hombre con poder para hacer mucho bien, y, en cuanto a mí, tendría la oportunidad de hacer una última buena obra, y entonces... entonces ya no tendré valor alguno para nadie.

Él le sostuvo la mirada durante un largo momento antes de susurrar:

–Para mí sí.

Elodie sintió que su maltrecho corazón sangraba aún más al ver la ternura que había en sus ojos.

–Mi dulce Will... –le dijo, mientras intentaba sonreír.

La fuerte atracción que había entre ellos no cambiaba en nada la dura realidad. El viaje desde Viena había sido un interludio único e incomparable en el que habían pasado de ser tentativos cómplices a admirarse mutuamente, a entablar una sólida amistad y a convertirse en los más apasionados de los amantes, pero ya estaba a punto de llegar a su fin.

El necio y maltrecho corazón, al que creía incapaz de volver a sentir, se contrajo en un espasmo de dolor ante la idea de perder también a Will, y la instó de forma instintiva a que buscara la forma de pasar más tiempo junto a él, de retrasar como fuera el momento de la despedida, pero ella se negó a escucharle.

La costa inglesa asomaba al otro lado de una estrecha franja de aguas inquietas, y ella nunca había sido una persona dada a negar la realidad. Había llegado el momento de llevar hasta sus últimas consecuencias el trato que había hecho con Will.

Le apartó la mano con suavidad y tomó un sorbo de vino antes de decir:

–Supongo que has usado tu magia para conseguirnos un barco y buen tiempo para mañana. Será mejor que descansemos si tenemos que salir temprano.

Will estaba muy serio y abrió la boca como para decir algo, pero ella le tapó los labios con la mano.

–No hay nada más que decir. Duerme y descansa, Will. *C'est presque fini*, estás a punto de lograr tu objetivo.

Dejó el vino sobre la mesa y se desvistió hasta quedar en camisola antes de meterse en la cama. Soltó un suspiro al reclinarse contra la almohada. En el vacío que la llenaba, un vacío en el que solo brillaba la cálida llama de sus sentimientos por Will, la decisión de testificar pasara lo que pasase aportó algo de paz.

No habría sabido decir cuándo había tomado aquella decisión durante las largas y silenciosas horas de viaje hacia la costa desde París, conforme su destrozado corazón iba asimilando el hecho de que había perdido definitivamente a Philippe. Podía pagar la deuda que le debía a Max Ransleigh, quedar en paz con él. Se sentía como una persona que acababa de quedarse ciega, era incapaz de ver un futuro más allá del momento en que tuviera que testificar.

–Que tengas una vida llena de felicidad y logros, Philippe, *mon ange* –susurró, mientras una oleada de agotamiento la arrastraba a un profundo sueño.

Will se tumbó exhausto junto a Elodie. Durante la conversación que acababan de mantener había ardido en deseos de interrumpirla, de asegurarle que estaba equivocada, de decirle lo única y hermosa que era, pero, seguro que ella se tomaba tales comentarios como meras palabras vacías. Aún no había ideado la forma de sacarla de la situación que ella había descrito de forma tan descarnada. Como ella misma había dicho, en ese momento era una mujer que no tenía ni un hogar, ni familia, ni a su hijo.

Quería confesarle que era demasiado importante para él como para sacrificarla para conseguir la redención de Max, pero, teniendo en cuenta que todos los pasos que había dado desde su llegada a Viena se habían encaminado en esa dirección, sabía que iba a ser muy difícil convencerla de que estaba siendo sincero.

Estaba debatiéndose entre dos lealtades opuestas. No sabía cómo reconciliarlas ni cómo darles voz, así que optó por un lenguaje infalible: volvió con suavidad el cálido y laxo cuerpo de Elodie hasta tenerla cara a cara y la besó.

Ella murmuró adormilada, le rodeó la cabeza con los brazos y, se apretó aún más contra él. Empezó a acariciarla mientras profundizaba más el beso, y, cuando ella abrió las piernas en una clara invitación, la penetró y le demostró con boca, manos y cuerpo cuánto la adoraba.

Después, mientras ella dormía entre sus brazos exhausta y satisfecha, Will permaneció despierto. El dilema que le atormentaba le impedía dormir, su mente le daba vueltas y más vueltas a lo que habían hablado como la rueda de una ruleta en la que el crupier aún no ha depositado la bola.

Tanto en sus primeros años de vida como durante su estancia en el ejército, su supervivencia había dependido de que tomara la decisión correcta en un abrir y cerrar de ojos, pero todo era distinto con Elodie. Desde las dudas que había tenido en Viena al principio hasta la traición de su huida y la reconciliación en París, había ido aplazando el momento de decidir cuál iba a ser su última jugada en aquella partida, pero la llegada a Inglaterra era inminente y tenía que tomar una decisión de una vez por todas. El problema era que aún no estaba seguro de lo que iba a hacer.

Le debía la vida a Max, pero había llegado el momento de admitir que Elodie se había adueñado de su corazón.

Había vagabundeado de acá para allá toda su vida y nunca se había planteado crear un hogar en alguna de las pequeñas propiedades que había ido adquiriendo durante los últimos años, nunca había pensado en casarse ni en tener hijos.

Ella no tenía un hogar, pero lo mismo podía decirse

de él. Así que no podía ofrecerle uno, y su única familia eran sus primos. Su tío cortaría el tenue vínculo que les unía sin dudarlo y, si incumplía la promesa que le había hecho a Max y se ponía del lado de la mujer que le había arruinado la vida, también perdería a sus primos.

Deseó que Max viviera en la punta de Northumberland para no tener que tomar una decisión.

Aún daría la vida por salvar la de su primo, pero ya no estaba dispuesto a permitir que Elodie diera la suya. Había estado evadiendo la realidad desde el incidente con Armitage cerca de Karlsruhe, pero, después de estar a punto de perderla de nuevo, no podía seguir negándose a admitir la verdad: se había enamorado de Elodie Lefevre.

No habría sabido decir cómo esperaba que fuera el amor, pero no era esa imagen irreal de corazoncitos, flores y joyas para intentar conquistar a la dama, y lograr acostarse con ella, que se había imaginado. No, más bien era un vínculo visceral que hacía que el aire fuera más fresco, el sol más brillante, y que el vino pareciera más dulce porque ella lo compartía con él. Era un profundo deseo de poseerla, de unirse a ella y de satisfacerla que parecía acrecentarse en vez de menguar cuanto más tiempo pasaban juntos. Era sentir que, si la perdía, la vida carecería de alegría, excitación y placer, que se quedaría como un autómata que se movía gracias a engranajes y palancas pero estaba vacío por dentro.

La simple y llana realidad era que no podía perderla.

Aquella admisión no le aclaraba en nada el camino

a seguir. Elodie le deseaba, pero no había dado indicación alguna de que sintiera algo por él que fuera más allá de un simple afecto; en todo caso, al margen de si ella compartía o no sus sentimientos, no iba a llevarla a testificar ante el Ministerio de Asuntos Exteriores. Por mucho que dijeran Armitage y de Merlonville, era demasiado arriesgado, ya que el hecho de testificar podía llevarla a la cárcel o incluso al patíbulo.

Tenía pensado dejarla en una de sus propiedades antes de ir a Londres él solo para tantear el terreno e intentar encontrar pruebas suficientes para restaurar el buen nombre de Max, pero quizás no sería mala idea que fueran a ver a su primo antes de nada. Max estaba mucho más familiarizado con los tejemanejes de los de Asuntos Exteriores, y estaría más capacitado para saber si había alguna forma de que Elodie le absolviera sin tener que testificar en persona.

Se planteó si sería posible que ella hiciera una declaración jurada, y encargarse él mismo de entregársela a las autoridades después de sacar a Elodie de Inglaterra y ponerla a salvo.

Se le aceleró el corazón mientras le daba vueltas a aquella posibilidad, pero su entusiasmo fue efímero. Si Max pensaba que la única forma de restaurar su buen nombre era que Elodie testificara ante un tribunal londinense, era posible que le presionara a él para que la llevara a la ciudad, y, teniendo en cuenta lo baja de ánimo que estaba, no sería de extrañar que ella accediera a ir sin más.

Quizás sería preferible bordear en barco la costa sur hasta llegar a Falmouth, y poner rumbo a las Américas... el problema radicaba en que no llevaba encima dinero suficiente para un viaje así, de modo que antes tendría que ir a ver a sus banqueros de Londres.

A lo mejor lo que tenía que hacer era ir a ver a Max y explicarle en privado la razón por la que iba a romper la solemne promesa que le había hecho. Su primo nunca había sido rencoroso; incluso suponiendo que pudiera perder para siempre la carrera política que le correspondía por méritos propios si él no cumplía con lo prometido, seguro que no le obligaba a arriesgar la vida de la mujer a la que amaba.

Se le encogió el estómago ante la mera idea de mirar a la cara al hombre al que más le debía del mundo y admitir que iba a incumplir la promesa que le había hecho. El conde se limitaría a decir de él que no podía perder un honor que nunca había tenido, pero Max siempre había creído en él.

De modo que, si estaba dispuesto a traicionar a Max, y parecía ser que sí, sería mejor romper por lo sano... pasar por Kent sin ir a verle, ir a Londres, conseguir los fondos necesarios y poner rumbo a Cornwall de inmediato para zarpar. Podría escribirle una carta a Max más adelante, cuando Elodie estuviera sana y salva en América y fuera del alcance de las autoridades tanto de Francia como de Inglaterra.

La idea de dejar atrás a la única familia que había tenido, de perder el respeto del hombre cuya opinión valoraba por encima de cualquier otra, le desgarró el corazón. Salió de la cama y empezó a caminar con nerviosismo de un lado a otro. Después de recorrer varias veces la habitación, se quedó mirando a Elodie y supo sin lugar a dudas que si tenía que elegir entre

Max y ella, entre primos, amistad, familia y honor por un lado y Elodie por otro... la elegiría a ella.

Iban a ir directos a Londres, conseguirían los fondos necesarios y partirían rumbo a las Américas.

Aún notaba en la boca el amargo sabor de la traición cuando se dio cuenta de que el hecho de marcharse de inmediato de Inglaterra solo serviría para acrecentar aún más su deshonor. Max había creído en él, le había apoyado desde que eran niños, no podía desaparecer sin hablar con él. Si iba a quebrantar su promesa y a destruir para siempre las aspiraciones políticas de su primo, al menos tenía que decírselo cara a cara. Se lo debía.

No estaba dispuesto a añadirle a su deshonra la blanca pluma de la cobardía. Era posible que Max intentara hacerle cambiar de opinión, pero estaba convencido de que, por el vínculo que les unía, jamás intentaría impedir que se marchara ni pondría a Elodie en peligro alertando a las autoridades para que les persiguieran.

De modo que al día siguiente iban a zarpar en el barco de un contrabandista en dirección a la costa de Kent, y al llegar a Inglaterra irían a ver a Max. Le confesaría lo que pensaba hacer, recibiría insultos o buenos deseos, y entonces conduciría a Elodie a las Américas sana y salva.

Teniendo en cuenta lo desesperanzada y desanimada que estaba, era posible que no quisiera marcharse con él, pero ya encontraría la forma de convencerla. Seguro que a ella acababa gustándole vivir allí. Podrían vivir multitud de nuevas aventuras y explorar todo un continente en el que no habría río ni prado alguno manchado por angustiosos recuerdos del pasado. Quizás podrían acabar yendo a la colonia de francoparlantes de Nouvelle Orleans. No sería mala idea contactar con su amigo Hal Waterman para informarse de las posibilidades de inversión que había en aquella nueva tierra.

El peso que había estado oprimiéndole el pecho se aligeró un poco, y sintió un optimismo y una paz que daban fe de que estaba tomando la decisión correcta. Aunque aún le dolía verse obligado a fallarle a Max, volvió a acostarse y se durmió al fin con Elodie entre sus brazos.

Capítulo 18

Tres días después, en una tarde gris y lluviosa, Will y Elodie detuvieron sus cansadas monturas frente a unas grandes y elaboradas puertas de hierro forjado que tenían en el centro la imagen de un caballo al galope. Tenían la ropa salpicada de barro y estaban agotados.

–Esto debe de ser Denby Lodge –comentó él, antes de desmontar y de llamar a la puerta–. La verdad es que un baño y una buena cena me vendrán de maravilla.

–Sigo pensando que yo tendría que haberme quedado en la posada de ese último pueblo por el que hemos pasado –afirmó ella.

Había llegado el momento de dar la cara ante Max Ransleigh, y la ansiedad estaba filtrándose a través de la neblina de letargo que la había envuelto mientras cruzaban el canal. Will había logrado como por arte de magia una buena mar y una travesía rápida, y en los dos días posteriores de raudo viaje a caballo tampoco habían tenido contratiempo alguno.

–Seguro que *monsieur* Max te ofrecerá encantado

su hospitalidad, pero dudo mucho que se alegre tanto de verme a mí.

–No te preocupes, ten en cuenta que Max es un diplomático –le dijo él, mientras de la casa del guarda salía un hombre bastante mayor que se acercó a toda prisa para abrir las puertas–. Va a recibirte con una cortesía tan depurada, que no tendrás ni idea de lo que está pensando por dentro –se volvió hacia el guarda y le preguntó–: ¿Hay que seguir todo recto para llegar a la casa principal?

El hombre le hizo una reverencia antes de contestar.

–Sí, señor. Sigan recto hasta dejar atrás los establos y los potreros, verán la casa a su derecha cuando el camino llegue al final de la arboleda.

Después de darle una moneda y de agradecerle la información, Will le indicó a Elodie que cruzara las grandes puertas y entonces montó a lomos de su caballo. Siguieron el camino de grava y, mientras trotaban junto a verdes prados cercados, se volvió a mirarla y comentó:

–El Denby Stud es muy famoso, varios de mis compañeros de la caballería le compraron sus monturas a sir Martin y estaban encantados con la calidad que tenían... rápidos, de huesos fuertes, con mucho aguante y buen comportamiento –se echó a reír y añadió–: Aunque debo admitir que no entiendo qué es lo que hace Max aquí para ocupar su tiempo. Siento curiosidad por conocer a Caroline, su esposa; según mi primo Alastair, no se parece en nada a las mujeres que solían atraerle. Max siempre ha preferido a damas de belleza deslumbrante y de un encanto atrayente, así que una criadora de caballos es todo un cambio para él.

A ella le sorprendió que se mostrara tan parlanchín después de unos últimos días en los que apenas habían hablado; justo cuando estaba a punto de preguntarle al respecto, se dio cuenta de lo que sucedía: había llegado a conocerla tan bien que debía de haber notado lo intranquila que estaba. Estaba contándole todo aquello para informarla acerca de la finca y su propietaria, a la que estaba a punto de conocer, pero también para distraerla y que dejara de preocuparse por el inminente encuentro con Max.

La consideración con la que la trataba volvió a iluminar con su cálida luz el vacío que tenía dentro. Deseó haberle conocido años atrás, cuando era joven y aún tenía el corazón intacto, cuando aún creía en un futuro lleno de posibilidades, pero iba a tener que conformarse con saborear todos y cada uno de los momentos que le quedaran junto a él, que seguro que eran escasos.

Decidió que, si él tenía la amabilidad de intentar animarla, lo mínimo que podía hacer era contestar.

–Es una finca impresionante.

–Sí, los campos y las cercas están en excelentes condiciones. ¡Mira, mira aquella colina de allí! –señaló hacia la izquierda, hacia una manada de caballos–. ¡Hay yeguas con sus potros! –observó a los animales durante unos segundos antes de comentar–: Todos los ejemplares son unas verdaderas bellezas. Da la impresión de que la esposa de Max está manteniendo el alto nivel de exigencia que estableció su padre.

Después de cabalgar durante media hora junto a pastos y caminos secundarios que conducían a distantes cabañas con techo de paja, aún no habían visto ni una cuadra ni un potrero, y Elodie comentó:

–Este sitio parece enorme.

–Sí, es mayor de lo que esperaba. Me alegro de haberle preguntado al guarda cómo se llega a la casa, porque, de no haberlo hecho, me temo que nos habríamos extraviado. Ah, por fin... ¡en aquella loma hay una cuadra!

Después de pasar junto a una impresionante serie de cuadras rodeadas de potreros en los que se entrenaba a los potros, el camino entró al fin en una arboleda y giró hacia la derecha. Al final de la arboleda vieron una hermosa mansión en la cima de una pequeña colina, flanqueada de robles y arbustos.

Elodie estaba tan nerviosa que se le secó la boca y sintió un cosquilleo en el estómago. No sabía si Max Ransleigh iba a darle la bienvenida o si iba a echarla de su finca.

Antes de que se diera cuenta, habían llegado a la casa y un criado salió a hacerse cargo de los caballos. Cuando un mayordomo les dio la bienvenida y les condujo a un saloncito, procuró pasar desapercibida y se colocó detrás de una butaca que había junto a la chimenea. Will, por su parte, se quedó de pie junto a la repisa y aprovechó para calentarse las manos.

Teniendo en cuenta que estaba a punto de lograr su objetivo, esperaba verle entusiasmado, impaciente por volver a ver a su primo, triunfal por haber conseguido llevar hasta allí a la persona que podía atestiguar que se había cometido una injusticia con su primo Max. Por eso le extrañó ver que parecía estar tan tenso como ella misma; de hecho, daba la impresión de sentirse incluso incómodo.

Antes de que tuviera tiempo de darle más vueltas al asunto, se abrió la puerta y entró en el saloncito Max Ransleigh, tan apuesto e imperioso como ella le recordaba.

—¡Por fin apareces, bribonzuelo! —exclamó, antes de acercarse a Will y darle un fuerte abrazo—. Tendría que darte una paliza por regresar a Inglaterra y volver a marcharte sin tener al menos la cortesía de venir a conocer a mi esposa.

Justo cuando Elodie pensaba que su presencia le había pasado desapercibida, se volvió hacia ella y la saludó con una reverencia.

—Bienvenida a mi casa, *madame* Lefevre. Mi primo Alastair me dijo que Will pensaba traerla a Inglaterra, y ya veo que lo ha logrado.

Ella hizo una profunda reverencia y le miró con cautela al incorporarse. Si estaba enfadado, lo disimulaba bien, porque tanto su sonrisa como su saludo parecían sinceros. O estaba haciendo gala de sus dotes para la diplomacia o estaba mostrando una capacidad de perdón muy superior a la que ella merecía.

—Es muy amable de su parte recibirme, *monsieur* Ransleigh. Tendría todo el derecho de escupirme y echarme de su casa.

Él la contempló con aquella mirada perspicaz y perceptiva que Elodie recordaba a la perfección.

—Para serle sincero, puede que lo hubiera hecho hace un año, pero todo ha cambiado desde entonces.

—Lamento profundamente el daño que le causé.

Permítame que le asegure que estoy dispuesta a hacer lo que haga falta para enmendar la situación.

—Ya hablaremos de eso más tarde —apostilló Will.

—Sí, dejémoslo para después —asintió Max—. Por ahora, me alegra verla sin magulladuras, *madame*. Deduzco que Will la ha cuidado bien.

Ella recordó por un instante el increíble y maravilloso viaje, y lo bien que la había cuidado Will. Contuvo las ganas de llorar al pensar que el tiempo que tenían para estar juntos había llegado a su fin.

—Sí, de maravilla.

—Me alegro —los ojos de Max se iluminaron de repente y en su rostro apareció una cálida sonrisa—. ¡No sabía que tenías intención de bajar, Caro! Ven a conocer a nuestros huéspedes, querida.

Elodie se volvió hacia la puerta y vio entrar a una mujer esbelta y ataviada con un vestido sencillo, pero cuyo tono verde realzaba los reflejos cobrizos de la oscura trenza enroscada que le coronaba la cabeza. La recién llegada miró con ojos de un verde tan vívido como el musgo de primavera a su marido, que se acercó a ella y le pasó un brazo por los hombros.

—¿Te sientes con fuerzas para estar levantada?

—Estoy bien. Cuando Dulcie me ha dicho que se acercaban varios jinetes, he decidido bajar de inmediato. Denby Lodge está bastante aislado y no solemos recibir visitas inesperadas —se volvió hacia Will y comentó—: No hace falta que me digas quién es este caballero, ¡seguro que es Will! Alastair ya me había comentado que Max y usted se parecen mucho.

—Ha acertado. Will Ransleigh, para servirla —le dijo él, sonriente, antes de saludarla con una reverencia–. Alastair me aseguró que era una mujer encantadora y con mucho talento, y veo que se quedó muy corto en ambos sentidos. Mientras veníamos hacia la casa hemos disfrutado viendo sus extensos campos, hacía mucho que no veía unas yeguas y unos potros tan magníficos.

–¡Qué lisonjero es! La mejor forma de conquistar mi corazón es alabando a mis caballos.

–Ya te advertí que mi primo es todo un granuja, querida –le dijo Max.

Will se colocó junto a Elodie y le puso una mano en el brazo en un gesto protector.

–Señora Ransleigh, permita que le presente a Elodie Lefevre.

–Bienvenida a mi casa.

Caro le ofreció la mano a Elodie, que se la estrechó tras vacilar por un instante.

–¿Por qué no llevas a *madame* Lefevre a uno de los dormitorios de arriba, Caro? Mientras tanto, Will y yo aprovecharemos para conversar y ponernos al día.

Al ver que Will le lanzaba una mirada a su primo y la sujetaba de la mano con más fuerza, Elodie le dijo en voz baja:

–No te preocupes, no voy a intentar huir de nuevo.

–No es eso, es que... me siento mejor cuando te tengo cerca.

Max les contempló sonriente y comentó:

–No tienes nada de qué preocuparte, primo, Caro va a cuidarla incluso mejor que tú mismo. Parece exhausta, *madame* Lefevre. Le sugiero que descanse un poco antes de la cena. Perdona que te lo diga, Will, pero creo que después de que hablemos no te vendría nada mal darte un baño.

–Venga conmigo, *madame* –dijo Caro–. No hay nada mejor después de un largo día a caballo que disfrutar de un relajante baño. Haré que le suban té y unas galletas para que mate el hambre hasta la cena. Hasta luego, caballeros.

Elodie salió del saloncito con ella sin rechistar. Fueron por el pasillo hacia la escalera y, una vez arriba, su anfitriona la condujo a un amplio dormitorio que daba a la parte delantera de la casa, y desde donde alcanzaban a verse las cuadras en la distancia.

Caroline le había caído bien de inmediato. Era una mujer que estrechaba la mano con la firmeza de un hombre, que vestía con sencillez y cuya actitud llana y directa indicaba que tenía seguridad en sí misma y no le hacía falta intentar impresionar a nadie.

Aunque Will le había advertido que era distinta al tipo de mujer que solía atraer a Max en el pasado, lo cierto era que se había sorprendido al verla, porque no había duda de que no se parecía en nada a la hermosa y seductora Juliana Von Stenhoff, la amante de Max durante el Congreso de Viena. Juliana no habría recibido a una visita vestida con tanta sencillez, y tampoco habría perdido la oportunidad de intentar seducir a un hombre tan apuesto como Will.

Lo último acrecentó aún más la simpatía que sentía hacia Caroline Ransleigh, aunque seguro que el sentimiento no sería mutuo cuando Max le explicara a su esposa quién era ella.

Después de invitarla a que se sentara en la butaca que había junto a la chimenea, su anfitriona procedió a darles instrucciones a los criados que estaban metiendo una bañera de cobre mientras una doncella encendía la chimenea. Poco después llegó un mayordomo que dejó la bandeja del té sobre una mesita auxiliar, y una pecosa doncella hizo una reverencia antes de meter las alforjas de Elodie.

–Estaré encantada de lavar sus cosas si lo desea, señora –dijo la joven.

Fue Caroline la que contestó:

–Excelente idea, Dulcie –miró a Elodie de arriba abajo y comentó–: Supongo que no tiene ropa limpia después de un viaje tan largo. Está un poco más delgada que yo, pero tenemos una estatura similar. Puedo prestarle algo de ropa mientras la suya se está lavando.

La idea de ponerse un vestido limpio y que sin duda estaría en mejor estado que los pocos que aún le quedaban la entusiasmó casi tanto como el baño que estaba a punto de darse.

El hecho de que la esposa de Max, que parecía ser una mujer directa que no usaba los artificios típicos de un diplomático, le ofreciera su ropa, parecía confirmar que no sabía el papel que ella había jugado en la vida de Max; de saberlo, seguro que se mostraría mucho menos cordial. Se sintió culpable y decidió contarle la verdad antes de que tuviera más atenciones con ella, pero estaba preguntándose cómo iniciar su relato cuando su anfitriona se sentó también y sirvió dos tazas de té.

–Tenga, la ayudará a entrar en calor. Qué día de verano tan desapacible, ¿no? Debe de estar helada después de cabalgar bajo la lluvia.

Elodie le dio las gracias con voz queda. Justo cuando acababa de tomar un primer trago de té, llamaron a la puerta y una mujer mayor entró con un pequeño fardo entre los brazos.

—Dulcie me ha dicho que estaba aquí, señorita Caro, y que querría ocuparse del joven señor en cuanto despertara.

—¡Andrew, cielo mío!

A la señora Ransleigh se le iluminó el rostro y tomó entre sus brazos el fardo, que resultó ser un recién nacido bien tapadito.

Elodie soltó una exclamación ahogada y dejó caer la taza sobre el platillo a juego, pero ella tenía la mirada fija en el rostro del bebé y ni se dio cuenta.

Los recuerdos se arremolinaron en su mente y vio en una rápida sucesión de imágenes unos ojos vivaces, una boquita de piñón y unos bracitos moviéndose... Philippe, recién nacido, observando el mundo que le rodeaba. Le vio andando, tambaleante como un marinero borracho, cuando a los nueve meses decidió ponerse de pie y empezar a andar. Le vio más crecidito, cuando observaba con curiosidad todos los objetos que le llamaban la atención y hacía una pregunta tras otra... «¿Qué es?, ¿qué hace?, ¿por qué?».

Y vio al niño al que había dejado en París, mirando con aquella intensa mirada a los soldaditos que estaba colocando con meticulosidad en formación de combate.

Como si hubiera estado al acecho, esperando a que se confiara y pensara que lo peor ya había pasado, el dolor por su pérdida la atacó con la fuerza de un garrotazo. No podía respirar ni moverse, no podía dejar de mirar al hermoso hijo de la señora Ransleigh, que era la vívida imagen de todo lo que había perdido.

—¡*Madame* Lefevre! ¿Le sucede algo?, ¿se siente indispuesta?

Oyó la voz de su anfitriona como en la distancia, a través de la neblina que le nublaba la mente. Al ver que estaba mirándola con preocupación, luchó por recobrar la compostura.

—No, estoy bien, de verdad —agarró con dedos temblorosos la taza de té y tomó un trago.

—¿Tiene hijos, *madame*?

—Sí, tengo... tenía un hijo —se mordió el labio para contener las ganas de llorar.

La señora Ransleigh la miró consternada y apretó a su hijo contra su pecho.

—¿Ha muerto? ¡Qué horrible tragedia!

—No, está vivo, pero vive en París. Una mujer ha estado cuidándole unos años en mi ausencia, se trata de una dama adinerada que pertenece a una importante familia. Él tiene una vida feliz y ella puede ofrecerle muchas ventajas, así que opté por... por dejarle allí.

—Pero le echa de menos.

—Con toda mi alma —se le escaparon varias lágrimas, pero se las secó con firmeza—. Su Andrew es un niño precioso, ¿qué tiempo tiene?

—Hoy cumple tres semanas. Es un niño muy robusto, su orgulloso papá ya está pensando en regalarle su primer poni.

Elodie sintió una punzada de dolor al recordar al traicionero caballito de juguete con ojos de cristal, pero se limitó a comentar:

—Va a tener que esperar unas cuantas semanas más para eso —estaba atrapada por la magnética atracción que el bebé ejercía sobre ella, y al final no pudo seguir conteniéndose. Alargó una mano y preguntó—: ¿Puedo tocarlo?

Esperó a que la madre asintiera antes de acariciarle la mejilla; al ver que el niño giraba la boca hacia sus dedos para intentar mamar, dejó que le succionara uno.

—Siempre está hambriento, en eso ha salido a su padre —comentó Caroline.

El niño rechazó el dedo después de succionar con fuerza, y su madre se echó a reír al ver lo enfurruñado que parecía.

—Conozco esa expresión. Será mejor que le amamante antes de que demuestre que tiene unos buenos pulmones. Ah, aquí está su agua caliente.

La doncella de la cocina y dos mozos entraron en ese momento con humeantes cubos de agua que echaron a la bañera. Tras ellos llegó la doncella personal de la señora Ransleigh con ropa limpia y una toalla; después de dejarlo todo junto a la bañera, miró a Elodie y le dijo:

—Avíseme cuando esté lista y vendré a ayudarla a vestirse, señora.

—La dejamos para que disfrute de su baño —la señora Ransleigh se puso de pie con su hijo en brazos.

Elodie le puso la mano en el brazo y le pidió:

—Disfrute de todos y cada uno de los momentos que viva junto a su hijo.

—Pienso hacerlo —Caroline vaciló antes de admitir—: Andrew es un verdadero milagro para mí. Casi todas las mujeres de mi familia han muerto al dar a luz y yo misma estuve a punto de sufrir el mismo destino, así que valoro muchísimo todo lo que tengo... a Andrew, a Max, estos establos y los caballos. Son mi vida, para mí todos ellos son regalos de un valor incalculable.

Elodie sonrió al oír aquello y comentó:

–No hay duda de que es una mujer inteligente.

–Lo cierto es que le estoy muy agradecida a usted –al ver que la miraba sorprendida, sonrió también y procedió a explicarse–. Sí, sé quién es usted y lo que sucedió en Viena, pero yo no habría llegado a conocer a Max si no le hubieran apartado de la política tras el intento de asesinato. Ahora no disfrutaría del amor más dulce que una mujer puede llegar a desear, ni habría tenido la dicha de darle un hijo; además, Max se siente feliz y realizado en este lugar.

Elodie no dudó ni por un momento que aquello fuera cierto. Ransleigh tenía una esposa que le adoraba y un hijo sano y fuerte, seguro que estaba en la gloria. Antes de que pudiera hacer algún comentario al respecto, su anfitriona añadió:

–Intenté resistirme a su encanto. Le animé a que regresara a Viena para buscarla a usted y para que intentara hacer todo lo posible por restaurar su buen nombre y retomar su carrera política, pero cuando empezó a trabajar conmigo descubrió que tenía un talento innato para el adiestramiento de los caballos; según él, se siente muy feliz con la vida que tiene aquí, y ni que decir tiene que yo quiero creerle.

Elodie se sintió un poco menos culpable al saber que a lo mejor no había echado a perder el futuro de

Max, que lo que había pasado en Viena había servido para mandarlo en una dirección diferente que incluso podría ayudarle a tener una vida más plena.

Fuera como fuese, seguía estando decidida a restaurar su buen nombre. Por mucho que él se sintiera feliz de momento adiestrando caballos, existía la posibilidad de que algún día quisiera regresar a los círculos de poder para los que había nacido, y, de ser así, ella quería asegurarse de que lo sucedido en Viena no se lo impidiese.

–¿Cómo no va a sentirse feliz con una esposa encantadora y un hijo precioso? En cualquier caso, le agradezco lo que me ha dicho.

El pequeño Andrew parecía haber decidido que debía recordarle a su madre que él estaba allí, porque empezó a moverse con nerviosismo y soltó un gritito de advertencia.

–Mi amo y señor me requiere –comentó ella, sonriente–. Disfrute de su baño. Aquí somos muy informales, así que cenamos pronto. Pídale a Dulcie todo lo que necesite, y la dejaremos descansar hasta la hora de la cena –besó al niño en la nariz para tranquilizarlo, se lo puso al hombro y salió de la habitación.

Elodie se quitó a toda prisa la mugrienta ropa que llevaba puesta, se metió en la bañera y suspiró de placer al hundirse en el agua perfumada. Ni en los momentos más difíciles había que privarse de disfrutar de un baño calentito.

Estaba tan cansada que el agua la relajó hasta el punto de adormilarla. Era posible que lo que había dicho la señora Ransleigh fuera cierto, que Max ya no estuviera enfadado por pasar de ser una estrella emergente del gobierno a un criador y adiestrador de caballos; de hecho, él mismo había admitido que todo había cambiado.

Ella le deseaba de corazón que el cambio fuera para mejor, pero estaba tan agotada y el agua resultaba tan deliciosamente relajante que se sentía incapaz de seguir pensando en el asunto. Seguro que Will y Max estaban hablando de ello en ese mismo momento.

Lo único que tenía que hacer ella era estar lista para cumplir por fin el trato que había hecho con Will... y sería entonces cuando tendría que verle salir de su vida.

Capítulo 19

Will sintió pánico cuando Caroline Ransleigh se llevó a Elodie del saloncito. No había tenido tiempo de asegurarle que estaba seguro de que no iba a intentar huir de nuevo, de explicarle que, después de las dos veces que habían intentado secuestrarla, no se sentía tranquilo cuando la perdía de vista.

Cuando apartó por fin la mirada de la puerta por la que ella acababa de salir, su inquietud se acrecentó aún más al ver que Max estaba observándole con atención. Con tal de no tener que decirle lo que estaba a punto de decirle, daría lo que fuera... lo que fuera, menos la vida de Elodie.

Ese hecho le ayudó a poner en perspectiva la situación, y tragó saliva mientras intentaba encontrar la forma de comenzar. La mera idea de cortar todo contacto con sus primos y perder la estima de Max era tan dolorosa que no había sido capaz de pensar ni de planear lo que iba a decir, tal y como habría hecho en condiciones normales antes de encarar un asunto de tanta gravedad.

Mientras él permanecía allí como un pasmarote, mirando vacilante a Max, este sacudió la cabeza y se echó a reír.

–Tendría que haber sabido que, si alguien podía encontrar a Elodie Lefevre... y yo mismo lo intenté en más de una ocasión... ese eras tú. Se trata de una tremenda y seguro que costosa cruzada que, según me dijo Alastair, te empeñaste en costear y llevar a cabo tú solo. No sé cómo expresarte la gratitud y la apreciación que siento.

Perfecto, su primo acababa de ingeniárselas para hacer que se sintiera incluso peor.

–Te agradezco que hayas recibido a Elodie con tanta amabilidad, no sé si yo habría sido tan comprensivo si me encontrara en tu lugar.

–Siempre has sido un impulsivo más dado a actuar con los puños que con las palabras –afirmó Max, sonriente.

–Y tú fuiste quien me enseñó a usar mi ingenio en vez de recurrir a la violencia.

–Hice lo que pude.

–Mi mejora, sea cual sea, se la debo a tu persistencia. En cuanto a *madame* Lefevre, sabes lo que hizo, pero no el porqué. Creo que es importante que estés enterado de todo –«puede que entonces entiendas un poco mejor por qué estoy a punto de traicionarte», pensó para sus adentros.

–De acuerdo, te escucho, pero algo me dice que será preferible que me cuentes tu relato mientras nos tomamos una copa de oporto.

Will asintió. Iba a necesitar toda la ayuda posible para superar la media hora que se avecinaba. Sabía que era muy probable que, después de la conversación que estaba a punto de mantener, tuviera que despedirse del mejor amigo que había tenido en toda su vida.

Después de tomar un trago de vino que le inundó de un reconfortante calorcito, le contó cómo había localizado a *madame* Lefevre y por qué se había visto obligada a participar en el intento de asesinato. Al principio habló a trompicones y con cierta vacilación, pero cuando empezó a describir cómo era Elodie y la vida que había tenido, las palabras empezaron a brotar de sus labios con mayor fluidez y las historias fueron sucediéndose una tras otra: Le contó a su primo lo mal que lo había pasado de niña cuando había huido con su familia de Francia, las dificultades a las que había tenido que enfrentarse siendo esposa de un soldado y cuando había enviudado, lo valerosa y tenaz que había sido en Viena cuando, después de la paliza que le había propinado St Arnaud y sin más apoyo que el de su doncella, había logrado sobrevivir, y por último cómo había regresado a París con él y había sufrido el devastador golpe de perder por segunda vez a su hijo.

No había vuelto a tocar el oporto desde aquel primer trago. Cuando terminó el relato, su primo le observó con la misma mirada inescrutable y penetrante de antes y comentó:

–Es una mujer excepcional.

–Sí, sí que lo es –consciente de que había llegado la parte más difícil y dolorosa, se armó de valor y le dijo–: Max, sabes incluso mejor que yo lo mucho que te debo. Le juré a Alastair que iba a encontrar a Elodie, que la traería a Inglaterra y la obligaría a confesar ante los de Asuntos Exteriores cómo te había involucrado en la trama de asesinato mediante engaños para que su testimonio corroborara lo que tú mismo habías testificado. Mi objetivo era lograr restaurar al fin tu buen nombre para que tuvieras la posibilidad de retomar la carrera política a la que habías aspirado desde que te conozco, pero lo que pasa es que... si va a Londres y las autoridades abren una investigación oficial, podrían acabar encarcelándola por ser cómplice en un intento de asesinato contra lord Wellington. Incluso podrían llegar a condenarla a morir en el patíbulo. No puedo permitir que corra ese riesgo.

–¿Estás seguro? Si su testimonio restaurara mi buen nombre, me resultaría posible revivir mi carrera política, ¡tendrías mi eterna gratitud! No sé cómo piensas salir adelante ahora que ya no estás en el ejército. Papá tendría que haberte asignado una paga cuando regresaste, pero, por mucho que me duela, debo admitir que no me extraña que haya olvidado su promesa como por arte de magia. Caro necesitará que alguien le eche una mano aquí si yo estoy en Londres, la cría de caballos es su vida entera y nunca renunciará a estos establos. Podrías ocupar mi puesto de administrador, ser nuestro intermediario en Newmarket y llevarte un porcentaje de las ventas. Mi esposa cría unos ejemplares excelentes, recibirías una buena suma de dinero. Dispondrías de un buen puesto de por vida, e incluso podrías ahorrar lo suficiente para adquirir tu propia finca si ese fuera tu deseo. Podrías convertirte al fin en un Ransleigh con raíces.

–¿Para qué?, ¿para ganarme el respeto de tu padre? —contestó Will con ironía—. Te agradezco el ofrecimiento, pero lo cierto es que ya he logrado acumular una fortuna más que respetable. Y aun suponiendo que no fuera así, no pondría en juego la vida de Elodie por nada del mundo.

—Está claro que la amas, ¿comparte ella tus sentimientos?

Will tragó saliva antes de admitir:

—No estoy seguro. Sé que me tiene aprecio, pero perder de nuevo a su hijo la ha destrozado. Yo creo que en este momento no es capaz de sentir nada.

—¿Que te tiene aprecio?, ¿estarías dispuesto a quebrantar tu palabra por una mujer que no sabes si te ama?, ¿alguien que no tiene la más mínima noción de las consecuencias que tendría el hecho de que no cumplieras con lo prometido?

No había duda de que a Max se le daba de maravilla usar la retórica para llegar al fondo de un asunto. Will sabía que, por muy desagradable que fuera, lo que acababa de decir su primo era la pura verdad, y se limitó a contestar:

—Sí.

Se quedó atónito al ver que Max se echaba a reír.

—¡Por fin! A Will el Jugador le ha ganado la partida una dama con mejores cartas que él —se puso serio y le dio una palmadita en el hombro—. Tal y como te he dicho cuando has llegado, no sabes cuánto aprecio y admiro todo lo que has hecho por mí, lo mucho que valoro el hecho de que viajaras a Viena en busca de *madame* Lefevre para traerla a Inglaterra. No sé si hay algún hombre en el mundo que merezca semejante lealtad. No te preocupes, te aseguro que no hace ninguna falta que pongas en peligro la vida de la mujer a la que amas.

—¿Significa eso que no estás enfadado? —no sabía qué pensar. La inesperada reacción de su primo le había tomado por sorpresa y no quería crearse esperanzas antes de tiempo—. En ese caso, ¿se puede saber por qué has intentado tentarme con el puesto de administrador de los establos?

—Al ver la cara que ponías al hablar de *madame* Lefevre y cómo te mantenías a su lado con actitud protectora, he sospechado que estabas enamorado de ella. Nunca antes te había visto así con una mujer. Quería averiguar lo profundos que eran tus sentimientos. Admito que no siempre me he sentido tan inclinado a perdonarla. Después de lo de Viena estaba enfadado, desesperanzado, me sentía incapaz de asimilar lo que había sucedido. Mi mundo y el futuro con el que siempre había soñado habían quedado destrozados, y creía que nunca volvería a sentirme feliz y realizado. Pero entonces conocí a Caro, trabajé a su lado y me enamoré tanto de ella como de esta finca. Ahora tengo todo lo que deseo, Will, y creo que eso es algo que tú has encontrado en *madame* Lefevre. ¿Estoy en lo cierto?

—¿Acaso crees que habría quebrantado mi promesa por cualquier otro motivo?

—Lo suponía. Supongo que he reconocido en ti la misma devoción que yo siento por Caro, estaría dispuesto a luchar contra el mundo entero por mantenerla a salvo. Si el precio por conservarla a mi lado fuera renunciar al resto del mundo, lo haría sin vacilar.

—Veo que me entiendes. Pero tú sabes que Caroline te ama, y yo no tengo claro ni lo que Elodie siente ni lo que quiere. Pensaba llevarla a las Américas porque allí estará a salvo, pero ni siquiera estoy seguro de que acceda a venir conmigo. Cuando perdió a su hijo después de centrar todos sus esfuerzos durante cerca de dos años en recuperarle, fue como si sintiera que su vida había terminado.

–Entiendo el dolor y la desesperación que siente. Yo pensaba que perder la carrera que tanto amaba era la mayor tragedia que podía ocurrirme, hasta que Caro tuvo dificultades al dar a luz y... y estuve a punto de... –se le quebró la voz, pero logró continuar al cabo de un momento–. Estuve a punto de perderlos a los dos, a ella y al niño. No puedo ni imaginarme cómo puede recobrarse alguien de un golpe así. Pero tengo entendido que el hijo de *madame* Lefevre no está muerto, así que no todo está perdido, ¿verdad?

–Sí, admito que estoy estudiando algunas posibilidades, pero tardarán en dar frutos. Ella está sufriendo tanto que no quiero hablarle aún del tema por si mis planes se malogran. No sé si la pobre sería capaz de soportar otra decepción más.

–Necesita un tiempo para que sane la herida. Lo digo por experiencia propia, aunque yo solo perdí la carrera que creía que quería, no a mis seres más queridos. Demuéstrale que en la vida aún existen la felicidad y la satisfacción –sonrió de oreja a oreja al añadir–: y que tú puedes proporcionarle ambas cosas.

–No estoy seguro de saber por dónde empezar –admitió Will–. Ni siquiera sé si va a acceder a quedarse conmigo cuando se entere de que no vamos a llevarla a declarar ante los de Asuntos Exteriores. No me extrañaría que desapareciera en medio de la noche, convencida de que no tiene nada que ofrecerme y que a mí me iría mejor empezar desde cero y sin ella.

—¿Tan escurridiza es?

Will recordó cómo le había abandonado sin más después de que pasaran la noche haciendo el amor hasta quedar agotados y completamente saciados.

—Sí, te aseguro que sí.

—Si tanto la amas, supongo que no vas a perder la esperanza de enamorarla antes de empezar siquiera. Te he visto conquistar por igual a ruborosas doncellas y a bellezas de la alta sociedad hastiadas de sus monótonas vidas, no me puedo creer que seas incapaz de conquistar a una dama a la que amas de corazón. Sí, es cierto que no sabes si la jugada va a salirte bien, pero Will el Jugador nunca se ha achantado a la hora de correr riesgos. Dale consuelo, apóyala y cásate con ella.

—Quiero hacerlo, pero ¿qué se yo de ser un marido y crear una familia?

—Creía que tus primos te habíamos enseñado bastante. Sabes perfectamente bien que mi propio padre nunca fue un gran ejemplo para mí, pero cuando sostienes la mano de tu esposa mientras ella da a luz y entonces tocas las perfectas manitas de tu hijo recién nacido... —el rostro de Max reflejó una profunda emoción—. Te aseguro que la recompensa de luchar por compartir tu vida con la mujer amada sobrepasa con mucho el riesgo de acabar fracasando.

Will deseaba con todas sus fuerzas construir una vida junto a Elodie, ver su adorado rostro libre de las sombras del dolor y la pena. No había pensado en el futuro más allá de aquella temida conversación con Max y de la necesidad de partir cuanto antes rumbo a las colonias, pero las palabras de su primo le habían alentado y empezó a sopesar otras alternativas.

Conquistar el corazón de Elodie y construir una vida allí, cerca de sus primos... quizás, al cabo de un tiempo, ella accedería a tener otro hijo, uno que complementaría al que ya tenía y con el cual, si el plan que él tenía en mente llegaba a buen puerto, ella podría forjar una nueva relación.

—Le había echado el ojo a otra finca más, tiene un jardín precioso —admitió.

—¿Cómo que «otra finca más»?, ¿cuántas tienes? —le preguntó su primo.

—No tantas como Alastair y tu familia, pero unas cuantas —admitió, sonriente—. ¿Acaso creías que me dedicaba a malgastar lo que ganaba con el juego? ¿Te acuerdas de Hal Waterman, de Eton?

—Era aquel chico tan grandote e inarticulado que nunca accedía a jugar contigo a las cartas porque, según él, el que repartía siempre tenía más probabilidades de ganar, ¿verdad? Creo recordar que era un verdadero genio matemático.

—Sí. Tanto él como yo éramos unos inadaptados, y más adelante acabamos por unir nuestras fuerzas. Coincidí con él por causalidad en Londres después de completar mis estudios en Oxford, justo cuando acababa de ganar por primera vez una cantidad sustanciosa jugando a las cartas. Él me dijo que, si me gustaba jugar, me podía recomendar algo en que se corrían tantos riesgos como en el juego, pero que aportaba beneficios mucho mayores... no solo económicos, sino en cuanto a forjar el futuro de la nación. Resulta que le fascinaban las finanzas y la tecnología, y gracias a la ilimitada fortuna que posee ha empezado a explorar las posibilidades de inversión en nuevos desarrollos científicos. Me convenció de que invirtiera casi todo el dinero que acababa de ganar en un proyecto que él mismo había diseñado para la construcción de un canal, y con los beneficios que obtuve pude comprarme mi primera propiedad. También he invertido en minas de carbón, hornos mecánicos y lo que Hal afirma que va a ser un sistema que revolucionará el transporte: el ferrocarril.

–¿Lo sabe mi padre? –le preguntó su primo, asombrado.

Will se echó a reír.

–¿El qué?, ¿que su incorregible y apenas civilizado sobrino se ha convertido en un hombre adinerado sin su ayuda? ¡Por supuesto que no! Lo más probable es que el impacto de semejante sorpresa acabara con él.

–Sí, es posible –admitió Max con una carcajada.

–En todo caso, la industria y los negocios se asemejan tanto a la vulgar actividad comercial de la clase media, que seguro que seguiría despreciándome si se enterara de mis logros.

–¿Y qué pasa con tus primos?, ¡podrías habérnoslo contado! –le dijo Max con reprobación.

–Lo habría hecho si la guerra y... otros proyectos no hubieran intervenido.

–Así que eres un hombre adinerado, ¿no? Es casi tan duro para mí como lo sería para mi padre pensar que ya no necesitas mi ayuda.

—Siempre necesitaré tu amistad, Max.
—Y siempre la tendrás. Bueno, adelante, ve a comprar esa finca a la que le habías echado el ojo. ¿Quieres que tu Elodie se quede con nosotros hasta que regreses? Debo admitir que la historia que me has contado ha despertado mi curiosidad. Simpaticé con ella en Viena y me encantaría llegar a conocer mejor a la excepcional mujer que ha logrado tantas hazañas, de entre las cuales destaca el hecho de que haya capturado el huidizo corazón de mi primo.

—¿Me harías el favor de dejar que se quede aquí y cuidarla? Aunque... —vaciló mientras intentaba adivinar cómo iba a reaccionar su compleja y astuta Elodie—. Sé que no es justo ocultarle lo que sucede, pero prefiero que siga creyendo de momento que va a tener que ir a testificar en breve. No hace falta que le mientas, limítate a contestarle con evasivas si te pregunta algo al respecto, aunque dudo mucho que lo haga. Está tan decidida a enmendar el daño que te hizo en Viena que seguro que, aunque crea que me he marchado de Denby Lodge para encargarme de los preparativos de su llegada a Londres, no intentará marcharse antes de mi regreso; además, así también tendré tiempo para idear la mejor forma de conquistarla.

—Por mucho que ahora sea un criador de caballos, sigo llevando la diplomacia en la sangre. Soy capaz de manipular la situación que sea, en especial si con ello contribuyo a que mi mejor amigo alcance la felicidad. Bueno, si vas a marcharte en breve, y aprovechando que aún estás embadurnado de barro y que hueles a caballo, deja que te lleve a hacer un breve recorrido por la finca para que veas las cuadras y los ejemplares que tenemos. Este es mi mundo ahora.

–¿No echas de menos estar metido en los asuntos del gobierno? –aún le costaba creer que su primo hubiera renunciado del todo a la meta por la que había luchado desde siempre.

–¿El hecho de estar trabajando por algo que va mucho más allá de mí mismo? Un poco, pero no echo ni lo más mínimo de menos las puñaladas traicioneras ni las maquinaciones de aquellos cuya ambición desmedida supera con mucho su preocupación por el bien general. Me he planteado llegar a ser candidato algún día al Parlamento. El hecho de que me elijan los hombres del distrito, hombres cuyo respeto me haya ganado y que se hayan granjeado el mío a su vez, de dar voz a los asuntos que les conciernen en las instituciones de poder, es una tarea más útil y noble que la que estaría realizando en este momento de no haber sucedido lo de Viena. Estaría vagando por la Cámara de los Lores al servicio de mi padre.

–Me parece una gran idea que te presentes candidato al Parlamento.

–Ya lo veremos. De momento agradezco la bendición de poder ver crecer a mi hijo y de pasar junto a mi mujer todos los días... y todas las noches –alzó su copa y le indicó que hiciera lo mismo antes de añadir–: Brindo por que regreses sano y salvo, por encontrar el amor y saber valorarlo. ¡Por los granujas de los Ransleigh!

Will empezaba a recobrarse de la sorpresa que había supuesto para él descubrir que no iba a perder la amistad de su primo, y le embargaron una euforia y unas ansias de disfrutar del futuro que no había sentido desde aquella mañana en que había despertado maravillado por la paz que había encontrado entre los brazos de Elodie.

–Brindo por todo eso y por los granujas de los Ransleigh, ¡ahora y por siempre! –exclamó, sonriente.

Capítulo 20

Dos semanas después, en una cálida tarde de verano, Elodie estaba bordando su nuevo vestido bañada por la cálida luz del sol que entraba en el saloncito delantero de Denby Lodge. Mientras daba de forma metódica pequeñas y perfectas puntadas, pensó en que resultaba curioso que estuviera haciendo tiempo mientras esperaba a que llegara el momento de viajar a Londres, tal y como había hecho en las horas previas a su partida de Viena. Pero a diferencia de la emoción y la expectación que había sentido en aquel entonces, en esa ocasión pasaba los días entumecida y a la deriva. La única pequeña alegría que tenía en el horizonte era la esperanza de volver a ver a Will antes de que aquel asunto llegara a su fin.

Él se había marchado para hablar con las autoridades y prepararlo todo para que ella fuera a testificar a Londres. Le habría gustado que le pidiera que le acompañara, porque sabía que apenas iban a tener tiempo de estar juntos cuando él regresara. Iban a tardar un par de días como mucho en llegar a la metrópolis y entonces llegaría el momento de testificar, ese final del camino tras el que no alcanzaba a ver futuro alguno.

A pesar del bloqueo emocional que sufría, le echaba de menos. Echaba de menos sus agudas observaciones, su mirada chispeante, sus anécdotas... y la paz que sentía cuando estaba entre sus brazos. Cómo la hacía olvidar el dolor por unos minutos cuando la amaba con una dulzura y una entrega tan enormes que nada, ni siquiera la angustia y la pérdida, podían empañar la felicidad del momento.

Él había pasado una única noche en Denby Lodge antes de partir hacia Londres, y ella se había llevado una decepción al ver que no iba a verla a escondidas a su dormitorio. Eso había contribuido sin duda a que el día siguiente le pareciera incluso más gris y deprimente de lo que había sido en realidad.

Al principio le había extrañado que Max Ransleigh no fuera con él para intentar acelerar las gestiones. Había llegado a la conclusión de que se había quedado porque quería hablar con ella de lo sucedido en Viena para corroborar que su testimonio iba a concordar al pie de la letra con lo que él ya les había contado a las autoridades, pero, para su asombro, él no había intentado en ningún momento hablar con ella en privado para preguntarle al respecto; de hecho, no le había mencionado el asunto ni una sola vez.

Sus anfitriones habían insistido en que cenara con ellos. Max había iniciado varias conversaciones sobre Viena, pero parecía más interesado en entretener a Caro con los relatos que en corroborar lo que ella recordaba de lo acontecido allí. Él había descrito algunos de los bailes y las recepciones más importantes a las que habían asistido, la había animado a que aportara su opinión y había intercambiado impresiones con ella sobre el variopinto grupo de autoridades y parásitos que habían asistido al Congreso.

A lo mejor no quería mencionar el escándalo para no preocupar a su esposa, que aún estaba recuperándose del parto. La buena impresión inicial que le había causado Caroline Ransleigh no había tardado en convertirse en una buena amistad que iba a echar mucho de menos cuando llegara el momento de ir a Londres. Desde que se había despedido de Clara en Viena no había tenido una amiga con la que poder conversar con libertad. Había crecido en el exilio y no tenía hermanas, así que nunca había tenido una confidente de su misma clase social.

Aunque Caro había insistido en que podía tomar prestada su ropa cuando quisiera, ella no estaba acostumbrada a permanecer ociosa y le había entregado a Max una de las escasas joyas que le quedaban para que la vendiera por ella y poder comprar así material para confeccionarse vestidos. Había acompañado a Caro al pueblo para comprar telas, y en ese momento estaba acabando el segundo de dos elegantes vestidos.

No solo cosía para mantenerse ocupada. Si deseaba que a los oficiales que iban a interrogarla les resultara creíble que había sido la anfitriona de un diplomático francés de alto rango en la reunión de aristócratas y líderes políticos más impresionante que se había celebrado en Europa, no podía aparecer con pinta de pordiosera con uno de sus desgastados vestidos viejos.

Si al final acababa en la cárcel, a lo mejor podía vender los nuevos para obtener el carbón y las velas que le harían la vida allí un poco más llevadera. Y si la condenaban a morir en el patíbulo, al menos la enterrarían vestida con ropa bonita.

Caroline entró en ese momento en el saloncito con su característico paso enérgico, y se acercó a ver de cerca el bordado que estaba haciendo.

—¡Qué trabajo tan exquisito! No me extraña que una exclusiva modista de Viena te suplicara que embellecieras sus vestidos.

—No llegó a suplicar, pero es cierto que me pagaba sin demora y que el sueldo que me daba era bastante generoso.

—Yo soy una inútil con la aguja, debería pagarte una comisión para que me confecciones unos cuantos vestidos. Antes no me importaba lo más mínimo lo que me pusiera mientras fuera recatado y funcional, pero ahora que estoy recuperando mi figura... —se sonrojó antes de admitir—: Me gustaría tener algo nuevo para atraer la atención de mi marido y recordarme a mí misma que soy algo más que una mamá.

—Algo que realce bien esos buenos pechos de madre, ¿no? —Elodie sonrió al ver que el rubor de su amiga se intensificaba aún más—. Estaré encantada de confeccionarte algo, aunque no sé si me dará tiempo de acabarlo antes de marcharme.

La sonrisa de Caroline se desvaneció.

—Ojalá no tuvieras que marcharte... pero no quiero hablar de ese tema, porque me pondré melancólica y últimamente me echo a llorar por cualquier tontería. ¡Es increíble!, ¡nunca he sido una llorona!

—Es una de las consecuencias de dar a luz.

—La niñera está acabando de bañar a Andrew, ¿quieres que lo baje?

—¡Sí, por favor! También estoy haciendo un trajecito para él.

—¿Seguro que quieres que lo traiga? A veces me preocupa que el hecho de verle te haga pasarlo incluso peor.

—Seguiría echando de menos a Philippe aunque no volviera a ver a otro niño en toda mi vida. Un bebé solo debería inspirar alegría, y por nada del mundo querría que tu felicidad quedara empañada por mi dolor. Me da ánimos verte con él y saber que en el mundo aún existe una dicha tan grande como la tuya; además, es imposible resistirse al encanto de un niñito tan precioso como tu hijo.

Caro sonrió con orgullo.

—Sí, es una verdadera preciosidad, ¿verdad? Y también muy exigente, aunque yo prefiero que sea así. No sé cómo podría aguantar la inactividad si él no me mantuviera ocupada. Ya sé que el doctor dijo que tenía que esperar otras dos semanas más antes de volver a montar, pero me siento de maravilla y estoy deseando volver a estar junto a mis caballos.

—Ve a buscar a tu hijo para que podamos disfrutar de su compañía.

Cuando Caroline salió del saloncito, Elodie sonrió y retomó su bordado. Lo que acababa de decir no solo estaba motivado por un intento de tranquilizar a su amiga, era cierto que disfrutaba viendo al niño. Cuando lo tenía en brazos y jugaba con él recordaba los momentos felices que había vivido con Philippe, y eso la animaba y aligeraba un poco el peso de la ansiedad con la que cargaba a todas horas, la preocupación constante por un futuro en el que no quería ni pensar.

¿Qué pasaría si se limitaban a interrogarla y a soltarla sin más? Aunque había intentado no pensar en nada más allá del momento de testificar, a veces no podía evitar plantearse posibilidades más optimistas. ¿Qué iba a hacer si no acababa encarcelada o en el patíbulo? Sabía que su nueva amiga la invitaría a quedarse de forma indefinida en Denby Lodge, pero no deseaba ser una carga para nadie. Quizás podría encontrar alojamiento en Londres y buscar trabajo como costurera, a las ricas damas siempre les hacían falta vestidos nuevos.

Regresar a París estaba descartado. Ser un miembro de la familia Ransleigh le granjeaba a uno tanto la atención y la protección del Primer Ministro como el respeto del príncipe Talleyrand, pero Elodie Lefevre, una mujer cuyo hermano había tenido una carrera ascendente que había quedado enterrada junto con él, ya no tenía ninguna importancia. Además, vivir en la misma ciudad que su hijo sin poder verle sería un tormento insoportable.

La opción lógica sería instalarse en Londres, a menos... a menos que Will quisiera tenerla a su lado. Habían sido unos excelentes compañeros de aventuras a lo largo del camino y unos amantes apasionados, a lo mejor la mantenía como amante por un tiempo hasta que se cansara de ella. Cualquier mujer intentaría conquistar a un hombre tan apuesto y carismático, así que no tardaría nada en encontrar a otra amante que la reemplazara.

Alzó la mirada al oír que se abría la puerta. Pensaba que se trataba de Caro y el bebé, pero quien entró en el saloncito fue la persona que ocupaba sus pensamientos en ese momento.

–¡Will! –exclamó, mientras se ponía de pie de golpe. Su moribundo corazón dio un brinco de felicidad en medio del vacío que le inundaba el pecho.

Fue incapaz de arrancar la mirada de él mientras le veía acercarse sonriente. La visceral atracción física que había entre ellos la golpeó con tanta fuerza como siempre.

–Vuelvo a encontrarte bordando, como aquel primer día en Viena.

Aquellas palabras hicieron que se preguntara si él también estaba pensando en cuando se habían conocido.

–Sí, pero en esta ocasión has sido convencional y has entrado por la puerta, tu aparición por el balcón fue más emocionante.

–Vaya, está claro que no estoy cumpliendo con mi deber de granuja. Voy a tener que remediar la situación.

Alargó los brazos y ella no dudó ni un instante; en ese momento, parecía lo más normal del mundo ir a abrazarle y alzar el rostro para que la besara.

Intentó tratarla con ternura, pero gimió al ver que ella le devolvía el beso con ardor y la apretó con más fuerza contra su cuerpo mientras el beso se profundizaba. Sus cuerpos se amoldaron el uno al otro, encajaban como dos piezas de un rompecabezas.

Al cabo de un largo momento, él alzó la cabeza y la miró con ojos color turquesa oscurecidos por la pasión.

–¿Significa este recibimiento que me has echado de menos?

–Sí. Me siento... –no supo cómo expresarlo. ¿En casa?, ¿en paz?, ¿tan feliz como podía llegar a estar teniendo en cuenta las circunstancias?– segura cuando te tengo cerca.

Él se puso serio al asegurarle:

–No pienso apartarme de ti.

–¿Debemos partir hacia Londres de inmediato? Es que... le he prometido a Caro que le haría un vestido.

–¿Te ha tratado bien?

–De maravilla. Nos hemos hecho amigas tan rápido que voy a echarla de menos cuando nos vayamos a Londres.

–No vamos a ir a Londres.

–¿Por qué? ¿Van a permitir que haga una declaración jurada aquí?, ¿no tengo que ir a testificar en persona?

–No va a haber declaración ni aquí ni allí, no quiero correr ese riesgo.

Ella le miró desconcertada, no entendía lo que estaba pasando.

–Pero ¿qué pasa con *monsieur* Max? ¿Cómo va a recuperar su buen nombre si yo no testifico?, ¿qué pasa con su carrera?

–Max se siente satisfecho con la carrera y la familia que tiene en Denby Lodge. Si en el futuro desea regresar a la política, piensa hacerlo por méritos propios y que le elijan para entrar en el Parlamento los hombres de este distrito. No quiere depender del prestigio de su familia ni del espaldarazo de algún oficial de alto rango.

—¿De veras?, ¿estás seguro?

—Completamente seguro.

No iba a tener que testificar. Después de esperar por tanto tiempo la llegada del temido juicio, apenas podía asimilar el hecho de que no iba a tener que enfrentarse al amenazador espectro de la cárcel o la horca. El alivio que la embargó fue tan grande que se mareó, y se sentó tambaleante en el sofá.

—En ese caso, ¿qué va a ser de mí a partir de ahora?

Will se sentó junto a ella, la tomó de las manos y le alzó con suavidad la barbilla para que lo mirara.

—Quiero cuidarte, Elodie. Te amo, quiero tenerte a mi lado.

—Mi dulce Will... —susurró, antes de acariciarle la mejilla con la mano—. Quiero permanecer a tu lado, seré tuya el tiempo que tú quieras.

—Te quiero en mi vida para siempre, Elodie. Quiero casarme contigo.

—¿*Qué?* —ni en sus más descabelladas fantasías se le había ocurrido esa posibilidad, y su sensata mente francesa le advirtió que la unión entre dos personas de recursos tan dispares era un despropósito—. ¡Eso es una verdadera insensatez! No tengo nada que aportar, ni dote, ni familia, ni influencias. No es necesario que te cases conmigo, Will. Me quedaré contigo todo el tiempo que desees.

—Uno nunca sabe si una amante va a decidir marcharse. Una noche te muestra la luna y las estrellas, te da una dicha y un placer inimaginables, y a la mañana siguiente... ¡zas! Se ha ido sin despedirse siquiera.

Ella se sintió culpable y le miró con reprobación.

–Sabes perfectamente bien que eso fue bajo circunstancias muy distintas.

–Lo que sé es que durante toda mi vida me faltaba algo aquí dentro –se llevó una mano al pecho mientras lo decía–, pero aquella noche a las afueras de París encontré entre tus brazos lo que ni siquiera sabía que había estado buscando. Me sentí... completo. No quiero volver a perderlo de nuevo.

La miró con ojos penetrantes, como si estuviera esperando a que ella le respondiera de forma similar. Ella sentía un vínculo muy fuerte, algo profundo que iba más allá del aspecto físico, pero en su maltrecho y roto corazón solo había confusión. Decidió que no decir nada era mejor que profesar un amor que no sabía si sentía, o que herirle al admitir la incertidumbre que reinaba en su interior.

–No vas a perderlo aunque no nos casemos, es un matrimonio innecesario.

Al ver que él se echaba un poco hacia atrás, supo que le había hecho daño con sus palabras a pesar de que justo eso era lo que quería evitar.

–Soy consciente de que no soy más que el hijo ilegítimo de un canalla, mientras que tú eres hija de aristócratas franceses...

–¡No, no se trata de eso! ¿Cómo puedes creer siquiera que me considero superior a ti? Sí, es cierto que soy hija de aristócratas franceses, pero no tengo un hogar, ni título, ni una familia influyente, ni una fortuna. Eres tú el que está por encima de mí, Will. Eres un hombre que está vinculado a una rica y prominente familia que aún ostenta mucho poder.

Dio la impresión de que aquello le tranquilizaba,

porque el dolor que se reflejaba en sus ojos se desvaneció y le besó las manos antes de afirmar:

—Quiero casarme contigo, Elodie de Montaigu-Clisson, aunque nunca puedas llegar a amarme. No me des tu respuesta definitiva ahora. Desde lo de Viena han cambiado muchas cosas, has perdido la esperanza que te había dado fuerzas durante tanto tiempo y tienes que llorar esa pérdida. Necesitas algo de tiempo para reflexionar, para sanar y encontrar consuelo antes de poder mirar hacia delante. Quiero que te tomes ese tiempo. ¿Accedes a venir conmigo, a dejar que te cuide? Me comprometo a mantenerte a salvo, que te sentirás tan segura que algún día dejarás de mirar por encima del hombro, preocupada por si te persiguen o corres peligro. Ven conmigo sin más obligación que la de seguir ofreciéndome tu amistad, y cuando te sientas preparada para iniciar de nuevo tu vida... si debo hacerlo, te dejaré marchar. Sin amenazas ni tratos.

Elodie sintió que los ojos se le llenaban de lágrimas. No podía permitirle cometer la idiotez de atarse legalmente a una mujer que no le aportaba nada en cuanto a bienes materiales, pero sí que podía quedarse con él todo el tiempo que quisiera tenerla a su lado.

—Sin amenazas ni tratos, me voy contigo por voluntad propia y me quedaré a tu lado todo el tiempo que quieras.

—En ese caso, vas a quedarte conmigo por siempre jamás —le aseguró él, antes de besarla.

Capítulo 21

Al cabo de un mes, Elodie estaba paseando por el extenso jardín de Salmford House en una soleada mañana. Se sentó en un banco cercano al parterre de rosas y sonrió cuando le llegó el relajante aroma de unas damascenas otoñales, las conocidas como «Cuatro Estaciones».

El jardín seguía maravillándola tanto como el primer día que había puesto el pie en aquella propiedad que Will había comprado cerca de Firle, en la preciosa zona poblada de colinas y verdes prados de South Downs, en Sussex. Habían llegado por la tarde y, después de que él le mostrara la acogedora mansión de piedra y le presentara a la servidumbre, habían salido por las puertas acristaladas de la biblioteca a la primera sección del jardín.

Ella había reaccionado con sorpresa y entusiasmo una y otra vez mientras él la conducía por cada zona ajardinada: la terraza dedicada a la poda ornamental contigua a la biblioteca donde había verdaderas esculturas creadas con boj y tejo; el jardín blanco repleto de lirios, margaritas, alisos de mar, campanillas y bocas de dragón; el multicolor lecho de plantas perennes con agracejo rojo de fondo; el clásico jardín de estilo Tudor que había junto a la cocina, donde había un huerto con hierbas aromáticas y hortalizas; y por último el parterre central de rosas, donde las Old Blush y las damascenas aún florecían a pesar de que tanto las alba como las francesas ya habían terminado el espectáculo veraniego.

Cuando Will había logrado convencerla de que regresaran a la casa alegando que estaba hambriento, le había abrazado entusiasmada y le había dado un sonoro beso.

–¡Es un jardín maravilloso, Will!

–Cuando estaba planteándome dónde llevarte, recordé que mi agente me había enseñado esta propiedad. ¿Es tan bonito este jardín como el de lord Somerville?

–¡Sí, y más grande! ¿De verdad que elegiste esta casa por mí?

–Ya has sufrido bastante tristeza en tu vida, Elodie. Quiero que seas feliz –le dio un golpecito en la nariz con el dedo y añadió, sonriente–: Clara me obligó a prometérselo.

–¡Gracias, mi dulce Will! Solo hay una cosa en todo el mundo que podría hacerme más feliz.

Pero cuando le tomó del brazo de vuelta a la casa y se apretó seductoramente contra él mientras le susurraba al oído que estaba dispuesta a demostrarle lo agradecida que se sentía, él la apartó y le recordó con toda seriedad lo que ya le había dicho en el carruaje cuando se dirigían a Salmford House: que allí solo iban a ser amigos, nada más.

Ni que decir tenía que no le había creído, ya que la idea de contenerse y no disfrutar de la poderosa pasión que había entre los dos le parecía tan absurda como el hecho de que un aristócrata inglés, miembro de una prominente familia, se casara con una exiliada que no tenía ni un penique.

No le había hecho ninguna gracia descubrir que él no estaba bromeando.

—No lo entiendo, Will. Me entrego a ti libremente, para que los dos disfrutemos. ¿Por qué rechazas un regalo así?

—Te deseo con toda mi alma, te lo aseguro, pero quiero que seas mi esposa cuando volvamos a hacer el amor.

Ella suspiró con exasperación.

—¿No se supone que es la mujer la que debe negarle sus favores al hombre hasta que este claudique y le proponga matrimonio?

—Sí, suele ser así, pero resulta que me he enamorado de una mujer muy testaruda y peculiar... de hecho, he descubierto que son dos características que suelen tener los franceses... y voy a tener que emplear medidas desesperadas para convencerla de que se case conmigo. La pasión puede resultar un buen método de persuasión, así que he decidido usar una de mis armas más potentes para lograr conquistarla —suspiró con teatralidad antes de añadir—: Admito que es un recurso desesperado que puede acabar conmigo, pero ¿acaso no fuimos amigos y compañeros de fatigas durante el viaje, sin ser amantes?

—Sí, pero solo al principio, cuando nos lo impedían los papeles que estábamos interpretando. Ahora no estamos viajando, sino en una impresionante mansión donde seguro que hay unas camas muy mullidas.

–Estás alterada, te lo noto enseguida.

–¡Claro que estoy alterada! ¡Esta pantomima tuya de querer que nos mantengamos castos es una ridiculez!

–Vale, pero como existe la posibilidad de que esta «ridiculez» me ayude a convencerte de que te cases conmigo, estoy dispuesto a esperar.

–¡Pues puede que a mí me convenza de que eres un *imbécile*! ¡Yo no estoy dispuesta a esperar!

Se sentía tan frustrada y estaba tan furiosa con él que dio una patada en el suelo. Era la oleada de emoción más fuerte que la recorría desde que el hecho de perder a Philippe había congelado sus sentimientos.

–Cálmate, *chérie*. Necesitas una distracción.

–¡Sí, y tengo claro cuál es la que me vendría bien!

–Yo también. Después de cenar vamos a jugar a las cartas.

Le golpeó el brazo y se alejó hecha una furia mientras él la seguía al comedor con una sonrisa de oreja a oreja, pero el enfado no duró mucho. La engatusó a base de sabroso jamón, un surtido de hortalizas frescas procedentes del huerto, queso añejo y un vino delicioso, y como postre disfrutaron de unas fresas con nata. Él fue dándoselas con sus propias manos, iba frotándole los labios con ellas antes de besárselos para disfrutar del sabor.

Estaba convencida de que iba a lograr hacerle caer en la tentación, pero, en vez de llevarla a un dormitorio; aunque a aquellas alturas ella se habría conformado con un sofá y hasta con una mullida alfombra, la condujo al saloncito y sacó una baraja de naipes.

Al principio estaba enfurruñada y se había negado a jugar, pero él la había acicateado y retado hasta que al final había logrado que accediera a regañadientes al acusarla de no querer jugar porque le daba miedo perder.

Era tan bueno con las cartas que en cuestión de minutos la tenía inmersa en el juego. Ella le había visto jugar con anterioridad y sabía que no estaba dejándola ganar, que estaba presionándola para que se esforzara al máximo, y eso la llevó a redoblar su concentración. Mientras jugaban la hizo reír con hilarantes comentarios sobre la gente con la que se habían encontrado durante el viaje y sobre las anécdotas que habían vivido juntos.

Se sorprendió cuando el reloj dio las doce y él recogió las cartas, ya que no se había dado cuenta de lo tarde que era. Hacía años que no disfrutaba de una velada tan amena y relajada... no había pensado ni una sola vez en la pérdida que había sufrido.

Sintió que ardía de nuevo de deseo cuando él la acompañó a su habitación. Le abrazó para intentar convencerle de que se quedara con ella, pero él la apretó con fuerza contra su cuerpo y susurró contra su pelo:

–Cásate conmigo. Cásate conmigo, *mon ange*. Sé mía para siempre.

Cuando ella le había contestado con voz trémula que no podía hacerlo, él había suspirado y la había apartado con delicadeza antes de darle las buenas noches.

Esa frustrante rutina se había repetido todos los días que llevaban allí.

Él se reía al verla enfurruñada, bromeaba con ella y le daba apasionados besos como si estuviera dispuesto a ceder, pero se había mantenido firme. Seguían viviendo de forma tan casta como hermanos, y eso la irritaba a más no poder.

Se había planteado meterse en su dormitorio y en su cama con sigilo, acariciarle con la boca y las manos hasta que despertara y, adormilado y con la mente nublada de deseo, acabara por rendirse a la pasión. Las primeras noches había decidido no hacerlo, porque sería mortificante que él siguiera negándose incluso teniéndola en su propia cama.

Para cuando llevaban una semana allí, estaba tan desesperada que le daba igual quedar en evidencia. No podía conciliar el sueño, así que había ido sigilosamente a su habitación en medio de la noche... y había descubierto que él había cerrado la puerta por dentro.

A la mañana siguiente, malhumorada por la falta de sueño y la frustración, le había preguntado enfurruñada si la consideraba tan peligrosa como para tener que parapetarse en su habitación con la puerta cerrada, y él había contestado que no era tan bobo como para exponerse a una tentación a la que sabía que jamás podría resistirse. Su respuesta la había aplacado un poco, pero no alivió en nada la frustración que sentía.

Al margen de ese único y enorme defecto, Will había sido un acompañante perfecto. Le había pedido que le guiara por su adorado jardín y le dijera los nombres de todas las plantas, y cuando ella se los decía, los pronunciaba mal de forma deliberada para hacerla reír. Además, al darse cuenta de que le encantaba pasar el rato junto al parterre de rosas, disfrutando del potente aroma de las damascenas otoñales, había ordenado que se pusieran ramos de aquellas flores en todas las habitaciones.

Conforme empezaba a emerger del capullo de dolor en el que había estado metida, tomó conciencia de la consideración y el cariño con que la cuidaba, de lo pendiente que siempre estaba de ella. A algunas personas les resultaría sofocante, pero ella se había sentido querida muy pocas veces en su tumultuosa vida y saboreaba las atenciones y el interés que él le prodigaba.

Mientras permanecía sentada en el banco, recordó los pequeños detalles que Will tenía para que estuviera cómoda: Se servían con regularidad en la mesa comidas que ella había comentado en alguna ocasión que le gustaban, y, cuando le daba las gracias por un nuevo vestido, no tardaban en aparecer en su armario varios más del mismo estilo y color.

Él había llegado a encontrar, sabía Dios dónde, una muchacha francesa para que fuera su doncella personal. Charlar con la joven en francés mitigaba un poco la añoranza que sentía por la pérdida de su país natal y su lengua materna.

Él la invitaba a jugar a las cartas y al billar, a montar a caballo, y lograba arrancarla de la melancolía que a veces la embargaba bromeando con ella o haciendo trampas para hacerla reaccionar. Había veladas en que la entretenía leyéndole en voz alta, y la sorprendía con lo extensos que eran tanto sus conocimientos como sus intereses. Le había hablado de su amigo Hal Waterman, de las fascinantes nuevas tecnologías en las que estaban invirtiendo y que, según él, iban a cambiar la forma de calentar una casa, de cocinar y de viajar.

Metódicamente, día tras día, iba sacándola poco a poco del abismo del dolor y la muerte y devolviéndola a la luz de la vida, la bañaba en la brillante calidez del amor que sentía por ella.

Elodie no creía haberse ganado una devoción así, ni siquiera estaba segura de merecérsela, pero él se la entregaba libremente y lo único que quería a cambio era que ella fuera feliz.

Por primera vez en mucho tiempo, empezó a sentirse ilusionada. No tenía sentido que estuviera hundida como si su vida hubiera acabado. Sí, había perdido a su hijo y el dolor de esa tragedia jamás se desvanecería por completo, pero había encontrado un amante sin parangón que estaba intentando por todos los medios conquistarla y ganarse su amor.

Él le pedía casi cada día que se casara con él, que compartiera su vida ¡y su cama!. Era un hombre activo e inquieto, así que resultaba sorprendente que se contentara con vivir plácidamente allí sin hacer nada más emocionante que montar a caballo y jugar a las cartas con ella. Seguro que estaba deseoso de salir a explorar nuevos lugares y empezar nuevos proyectos; de hecho, le había dicho que quería que ella le acompañara, que volvieran a ser compañeros de aventuras.

De repente se sintió llena de ánimo y entusiasmo. Los jardines de Salmford House y los cuidados de

Will habían obrado su magia, estaba lista para dejar atrás las pérdidas que había sufrido y empezar a vivir de nuevo... con Will.

Sintió la súbita necesidad de verle cuanto antes, así que se alzó la falda y echó a correr hacia la mansión. Recorrió una habitación tras otra y al final le encontró en la biblioteca. Le dio un brinco el corazón al ver la sonrisa que iluminó su apuesto rostro al verla entrar.

Era normal que floreciera estando bañada por la calidez de aquella sonrisa, por la ternura con que siempre la trataba... como en ese momento, cuando se inclinó para besarlo y él le acarició la mejilla con un dedo.

Había sido una tonta, y no era la primera vez. Pero había llegado el momento de dejarse de tonterías.

–¿Estás listo para ir a comer, *chérie*? Estoy hambrienta.

Will sonrió a Elodie mientras apretaba en la mano la carta que había recibido en el correo de la mañana. Lo que había hablado con Hal Waterman estaba arreglado, la carta contenía la autorización de su amigo para que fuera a París y empezara a negociar con el Ministerio del Interior francés la posibilidad de instalar vías férreas en Francia.

Hal había respaldado el proyecto con una considerable suma de dinero, y había echado mano a su red de contactos influyentes para conseguir que el gobierno británico le concediera el puesto de negociador a Will y apoyara el proyecto.

Lograr que el gobierno francés diera el visto bueno era todo un reto y era necesario que partiera casi de inmediato, pero quería que Elodie le acompañara como su esposa. La relación que les unía había ido estrechándose más y más a lo largo de aquel mes. En varias ocasiones la había visto mirarle con una ternura que había avivado sus esperanzas y le había llevado a pensar que había logrado conquistar su corazón al fin y ella estaba a punto de confesarle que le amaba, pero de momento no había pasado nada.

Tal y como estaban las cosas, había llegado el momento de poner en marcha el plan que había estado maquinando desde que se habían marchado de París, y para ello iba a tener que revelarle sus planes y volver a proponerle matrimonio a pesar de que seguía sin estar seguro de lo que sentía por él.

Quería que se casara con él porque se había dado cuenta de que le amaba y no podía imaginarse pasar el resto de su vida sin él, no para poder volver a estar con su hijo. Incluso suponiendo que llegara a amarlo más adelante, él jamás tendría la certeza de que ese amor no se debía a la gratitud que le tenía por haber ideado la forma de que ella pudiera volver a formar parte de la vida de su hijo.

Aun así, sabía que estaría dispuesto a casarse con ella fuera como fuese. La amaba con toda su alma, no podía negarle la dicha de tener lo que más anhelaba en el mundo por el mero hecho de no haber tenido la suerte de ganarse su amor.

Dejó la carta sobre el escritorio y se puso de pie. Ella danzó a su alrededor antes de tomarle del brazo y le miró con unos ojos chispeantes que hicieron que se le acelerara el corazón, como siempre que la veía feliz. Sabía que Elodie siempre albergaría en su interior un poso de tristeza, pero le encantaba verla tan animada. Resultaba profundamente gratificante saber que había jugado un papel vital a la hora de conseguir que las sombras se desvanecieran de aquellos preciosos ojos.

A juzgar por la expresión pícara con que lo miraba, supuso que estaba planeando la forma de intentar seducirle de nuevo, y se planteó ceder a la tentación. Resistirse a sus encantos estaba enloqueciéndole. En el lago que había junto al prado no había suficiente agua fría para calmar el deseo ardiente que sentía por su cautivadora Elodie, y había ido a nadar allí dos veces al día como mínimo. Había logrado aferrarse a su decisión durante cerca de un mes; a él mismo le sorprendía haber aguantado tanto tiempo.

—Me alegra ver que tienes hambre, duendecillo. Hace tiempo que apenas comes.

—Pues hoy tengo un gran apetito —se volvió de improviso hacia él y le empujó hacia los estantes—. ¿Quieres que te lo demuestre?

Will sintió que una oleada de deseo le recorría las venas. Negarse a dar rienda a la pasión para conseguir que accediera a casarse con él no había dado resultado y, teniendo en cuenta que la proposición que estaba a punto de hacerle iba a tener un incentivo que ella no iba a poder rechazar, lo más sensato era dejar aquella lucha inútil y dejar que le sedujera.

La besó con pasión desatada, abrió la boca sin dudarlo ante el envite de aquella ávida lengua y gimió mientras la apretaba contra su cuerpo.

Cuando ella soltó un sonido gutural y bajó la mano para acariciar su miembro erecto, no la agarró de la muñeca para detenerla. ¿Cómo diablos se le había ocurrido la absurda idea de negarse aquel placer?

Saboreó embriagado sus caricias, pero no se quedó quieto ni mucho menos. Empezó a acariciarle los pechos a su vez a través del vestido de muselina y del fino corsé de verano hasta que oyó que su respiración era tan jadeante como la suya propia, y entonces la alzó en brazos y cerró la puerta de una patada. Hacía demasiado tiempo que no la poseía, estaba desesperado por saborearla y no podía esperar los escasos minutos que tardaría en subirla a la habitación. Iban a tener que apañarse con el escritorio.

La llevó allí en dos zancadas y la dejó sobre la sólida superficie de caoba mientras la besaba enfebrecido. Le alzó la falda y le bajó las medias mientras deslizaba las manos por la tersa piel que iba desnudando; después de subirle el vestido hasta la cintura, le abrió las piernas y se arrodilló ante ella.

Mientras acariciaba con los pulgares el vello que cubría su cálido y húmedo sexo, le besó la parte interna de los muslos y fue ascendiendo por la tersa piel hasta que su lengua se encontró con sus dedos y chupó el epicentro de aquella íntima zona.

Ella se retorció jadeante mientras la saboreaba, y, cuando alcanzó el éxtasis poco después y gritó de placer, él se tragó aquellos gritos al besarla sin dejar de acariciarla. La llevó entonces al sofá, relajada y entregada por completo, y la sentó en su regazo.

–¡Mi dulce Will...! ¡Cuánto te he echado de menos!

—Y yo a ti, *ma douce*.

—¡Qué necia he sido, mi amor, y qué paciencia has tenido conmigo! He hecho gala de una lentitud pasmosa, pero por fin lo entiendo de verdad. Espero que puedas perdonarme por haber sido tan estúpida, por haberme aferrado a mi dolor como una niñita terca que se niega a renunciar a un juguete roto. Pero mi necedad se ha acabado, te lo aseguro.

Will sintió que le daba un brinco el corazón, no sabía si estaba entendiendo correctamente lo que ella quería decir. Intentó contener la esperanza y el entusiasmo que se abrían paso en su interior y le preguntó:

—¿Qué es lo que estás intentando decirme, *chérie*?

—Que nadie me ha cuidado y amado como tú. No sé por qué he tenido la suerte de recibir un regalo tan maravilloso, pero mi corazón está lleno de felicidad y te amo con toda mi alma. Quiero pertenecerte por siempre jamás, ser tu compañera de aventuras y dormir cada noche a tu lado. Quiero ser tu esposa, y, aunque sigo pensando que es una ridiculez que te rebajes a casarte con una mujer que no te merece, voy a aceptar tu proposición de matrimonio a toda prisa, antes de que recobres la sensatez y cambies de opinión. ¿Quieres casarte conmigo, príncipe de mi corazón? *Parce que je t'aime*, Will. *Avec tout mon coeur.*

Hacía tanto tiempo que soñaba con oír aquellas palabras, que le costaba creer que realmente las hubiera dicho.

—¿Lo dices de verdad, *mon ange*? ¿De verdad que me amas con todo tu corazón?

–Sí, y también con mi cuerpo en cuanto me lo permitas; de hecho... –aprovechando que estaba sentada en su regazo, movió las caderas y le frotó el duro miembro con el trasero– yo diría que estás listo para hacerlo de inmediato.

Will sabía que seguramente estaba sonriendo como un idiota, pero le daba igual.

–Estoy desesperado, pero voy a contenerme. Puede que solo tengamos que esperar hasta esta noche, si me disculpas para que pueda ir a por el permiso especial que traje de Londres y vaya al pueblo en busca del párroco. Si está libre, puede venir a casarnos de inmediato... a menos que prefieras comprarte un vestido nuevo para la ceremonia, o planear con Max y Caro una boda más suntuosa...

Elodie le puso un dedo sobre los labios para silenciarlo.

–Ellos pueden dar una fiesta en nuestro honor más adelante si quieren. Ve a por el párroco y tráelo cuanto antes, quiero ser tu esposa esta misma noche.

–Le secuestraré si es necesario. Mañana tenemos mucho de que hablar, pero esta noche quiero pasarla entre tus brazos.

Capítulo 22

Will despertó a la mañana siguiente en su dormitorio de Salmford House cansado, completamente saciado y sintiendo una profunda sensación de bienestar que se intensificó aún más cuando abrió los ojos y vio la cabeza de su esposa apoyada en el hombro.

«Su esposa». Sonrió mientras saboreaba aquellas palabras, le encantaba cómo sonaban. Por suerte, y ya que preferiría no ser acusado de secuestro el día antes de partir en misión oficial rumbo a Francia, al párroco no le había parecido descabellada la idea de casarles de inmediato, sino que le había parecido una situación de lo más romántica. Le había acompañado a Salmford House después de ir a toda prisa a por su libro de oraciones, y el personal de la casa, incluida la ruborosa doncella francesa, había presenciado el matrimonio y la firma en el registro parroquial.

Quería despertar así, con Elodie entre sus brazos, por el resto de su vida. Se inclinó para besarla, y ella abrió los ojos y le sonrió adormilada.

—¿Ya es de día?

—Ya es media mañana, dormilona.

—Cuando una pasa horas atendiendo con suma concentración a una importante tarea que había sido aplazada durante demasiado tiempo, acaba exhausta.

Él se echó a reír y admitió:

—Creo que me enamoré de ti en el momento en que vi entrar en la posada al supuesto tío Fritz, renqueante y apoyado en su bastón, la noche que partimos de Viena.

Ella deslizó un dedo por su musculoso hombro hasta llegar a su pecho.

—Yo te deseé desde el momento en que entraste en mi casa por el balcón, pero no llegué a valorar en su justa medida lo maravilloso que eres hasta... hasta después de lo de París. Creía que mi vida estaba terminada, que jamás volvería a ser feliz, pero con paciencia, cariño y ternura me has demostrado que me equivocaba. Siempre dices que tu primo Max te salvó la vida... te aseguro que tú me has devuelto a mí la mía.

Aquellas palabras le dieron pie para sacar al fin el tema del que quería hablarle.

—Me gustaría hacer aún más. ¿Estás preparada para salir de viaje?

Ella alzó un poco la cabeza para poder mirarle cara a cara. Estaba tan sensual tumbada allí con abandono, con el pelo alborotado y desnuda, que lo único que le impidió abrazarla y hacerle el amor de nuevo fue el hecho de que el asunto que tenía que tratar con ella era muy serio.

—¿Tienes pensado ir a algún sitio?, ¿se trata de un viaje relacionado con alguna de esas inversiones de las que me has hablado?

–Sí, tenemos que ir a París.

Estaba claro que aquellas palabras fueron como un jarro de agua fría para ella.

–¡No, por favor! Cualquier sitio menos París, no creo que pueda soportarlo.

–Y yo tampoco, Elodie. No es justo que te arrebataran a tu hijo y que no puedas recuperarle... no, espera, escúchame –añadió al ver por su expresión que estaba a punto de protestar–. Recuerda que ya no eres Elodie Lefevre, una mujer sin hogar ni familia. Elodie Ransleigh es la esposa de un hombre adinerado, un hombre que sé de buena tinta que tiene unos familiares ricos, influyentes y poderosos.

–¿Qué piensas hacer?

Aunque aún se la veía agitada, era obvio que estaba sopesando sus palabras con cautela.

–Se me ha asignado una misión oficial que cuenta con la aprobación del Ministerio de Asuntos Exteriores británico y está organizada y financiada por mi amigo Hal Waterman. Mi cometido va a ser plantearle al gobierno francés la posibilidad de construir vías férreas allí. Como puedes ver, regresarás a París en calidad de esposa de un hombre adinerado y con buenos contactos que va a codearse con las personalidades de más alto nivel del gobierno.

–¿Y eso en qué me beneficia?

–Mientras estoy llevando a cabo mi misión en París, visitaremos a la *comtesse* de la Rocherie y le propondremos un acuerdo. Tal y como tú misma has admitido, es cierto que Philippe no te recuerda y que para él la *comtesse* es su *maman*, así que no vamos a exigirle que nos lo entregue... de momento. Por ahora tan solo vamos a insistir en que se te permita pasar tiempo con él. Creo que mi misión va a alargarse bastante, pero, si concluyera antes de lo esperado, tengo otros intereses en Francia que justificarán que nos quedemos allí más tiempo.

Ella se sentó y apoyó la espalda en la almohada. Su rostro revelaba que estaba debatiéndose entre la alegría y la esperanza por un lado y la angustia y la duda por el otro.

—¿Estás seguro, *mon amant*? ¿De verdad crees que sería posible?

—Por supuesto que sí. Philippe podrá venirse a vivir con nosotros cuando te conozca mejor y se sienta cómodo contigo. Cuando te parezca que es lo bastante mayor para entenderlo, puedes decirle que en realidad eres tú su madre, y entonces volverá a ser tuyo de nuevo.

—¡Eso sería maravilloso! Pero ¿y si la *comtesse* se niega? No soportaría llevarme otra desilusión más después de estar tan cerca de conseguirlo.

—No va a negarse, Elodie. Llevo mucho tiempo planeando esto, pero no he querido decirte nada hasta que todas las piezas estuvieran en su sitio. Va a funcionar, te lo garantizo. ¿Te he mentido alguna vez?

—No. ¡Dios mío, Will...! ¡Si realmente puedes devolverme a mi hijo, te estaré agradecida toda mi vida!

Él la miró con una sonrisa llena de ternura.

—Puedes demostrarme tu agradecimiento ahora mismo si quieres y después nos pondremos a preparar el equipaje.

Después de comprar en Londres todo lo necesario para que Elodie pudiera interpretar el papel de *mada-*

me Ransleigh, esposa del enviado económico designado por la Corte de St James para entablar conversaciones con el Ministerio del Interior de Su Majestad, el rey Luis XVIII, los recién casados zarparon rumbo a Francia.

Al igual que en las anteriores situaciones críticas que habían encarado juntos; desde cuando habían huido de Viena en medio de la noche a cuando la había amenazado a punta de cuchillo un agente británico, ella mantenía la calma, pero Will sabía que bajo la superficie se debatía entre la esperanza y la ansiedad.

Consciente de que cada hora que pasaban sin ir al Hôtel de la Rocherie era una hora de agonía para ella, se limitó a hacer las visitas de cortesía precisas para presentar sus credenciales ante el embajador británico y los principales asesores del rey Luis, y entonces fue a por ella de inmediato al lujoso hotel donde la había dejado.

La encontró paseando de un lado a otro de la habitación con nerviosismo. Iba de la dorada repisa de la chimenea a la puerta y de allí a los grandes ventanales con vistas a la plaza de la República como un pajarillo desesperado por escapar de una jaula de oro.

En cuanto le vio entrar, ella fue a toda prisa al tocador y se colocó un elegante sombrerito. Intentó ponerse los guantes, pero estaba tan nerviosa que le temblaban los dedos y no atinaba.

Él se acercó a ayudarla. Mientras le ponía las suaves prendas de cuero, señaló con la cabeza hacia los distantes Jardines de las Tullerías y comentó:

–Esto es toda una mejora respecto al lugar donde

nos alojamos la última vez que estuvimos en París, pero puedo intentar conseguir unos pollos si eso te tranquiliza.

Ella intentó sonreír, pero también le temblaban los labios.

—Will, estoy aterrada...

La abrazó y deseó poder hacerle más fácil aquel difícil proceso.

—¡No tienes nada que temer, amor mío! ¿Acaso crees que ignoro lo importante que es esto para ti? Jamás te habría propuesto que lo intentáramos si no estuviera completamente convencido de que vamos a tener éxito —«aunque para lograrlo tenga que reaparecer Will el Granuja», añadió para sus adentros.

El conserje llamó a la puerta en ese momento para avisarles de que el carruaje en el que iban a hacer el corto trayecto hasta Le Marais estaba listo, y salieron de la habitación sin más demora.

Cuando llegaron al Hôtel de la Rocherie, Will entregó su tarjeta de visita y le dijo al lacayo que les recibió que, aunque la *comtesse* no le conocía, estaba en París por un asunto gubernamental de suma importancia y debía tratar con ella un tema muy urgente. Después de conducirles a un elegante salón con un tapizado a rayas en las paredes y muebles de estilo Luis XVI, el hombre se marchó.

Elodie estaba demasiado nerviosa para sentarse y empezó a deambular por la habitación. Deslizó la mano por el respaldo del sofá y por los bordes de los cortinajes de satén de las ventanas y susurró:

—Will, aquí fue donde nos recibió la *comtesse* de la Rocherie cuando St Arnaud y yo vinimos a visitarla con Philippe. Aquí fue donde vi a mi hijo por última vez antes de que me lo arrebataran.

—Entonces es más que pertinente que vayas a recuperarlo en esta misma sala.

Al cabo de unos minutos, al ver llegar a una mujer ataviada con un elaborado vestido, Will dio por hecho que se trataba de la *comtesse* y se inclinó sobre su mano.

—Sea usted bienvenido, señor Ransleigh, aunque no alcanzo a imaginar de qué asunto quiere que...

—Vengo en compañía de *madame* Ransleigh —la interrumpió él.

Le indicó a Elodie, que se había quedado paralizada junto a la chimenea. La *comtesse* miró hacia donde le indicaba, y empalideció al mismo tiempo que la sonrisa se le borraba de la cara.

—¿Elodie Lefevre? —alcanzó a decir con voz estrangulada, mientras se acercaba tambaleante a una butaca Luis XVI. Se aferró al brazo del mueble con tanta fuerza que dio la impresión de que se habría derrumbado de no tener aquel soporte—. ¡Mi hermano me dijo que había muerto!

—Lamento decepcionarla —le contestó Elodie con cierta aspereza—, pero como puede ver aún estoy muy viva. Así que St Arnaud le aseguró que había muerto, ¿no? ¿Cómo se supone que fallecí?

—Me... me dijo que había resultado herida du... durante el intento de asesinato del duque; según él, hizo todo lo que pudo por salvarla, pero usted murió entre sus brazos aquella misma noche y él huyó de inmediato.

—Lo de que huyó es muy cierto —comentó Will con sequedad—. Será mejor que nos sentemos, *madame*. Esto ha debido de ser una sorpresa impactante para usted. Necesita unos minutos para recobrarse antes de que le expongamos nuestra propuesta.

—Sí, voy a ordenar que nos sirvan un refrigerio. Admito que me vendrá bien un vaso de vino.

La *comtesse* no dejó de mirar pasmada a Elodie mientras le daba órdenes al lacayo que respondió a su llamada. Daba la impresión de que aún le costaba creer que estuviera viva. Cuando les sirvieron lo que había pedido, tomó un buen trago de vino antes de mirarla de nuevo.

—¿Va a intentar llevarse a mi hijo?

—Philippe no es suyo —le recordó Will.

—¡Puede que no lo fuera antes, pero ahora sí! Soy la única madre que ha tenido durante cerca de dos años. Pregúntele a él, verá como le dice que yo soy su *maman*.

—Eso es cierto, y le agradezco de corazón que le haya cuidado con tanto cariño —le aseguró Elodie.

—¿Cómo lo sabe? —la *comtesse* la miró desconcertada, pero de repente abrió los ojos como platos y soltó una exclamación—. ¿Fueron ustedes los que se acercaron a hablar con él hace dos meses? Los criados me dijeron que un hombre y una mujer de actitud extraña se habían acercado a él en la Place Royale, y después se presentaron también en esta casa. Me alarmé tanto que estuve a punto de informar a los gendarmes, pero el príncipe Talleyrand me aconsejó que no lo hiciera —su tono interrogante se volvió acusador—. ¡Asustaron a Philippe! ¿Cómo pudo hacer tal cosa si tanto le quiere, *madame*?

–Tenía la esperanza de que me recordara si me miraba con atención. ¿Se imagina lo que sentí cuando volví a verle y me di cuenta de que ni siquiera me reconocía? ¡Desde que me lo arrebataron no he pensado en otra cosa más que en él!

–¿Cómo que se lo arrebataron? ¡Mi hermano me dijo que usted había accedido a ir a Viena sin él!

–¡Eso es tan falso como lo de mi muerte! Lamento empañar la imagen que tiene de su hermano, pero si me fui de este lugar sin mi hijo fue porque St Arnaud le echó algo a mi té para narcotizarme y me secuestró. Cuando me tuvo en Viena, me amenazó con hacerle daño a Philippe para obligarme a participar en su plan. ¿De verdad que no lo sabía?

La *comtesse* fue incapaz de sostenerle la mirada y agachó la cabeza.

–So... soy consciente de las firmes convicciones que tiene mi hermano y de que a veces usa métodos despiadados. Sabía que el hecho de que usted dejara a Philippe aquí de forma tan abrupta era bastante... raro, pero el niño me encandiló en cuanto lo vi. Cuando St Arnaud me dijo que se marchaba de inmediato a Viena y que usted había regresado a casa para concluir los preparativos, que había preferido no ver a Philippe una última vez para que el niño no lo pasara mal con la despedida, me alegré tanto de que se quedara conmigo que no puse en duda su palabra.

–¿Lo... lo pasó mal Philippe al ver que yo no regresaba a por él? –le preguntó Elodie.

–Sí, por supuesto, pero aquí tenía un cuarto lleno de juguetes con los que distraerse y le encantaba que yo le leyera cuentos. Cuando me preguntaba por usted, le decía que estaba encargándose de una tarea muy importante y que regresaría pronto. Él lloraba sobre todo por las noches, así que dormí con él durante el primer mes. Fue dejando de preguntar de forma gradual.

—Gracias por tratarle tan bien —le dijo Elodie. Tenía la vista borrosa por culpa de las lágrimas que le inundaban los ojos.

—*Eh bien*, yo también le quiero. ¿Qué piensa hacer ahora? Philippe tardó muchas semanas en recobrar la alegría y la tranquilidad después de que usted desapareciera. Supongo que no pretenderá volver a hacerle pasar por un trance así al arrancarle de mi lado, ¿verdad?

—Si no me lo llevé de esta casa cuando tuve oportunidad de hacerlo dos meses atrás fue para salvaguardar su felicidad y su bienestar, pero, por mucho que le agradezca lo bien que le ha cuidado, es mi hijo y quiero recuperarlo.

—¡Pero no puede llevárselo ahora sin más!, ¡tiene que darle algo de tiempo! Es demasiado joven para entender todo esto, lo único que va a conseguir si se lo lleva ahora es confundirle y asustarle.

—No tenemos intención de llevárnoslo de inmediato —le explicó Will—. Para él, en este momento, este es su hogar y usted su *maman*. Lo que le proponemos es que mi esposa le vea y pasen tiempo juntos para que vuelva a familiarizarse con ella. Cuando se sienta lo bastante cómodo con ella, se vendrá a vivir con nosotros.

A la *comtesse* se le llenaron los ojos de lágrimas.

—¿Y yo qué?, ¿no volveré a verle? ¡Si usted supiera lo que se siente al perder a un hijo para siempre, *madame* Ransleigh, no sería tan cruel!

–¡Sé muy bien lo que se siente, se lo aseguro! He perdido al mío durante cerca de dos años.

–Philippe no estaría demasiado lejos de usted –intervino Will–. He sido enviado a París en una misión económica, para negociar con el gobierno francés. Si las negociaciones tienen éxito y pasamos a implementar los planes, podría quedarme en París durante un buen número de meses y usted podría ver a Philippe a diario si así lo desea.

–Lo que desearía es que se quedara aquí –contestó ella con tristeza–. Mi propio hijo está muerto y jamás volveré a tenerlo entre mis brazos, pero su hijo, *madame*, está vivo. Aunque me arranca el corazón al llevárselo, no... no voy a impedírselo. Lo único que le suplico es que no se lo lleve hasta que él esté dispuesto a marcharse por voluntad propia.

–Sería incapaz de obligarle a la fuerza –Elodie se acercó a ella y le puso una mano en el brazo–. Gracias. Sé lo difícil que debe de resultarle acceder a dejarle marchar, pero, tal y como le ha dicho mi marido, vamos a quedarnos en París una larga temporada. Lo más probable es que Philippe tarde semanas en estar dispuesto a separarse de usted, y después de eso pasarán meses hasta que regresemos a Inglaterra.

–No hay suficientes meses en la eternidad para que me haga a la idea de perderle.

–Jamás le perderá –le aseguró Elodie–, no del todo. Usted siempre ocupará un lugar especial en su corazón, y le prometo que nunca intentaré sacarla de allí.

–¿A pesar de que yo permití que se olvidara de usted? Aunque eso fue distinto, ¡yo la creía muerta! ¿Por qué habría de recordarle a una mujer que no iba a volver nunca a buscarle?

–Mientras las dos tengan como principal prioridad el bienestar del niño, no veo por qué no podemos llegar a un acuerdo sensato entre todos –apostilló Will.

–¿Puedo verle? –le preguntó Elodie a la *comtesse*.

Conociéndola como la conocía, él notó de inmediato el anhelo que se reflejaba en su voz. Sabía que negociar los términos de la custodia de Philippe no estaba siendo fácil para ella; además, no sabía si la *comtesse* era tan pérfida como su hermano, así que quería que aquella mujer tuviera muy claro lo que estaba dispuesto a hacer con tal de obligarla a acatar el acuerdo.

–¡Qué buena idea! Por favor, *comtesse*, ¿podría ordenar que bajen a Philippe? Elodie, amor mío, estás demasiado distraída y ansiosa para pensar con claridad –señaló hacia las puertas acristaladas que conducían a un pequeño jardín formal que se extendía entre las dos alas del palacete, y sugirió–: ¿Por qué no sales a pasear mientras esperamos al niño? La *comtesse* y yo podemos encargarnos de tratar el asunto detalladamente.

–Gracias, lo prefiero así –le contestó, con una mezcla de gratitud y alivio en la mirada.

Él le besó la mano.

–Venga, sal y disfruta del jardín –esperó a que las puertas se cerraran tras su esposa antes de volverse de nuevo hacia la *comtesse*–. Me complace que elija ser razonable, *comtesse*.

Ella suspiró con pesar antes de admitir:

—No deseo serlo. Me gustaría preparar el equipaje de Philippe y huir con él a algún lugar donde nunca puedan encontrarnos, pero... sé lo que supone perder a un hijo. No sé si podría vivir con los remordimientos si le causara deliberadamente ese dolor a otra mujer.

—Aplaudo sus sentimientos. Al igual que usted, mi esposa solo quiere lo mejor para su hijo; de no ser así, me habría encargado de sacar al niño de aquí yo mismo cuando lo encontramos. Pero, por si su deseo de tener el control total sobre el niño llegara a imponerse a sus más nobles sentimientos, debo advertirle que me crie en las calles de Londres y soy implacable. Por muy bien que se escondiera, acabaría encontrándola tarde o temprano, le arrebataría al niño sin que se diera cuenta y estaría a medio camino de algún puerto del Canal antes de que usted se percatara de su ausencia. Philippe estaría a salvo en Inglaterra con su madre, protegido por la influencia de mi familia, y entonces sí que usted no volvería a verlo nunca más.

La *comtesse* soltó una exclamación ahogada.

—¿Sería capaz de tal cosa, *monsieur*? ¡Es una monstruosidad!

—Puede que lo sea, pero no habrá necesidad de hacer «monstruosidad» alguna mientras usted se comporte con sensatez. Teniendo en cuenta que Philippe no es hijo suyo, el acuerdo que le proponemos la favorece bastante.

—Me favorezca o no, no me deja alternativa, ¿verdad?

—Esa era mi intención. Algún día, cuando Philippe

sea mayor, habrá que contarle la verdad; a ser posible, antes de que la averigüe él por su cuenta. Enfundemos nuestras espadas, *madame*. No tenemos por qué ser adversarios. Tanto mi esposa como usted adoran a Philippe, para el niño es una suerte contar con el amor de dos madres. Es un arreglo que va a funcionar, se lo prometo.

La *comtesse* suspiró con resignación.

–Eso espero. Su esposa le tiene a usted, *monsieur*. Philippe es todo lo que me queda a mí.

–En ese caso, hará todo lo que sea necesario con tal de que siga formando parte de su vida. ¿Tenemos un acuerdo? –cuando ella asintió a regañadientes, añadió–: ¡Excelente! Seguro que el niño está aquí en breve, voy a por mi esposa.

Salió a buscarla y la vio paseando de un lado a otro del intrincado jardín de estilo Tudor, estaba pálida y nerviosa.

–¡Ten valor, cariño! –le dijo, con voz suave. Siempre que la veía angustiada sentía como si le dieran una puñalada en el corazón–. Pronto tendrás a Philippe a tu lado, y nunca volverás a perderle.

–Ya sé que me prometiste que tu plan iba a funcionar, pero ¿estás seguro de que la condesa no se ha limitado a acceder para conseguir que nos vayamos? ¡A lo mejor no tiene intención de cumplir con el acuerdo!

Él le pasó un brazo por los hombros y le alzó la barbilla antes de besarla.

–¿Crees que yo se lo permitiría?

–No –admitió ella con una sonrisa trémula–. Si algo he aprendido desde que salí de Viena, es que puedo estar segura de que siempre cumples cuando te comprometes a lograr algo.

—Entonces deja de preocuparte, *mon ange*. Todo lo que deseas será tuyo dentro de poco.

La tomó de la mano y la condujo de nuevo al salón.

A Elodie le costaba creer que fuera a recuperar a su hijo. Estaba tan ansiosa por verle que tenía la mirada fija en la puerta, y una felicidad inimaginablemente dulce le inundó el corazón al verle aparecer escasos minutos después.

El niño se acercó corriendo a la *comtesse* y le preguntó:

—¿Vamos a salir a visitar a alguien, *maman*? ¿Habrá pasteles?

La dama se inclinó a abrazarle como si quisiera demostrarle a Elodie que aún era suyo, pero ella estaba tan feliz que se sintió magnánima y no se molestó por el gesto.

Philippe se zafó del abrazo con la impaciencia típica de un niñito.

—¿Nos vamos ya, *maman*?

—No, Philippe. Esta amable señora es... una pariente. Ha venido a pasar una temporada a París, y quería conocerte.

Philippe miró a Elodie con curiosidad y la reconoció de inmediato.

—¡Me acuerdo de ti! Le vendiste una naranja a Jean en el parque, y después viniste a mi habitación y viste mis soldados.

Elodie sintió una punzada de dolor y deseó que la hubiera recordado también después de lo de Viena, pero le sonrió y le dijo:

—Sí, es verdad. ¡Qué listo eres!

—Este vestido es más bonito, ¿por qué estabas vendiendo naranjas?

—Me disfracé porque estaba jugando a ser otra persona. Tú también juegas a eso con tus soldados, ¿verdad?

—Sí, soy un gran general y gano muchas batallas. Tengo un caballo negro enorme y una espada larga y curvada, y soy valiente y luchador como mi papá.

—Estoy segura de que serás igual que él, se sentiría muy orgulloso de ti —le aseguró ella, con los ojos llenos de lágrimas.

—Me dijiste que ibas a llevarme a ver a los papagayos del parque, que tienen plumas rojas y verdes y azules. ¿Podemos ir a verlos ahora? ¿Vienes tú también, *maman*?

La *comtesse* frunció la nariz con desagrado.

—No deseo ir al mercado de aves, Philippe.

—¡Por favor, *maman*, di que sí! ¡Tengo muchas ganas de ir!

Will miró a Elodie y le susurró algo que ella misma estaba pensando:

—Ahora parece tener una memoria de elefante, lástima que no la desarrollara antes.

—¡Por favor, *maman*, deja que vaya! —insistió Philippe, que estaba centrado en la parte de la conversación que le interesaba.

—Bueno, de acuerdo, pero solo si Jean y Marie te acompañan también y vuelves pronto.

–Perfecto, vámonos –dijo Elodie.

Anhelaba tocar a su hijo y alargó la mano hacia él, y sintió una felicidad inmersa cuando aquellos deditos se aferraron a los suyos. Cerró los ojos por un instante para saborear el contacto, y, cuando volvió a abrirlos y vio a Will mirándola sonriente con ojos llenos de amor y alegría, le devolvió la sonrisa y articuló la palabra «gracias» con los labios.

–¿Cómo te llamas?, ¿podemos darnos prisa? Seguro que los papagayos que más me gustan son los rojos. ¿Puedo traerme uno a casa?

Ella se echó a reír, ¡cómo había echado de menos oír la voz de su hijo!

–Puedes llamarme *maman* Elodie. Sí, podemos darnos prisa; en cuanto a lo del papagayo, debes preguntárselo a tu *maman*.

–¿Puedo tener un papagayo, *maman*?

–Hoy no, Philippe. La próxima vez, quizás.

Cuando se despidieron de la *comtesse*, que les vio marcharse con una mezcla de tristeza y de resignación, Philippe le dijo a Elodie:

–*Maman* Elodie, ¿tú quieres un papagayo?

Ella miró a Will, que soltó un gemido y comentó:

–No sé por qué, pero me temo que cuando termine esta salida voy a tener un papagayo.

Al cabo de varias horas, después de ver a las coloridas aves y de salvarse por los pelos de tener que comprar un papagayo rojo, dejaron a un adormilado Philippe y a sus acompañantes en el Hôtel de la Rocherie. Will había dejado que Elodie llevara la batuta durante la salida. Se había limitado a seguirla con actitud indulgente mientras ella recorría el mercado con su hijo de la mano, respondía a su interminable sucesión de preguntas e incluso le compraba unos dulces.

Iban en el carruaje de camino al hotel donde se alojaban cuando ella se lanzó a sus brazos. Estaba tan eufórica y llena de emoción que no estaba segura de si reír o llorar.

Él la abrazó con fuerza y le preguntó:

–¿Ha sido tal y como soñabas, cariño?

–¡Ha sido maravilloso, amor mío! ¡Los ángeles debían de estar sonriéndome el día en que escalaste hasta mi balcón en Viena! Apenas puedo creer que hayas convencido a la *comtesse* de que acceda al acuerdo que le hemos propuesto... y no, no quiero que me digas cómo lo has conseguido. Dormiré mejor no sabiéndolo.

–Tus sospechas me hieren, querida mía –le dijo, sonriente–. Ha sido cuestión de puro encanto personal y persuasión, nada más.

–¡El encanto de un granuja!

–Uno al que has hechizado por completo.

–Soy yo la que está hechizada –le miró maravillada por unos segundos antes de preguntar–: Has organizado todo esto por mí, ¿verdad? La misión, las vías férreas... podrías haber negociado inversiones para tu amigo en cualquier lugar, pero elegiste París.

–Aquí estaba la clave para tu felicidad.

Maravillada ante la magnitud de un amor tan generoso, agradecida de ser el objeto de dicho amor, comentó:

–No sé si plantearme perdonarle a St Arnaud que

me involucrara en sus planes; si él no hubiera actuado así, yo no te habría conocido. Ya me parecía un regalo que me hubieras sacado del pozo de la desesperación y me hubieras devuelto a la vida, y ahora resulta que también me has devuelto mi alma. ¿Cómo puedo recompensarte por semejantes tesoros?

–Mmm... Vamos a ver... –le dijo mientras hacía que se sentara en su regazo–. Supongo que podrías darme un hijo. Da la impresión de que tanto tú como Max, Caro y hasta la *comtesse* pensáis que tener uno es maravilloso, así que sería bastante egoísta de tu parte quedarte la experiencia para ti sola.

Ella sonrió. La única cosa tan maravillosa como haber recuperado a Philippe sería tener otro hijo... el hijo de Will.

–Compartir esa bendición contigo, mi dulce Will, esposo mío, mi vida, será un gran placer para mí.

Enmarcó su rostro entre las manos, alzó la cabeza hacia él, y le dio un beso lleno de pasión y de promesas.

ÚLTIMOS TÍTULOS PUBLICADOS EN HQN

Eso que llaman amor de Susan Andersen

Preludio de un escándalo de Delilah Marvelle

Días de verano de Susan Mallery

La promesa de un beso de Sarah McCarty

Los colores del asesino de Heather Graham

Deshonrada de Julia Justiss

Un jardín de verano de Sherryl Woods

Al desnudo de Megan Hart

Noches de verano de Susan Mallery

Érase una vez un escándalo de Delilah Marvelle

Perseguida de Brenda Novak

El anhelo más oscuro de Gena Showalter

Provócame de Victoria Dalh

Falsas cartas de amor de Nicola Cornick

Aquel verano de Susan Mallery

Cuatro días en Londres de Erika Fiorucci

www.ingramcontent.com/pod-product-compliance
Lightning Source LLC
LaVergne TN
LVHW030340070526
838199LV00067B/6371